ノベルアンソロジー◆聖女編

捨てられ聖女ですが新しい人生が楽しいのでお構いなく

アンソロジー

Contents

この作品はフィクションです。
実際の人物・団体・事件などには関係ありません。

国外追放された偽聖女は、隣国で土いじりをはじめましょうか？

楠《くすのき》結《ゆ》衣《い》

ill. すがはら竜《りゅう》

ここはアンス王国。

今宵《こよい》は、実りの女神に感謝を捧《ささ》げる儀式が行われる。聖女が祈りを込めて舞えば、女神は微笑《ほほえ》み、アンス王国に豊かな実りをもたらす――。


「オフィーリア、偽りの聖女はアンス王国に必要ない！」


儀式が始まる直前、怒気を孕《はら》む声が王宮の庭園に響いた。

アンス王国の王太子で、婚約者のオスカー様に突然告げられた私は目を丸くする。儀式のために整えられた光沢のある黒色の正装、立ち上げた金髪と私を睨《にら》みつける空色の瞳は、冷酷な空気をまとっていた。冷たい視線に晒《さら》されながら、恐る恐る口をひらく。

「あの、オスカー様、どういうことでしょうか……？」

アンス王国には聖女は一人しか存在しない。私も八年前に先代の聖女が亡《な》くなったと同時に、女神から神託を受けて聖女になった。女神の加護を持つ聖女が祈ることで災いを遠ざけ、大地に豊かな実りをもたらすので、毎日欠かさずアンス王国の為《ため》に祈りを捧げてきた。

王国を巡礼すれば大勢の人達に歓迎される。歴代聖女と比べて私の豊穣《ほうじょう》の加護は飛び抜けて強く、私が聖女になってからアンス王国はかつてないほど豊かになったと言われているのだけど。

「理由は明白！　神託は間違いであったと大神殿が認めた。真の聖女は、エミリア嬢である」

義妹のエミリアが艶《つや》やかな桃色の髪を揺らして、オスカー様のもとへ嬉《うれ》しそうに向かう。エミリアが動くたびに裾が華やかに広がる空色のドレスは、金色の刺繍《ししゅう》がさしてある。オスカー様を思わせるドレスは、オスカー様からエミリアに贈られたものだろう。

蕩《とろ》けるような笑みを浮かべるオスカー様と、豊満な胸をオスカー様に押し当てるように腕を絡めたエミリア。優越感を滲《にじ》ませた薔薇《ばら》色の瞳で私を見下ろし、勝ち誇ったようにエミリアは唇を歪《ゆが》ませた。

「偽《にせ》の聖女のお義姉《ねえ》様、本物の聖女のふりをするのは小さなお身体で大変だったでしょう？　今までお疲れさまでした」

「オフィーリア、お前との婚約を破棄して、真の聖女であるエミリア嬢を新たな婚約者とする！」

エミリアとオスカー様の言葉は、成り行きを見届けようと好奇の目を集めていた庭園によく響いた。招待された貴族達から、私を嘲笑《あざわら》う声と見下す視線を浴びせられて、私は自身へ視線を落とした。

小さな手足、膨らみのない身体。祈りの舞を披露するための白いドレスは最高級品ではあるけれど、エミリアが幼い頃に着ていたもの――十八歳の私の見た目は、十歳のような幼女の姿をしている。

私は、由緒《ゆいしょ》あるカリディア公爵家の令嬢なのに、先祖返りのリス獣人として生まれてしまった。この世界には人と獣が混血した獣人と呼ばれる種族がいるけれど、アンス王国で獣人は忌《い》み嫌《きら》われており、見ることはほとんどない。かつてのアンス王国は人も獣人も仲良く暮らしていたが、王国の聖女であった王女が、獣人に無理やり攫《さら》われた過去がある。聖女不在になった王国は不作が続き、魔物の大量発生によって混乱を極め、国が倒れかけたという。

過去の悲しい歴史から嫌悪《けんお》されている獣人に生まれてしまった私は、お父様から家の恥だと言われ、獣人抑制薬を毎日欠かさず飲むよう命令されている。身体の弱かった優しいお母様と一緒に本邸から追い出され、別邸に追いやられた。冷遇されたお母様が亡くなった翌日には継母《ままはは》と義妹エミリアが公爵家にやってきて、私は使用人に混ざりなんとか生活してきた。

私の生活が一変したのは、神託が降りた十歳のある日。聖女は王族と婚姻する伝統通り、オスカー様と婚約が結ばれると知ったお父様はあっさり私を本邸へ呼び戻した。継母とエミリアから嫌がらせを受けても、オスカー様と婚約した頃《ころ》は幸せを感じていたと思う。絵に描いたような金髪碧眼《へきがん》の王子様のオスカー様に微笑まれると、妃《きさき》教育も聖女の務めも頑張ることができた。

でも、幸せだと思えた時間はほんのわずか。出会った頃のまま成長しない私に向けるオスカー様の視線が冷えていき、それに比例するように会う回数は減り、見た目を罵倒されるようになった。

オスカー様が幼女趣味《ロリコン》王子と呼ばれていると私に告げたのはエミリア。とっくに私の背丈を抜かし、女性らしい魅力をふりまくエミリアに、オスカー様が惹《ひ》かれているのも気づいていた。二人の仲睦《むつ》まじい姿に驚かないのは、こんな日が来ることを覚悟していたのかもしれない。

「……聖女の私が国を出ていけば、実りが減るでしょう」

冷ややかな視線を浴びながら、私は口をひらいた。見た目は幼女だけど、聖女なのは本当なのだ。私が女神に祈ると、あたたかな聖なる力が湧き出て豊穣の加護を与えることができる。この力は決して偽りではない。どんなにオスカー様に邪険にされても、私は婚約したことで貴族令嬢として生きることができた恩があるから、今日までアンス王国の為に心を込めて祈り続けてきた。

「往生際の悪い奴《やつ》だ！　お前が真の聖女であるエミリアを脅《おど》し、エミリアの聖女の祈りでもたらした成果を自分のものだと偽っていることをわたしが知らないと思っているのか？」

「っ、そんなことしていません……！」

「エミリアがお前に代わって大神殿で祈りを捧げていると神官達が教えてくれた。お前が祈らなくても聖女の祈りは届き、我が国は豊作が続いている。お前が偽聖女だという何よりの証拠だろう」

大神殿に祈りを捧げに行く日に限って、エミリアに部屋に閉じ込められることがあった。聖女の祈りはどこで祈っても同じ。アンス王国が困らないように、大神殿で祈る時間に合わせて祈っていたけれど、まさか聖女の祈りをエミリアがしていたことにされていたなんて。

「真の聖女であるエミリアがいればアンス王国は今までと同じ、いや、今まで以上に豊かになるだろう。アンス王国に、偽物のお前の祈りなど必要ない！」

「そ、そんな……」

エミリアの言葉を信じ、私は必要ないとバッサリ切り捨てるオスカー様に呆然《ぼうぜん》とする。意味のある言葉をつむげない私を見て、満足そうにオスカー様は鼻を鳴らした。

「ふん、ようやくわかったようだな。最後だから教えてやろう。わたしは、お前が幼い姿であること以上に、縋《すが》り付くような目で見られると虫唾《むしず》が走るんだ。アンス王国から、わたしの前から即刻立ち去れ！」

「ああ……！　わたくし、お義姉様と離れるなんて、寂《さび》しくて仕方ありません。ですが、偽りの聖女としてこの国にいるのは、お義姉様にとって辛《つら》いことになると思うのです……っ」

エミリアが悲壮感たっぷりに声を震わせて両手で顔を覆うけれど、指の隙間から覗《のぞ》く瞳にははっきりと嘲笑《ちょうしょう》の色が浮かんでいる。

「ああ、エミリアはなんて優しいんだ……！」

オスカー様に抱き寄せられたエミリアが唇をオスカー様の耳元に寄せて何かを囁《ささや》くと、オスカー様がニヤリと口の端を引き上げた。

「オフィーリア、感謝するがいい。聖女エミリアの義姉ということに免じて、元聖女としてベスティエ国へ嫁ぐことを許そう」

「……っ!?」

私は驚きすぎて声にならない。ベスティエ国は、狼《おおかみ》獣人が治める国。獣人の野蛮さを幼い頃から聞かされてきた身体は勝手に怯《おび》え、震え始める。

「ああ、お義姉様……っ！」

涙を浮かべたエミリアに名を呼ばれながら抱きつかれる。それから、くすくす笑いながら私の耳元に残酷な言葉を吹き込んでいく。

「ねえ知っていて？　かの獣の国で大飢饉《だいききん》のあった年に聖女《お義姉様》に婚約の申し込みがあったみたいなのよ。折角の申し出をお断りするのも心苦しいですし……なんと言っても、獣のお義姉様にピッタリでしょう。ただ心配なのは、今は飢饉は過ぎ去っているから婚約の申し込みをしたことなんて野蛮な獣が忘れているかもしれないわね。せいぜい食べられないように気をつけてくださいませ。まあ、そんな小さな身体では食べる気も起きなそうですけれど——うふふ、わたくしのおかげで結婚できるのだからよかったわね」

私の反応を楽しむように意地の悪い笑みを浮かべていたのに、皆から見える角度になると慈愛に満ちた表情に変わる。オスカー様にベスティエ国に嫁ぐことを勧めたのがエミリアだという事実に、どうしようもなく心が冷えていく。

顔を上げれば父も継母も満足そうに頷《うなず》き、この場にいる貴族からも蔑《さげす》む視線ばかりで味方はいない。聖女の力も偽物と言い捨てられ、僅《わず》かに残っていたオスカー様や王国に対する未練も儚《はかな》く消えていく。

瞳《ひとみ》を閉じれば、最後に残っていたひと欠片《かけら》の未練も静かに消えたのを感じた。よく考えてみれば、獣人抑制薬を飲んでいても、本当の私はリス獣人。ベスティエ国ならば獣人抑制薬を飲む必要もなくなるし、案外悪くないかもしれない。オスカー様に瞳を真《ま》っ直《す》ぐに向けた。

「……わかりました。ベスティエ国へ向かいます」

「ふん、どこかに逃げられたら困るから馬車を用意してやろう。今すぐ発《た》て」

私は着の身着のまま質素な馬車に詰め込まれ、偽りの聖女としてベスティエ国に送り出された。

❀❀❀

ベスティエ国の国境近くになると馬車から放り出され、そのまま歩いてベスティエ国に入るよう促された。

空が茜色《あかねいろ》に染まりはじめた頃、ようやくベスティエ国に足を踏み入れる。その途端に騎士達に取り囲まれ、身構えると騎士達から一斉に跪《ひざまず》かれて目を丸くしてしまう。

「聖女様、よくいらしてくださいました！　王城まで護衛を務めさせていただきます」

「えっ……？」

「こちらに馬車を用意してありますので、さあどうぞ」

驚いたけれど、エミリアのお下がりの靴で歩き続けた足は靴擦れを起こしている。差し出された剣だこのある手に、私は手を伸ばした。

「……ありがとうございます」

騎士団長を名乗る騎士様にエスコートされ、豪奢《ごうしゃ》な馬車に乗せてもらう。しばらくして王城に到着すると、今度はずらりと並ぶ侍女達に出迎えられて目を見開いた。

「聖女様、ようこそおいでくださいました……っ！　陛下から聖女様の旅の疲れを癒やすようにと言われております」

「あの……？」

「ええ、もちろん傷の手当てもいたしましょう」

侍女達に浴室に連れられて、花びらの浮かぶ湯舟に浸《つ》かり、もこもこの泡で傷口をやさしく洗われる。浴室を出ると肌触りのいいドレスが用意されていて、傷の手当てがはじまった。

「聖女様をお一人で国境まで歩かせるなんて酷《ひど》すぎます！　洋服も靴も全く聖女様の身体に合っておりません。このような靴で歩くのは、さぞ大変でしたでしょう……」

「ええ、まあ……そうですね。あ、あの、偽りの聖女といわれている私に、どうして、こんなによくしてもらえるんでしょうか……？」

アンス王国ではオスカー様に愛されない婚約者として嘲《あざけ》られていたから、私のために怒ってくれる侍女達の言葉があたたかくて、くすぐったい。でも、それと同時にベスティエ国で出会ったばかりの騎士と侍女、王城ですれ違った人達から当たり前のように聖女様と呼ばれ、好意を向けられている状況が不思議で仕方なかった。

「聖女様は聖女様ですから！　聖女様は、ベスティエ国の恩人なのですから当然ですよ」

「えっと、どういうことでしょうか……？」

「三年前、ベスティエ国で大飢饉が起こった時に、聖女様の祈りのおかげで大飢饉を乗り越えることができました。聖女様の祈りが届かなければ、ベスティエ国はどうなっていたかわかりません！　ベスティエ国の全《すべ》ての民は、聖女様に深い感謝を抱いております」

「っ！　あの時の祈りがベスティエ国に届いていたんですね……よかった……っ」

大規模な飢饉が起きたときに沢山の人が助かるように、心を込めてひたすらに祈ったことを覚えている。飢饉が起きたのがアンス王国から随分離れたベスティエ国や他の国々だったから、祈りが届いていればいいと思っていた。私の祈りがきちんと届いていたことが震えるくらい嬉しくて。そんな私に侍女がにこやかに言葉を続ける。

「聖女様がベスティエ国に輿入《こしい》れされるとわかり、聖女様の護衛や侍女になるのは争奪戦だったんですよ。もちろん、私も死闘を勝ち抜きました……！」

「ええ……っ!?」

「陛下が誰よりも聖女様が来ることを首を長くして待っております。嬉しすぎて、今日は朝から尻尾も耳も隠せないくらいなんですから」

湯浴《ゆあ》みの後、丁寧《ていねい》に支度を整えてもらい、サイズの合う柔らかな靴を履くと謁見《えっけん》の間に案内された。

私は気合を入れて、陛下の印象が少しでもよくなるように、背筋を伸ばして美しく一礼をする。

「アンス王国から参りましたオフィーリア・カリディアでございます」

「俺《おれ》は、レオン・ベスティエだ。ベスティエ国は、聖女オフィーリア嬢を歓迎する！」

陛下から明るく言葉をかけられ、驚いて顔を上げる。

やや長めの銀髪にケモ耳、眉目秀麗《びもくしゅうれい》、立派な体躯《たいく》に髪と同じ色の尻尾が揺れていた。

「あの、陛下……？　書簡には元聖女と書いてあったと思うのですが……？」

深い海のような青色の瞳で真っ直ぐに見つめられる。

「ああ、書簡には『元聖女』というとんでもない間違いがあったせいか国境まで徒歩だったと聞いている。元聖女と間違えた上に、護衛もつけず一人で歩かせるとは、アンス王国は随分と酷い国だな。オフィーリア嬢が聖女であることを疑う者は、ベスティエ国に誰ひとりいないことを誓う。だから、オフィーリア嬢はベスティエ国で安心して過ごしてほしい」

「……ありがとうございます。あの、どうして私が本物の聖女だとわかるのでしょうか？」

「匂いでわかる」

「匂いですか……？」

陛下にあっさり告げられた思いもよらない言葉に目を瞬《またた》かせる。

「ああ、獣人は匂いに敏感なんだ。オフィーリア嬢は、ベスティエ国が大飢饉になった時、聖女の祈りで多くの植物を芽吹かせてくれただろう？　聖女の祈りで芽吹いた植物は、聖なる匂いがついている。オフィーリア嬢と聖なる匂いが同じだから、俺達獣人はオフィーリア嬢が本物の聖女だとわかるんだ」

陛下のつむぐ言葉が、私の渇き果てていた心に染み渡っていく。私が聖女として祈りを捧げてきたことを認めてくれる陛下とベスティエ国の人達に、感謝と喜びで胸が震えてしまう。

「……そうだったのですね。これからはベスティエ国のために力の限り、聖女の祈りを捧げます」

「いや、それは困る」

「え？」

喜んでもらえると思っていたのに、即座に否定されて驚いた。

「俺の妻なのだから、俺との時間をしっかり取ってほしい」

「……えっ？」

「オフィーリア嬢は、俺の妻になるためにベスティエ国に来たのだろう？」

「は、はい……。でも、私は年齢こそ十八歳ですが、ご覧のように幼女にしか見えません。これではとても妻の役割は果たせないと思いますので、せめて……聖女の力でお役に立ちたいと思っております」

話しながら、どんどん声が小さくなってしまう。うつむくと目に入る幼女の姿が恥ずかしくて、情けなくて、陛下の顔を見ることができない。

「ああ、なるほど」

陛下の納得したような声に、心臓が跳ねる。恐る恐る陛下を窺《うかが》うと穏やかな海のような瞳に見つめられていた。

「その幼い姿は薬のせいだ。オフィーリア嬢の飲んでいる獣人抑制薬は、長期間服用すると成長を止めてしまう。ベスティエ国では使用を禁止しているものなんだ。毒素を排出する薬茶《やくちゃ》を飲んでいれば、成長が始まるから問題ない」

「っ！」

カリディア公爵家の者しか知らない獣人抑制薬のことを言い当てられ、驚きで目が見開いた。

「アンス王国は過去の出来事から獣人を忌み嫌う。オフィーリア嬢は、長い間、獣人抑制薬を飲みつづけていたのだろう？　身体の成長を止めるのは辛かったな」

陛下の労《いた》わる声色に目の前の景色が滲む。ずっと成長しない身体が嫌だった。オスカー様やエミリアに馬鹿《ばか》にされ、蔑まれても平気なふりをしてきたけれど、本当はずっと苦しくて、辛かった。

「オフィーリア嬢、俺達は夫婦になるんだ。困ったことや辛いことがあれば、俺になんでも言ってほしい」

「ありがとうございます……」

真摯《しんし》な言葉に胸がいっぱいになり、言葉に詰まる。陛下は威厳のある玉座から立ち上がり、私の目の前に歩み寄る。

「オフィーリア嬢は、俺の番《つがい》だ。ベスティエ国にオフィーリア嬢の聖なる祈りが届いた時から、ずっと俺の番に会いたいと願っていた。オフィーリア嬢に会えてとても嬉しい」

「……へっ!?」

獣人にとって番は運命の相手。赤い糸で結ばれた唯一。アンス王国でかつて攫われた聖女も、攫った獣人の番であったと言われている。獣人にとって番は代わりのいない特別なものだから、自分が陛下の番だと言われ、驚きすぎて思わず声を上げてしまった。

「オフィーリア嬢」

陛下の声が甘く響く。私のふわふわな金髪を一房掬《すく》うと口付けを落とす。青い瞳にのぞき込まれるように見つめられると、かあ、と頬《ほお》に熱が集まった。異性との甘い触れ合いに免疫がなさすぎて、カチンと固まる。

「今は、人間の姿だからわからないかもしれないが、薬茶を飲んで獣人に戻れば、番の匂いもわかるようになる」

「そうなのですか……？」

「ああ、獣人なら必ずわかる。オフィーリア嬢の身体が本来の姿に戻ったら結婚式を挙げよう」

「えっ、ええっ……？　結婚式ですか!?」

「女性は結婚式に憧《あこが》れがあると聞いている。オフィーリア嬢の希望があれば、できる限り全て叶《かな》えよう。どんなドレスを仕立てようか？　オフィーリア嬢の柔らかな茶色の瞳と、太陽に愛されたような美しい金髪には、深い青色と銀色が似合いそうだな」

大人のように成長して結婚式を挙げる未来なんて、とっくに諦《あきら》めていたのに。陛下に語られる未来に、ずっと抑えていたものが堰《せき》を切って溢《あふ》れ、嬉しくて涙がぽろぽろ流れていく。

「オフィーリア嬢」

陛下の声に顔を上げる。青い瞳に真っ直ぐ見つめられた。

「俺の大切な愛《いと》しい番。必ず幸せにすると誓う――どうか俺と結婚してほしい」

「は、はい……よろしくお願いします」

結婚誓約書に二人の名前を綴《つづ》り終えると、陛下の手のひらに頬を包まれた。大きくてあたたかい。

「これで俺達は夫婦だ。身体が元に戻るまでの時間で俺のことを知ってほしいし、オフィーリア嬢のことを沢山知りたい」

「……っ、ひゃい」

色っぽく見つめられた後に茶目っ気たっぷりにウインクされた。陛下の仕草に動揺して噛《か》んでしまったことが恥ずかしくて、また頬に熱が集まってしまう。

「ああ、俺の妻はとても愛らしい。長旅で疲れただろうから、今日はゆっくり休むといい。夫婦だから寝室は同じになるが、結婚式を挙げるまでは、なにもしないから安心してくれ」

火照《ほて》ったままの顔で頷くと陛下に抱っこされる。目線が急に高くなったことで、陛下の顔が間近にあり羞恥が全身を駆け巡っていく。

「へ、陛下、自分で歩けます……っ！」

「足を怪我《けが》している妻を歩かせるわけにはいかないな。それに、妻を抱っこするのは、ベスティエ国では普通だ」

「えっ、そ、そうなのですか……？」

「ああ、本当だ。今そう決めた」

「それって普通じゃないやつですよね……っ？」

慌てて身をよじりながら陛下の胸板を腕でぐいっと押す。そんな私を愛おしそうに見つめる瞳と見合い、心臓が跳ね、緊張で固まった。

「オフィーリア嬢、暴れると落ちてしまうぞ。それから腕は首に回すといい」

陛下は楽しそうにくつくつ笑いながら、突っぱねる腕を首に回すようにあっさり誘導する。陛下と顔が更に近付いて、頬の熱さが尋常ではない。見られるのが恥ずかしくて、陛下に隠れるように顔を伏せる。

陛下からひだまりとナッツの匂いがしていて、すごくいい匂いにくたりと力が抜けた。


陛下の言葉通り、男女のあれこれなど全くなくぐっすり眠った翌朝、王城を案内してもらうことになった。抱っこをして案内すると張りきる陛下におずおずと近づく。

「あの、陛下、本当に抱っこで移動するんですか……？」

「もちろんだ。これ以上、オフィーリア嬢の足の傷が悪化したら大変だろう」

陛下は思っていたよりも過保護で心配性らしい。アンス王国で私のことを心配してくれる人はいなかったから、胸にあたたかいものが灯《とも》る。

「あの、でも、自分で歩けるので大丈夫です」

「城は広いから無理しないほうがいい」

陛下の言葉通り王城はとても広そう。幼女姿の私が歩いて回るのは時間がかかるだろうけど、陛下に抱っこされるのは畏《おそ》れ多いし、恥ずかしい。

「オフィーリア嬢、夫婦は辛いときに助けあうものだぞ」

あまりにも優しい声に陛下を見上げる。陛下は目が合うと、両手を広げてにこりと笑う。本当は足の傷はまだ痛いし、沢山歩いて全身筋肉痛になっていた。

「いくらでも甘えてほしい。オフィーリア嬢、おいで」

陛下の言葉に気づいたら腕を伸ばしていた。青い瞳が細められ、ふさふさの銀色の尻尾が揺れはじめる。陛下に軽々と抱きあげられると目線が高くなった。

「オフィーリア嬢に、皆が会いたがっていたから喜ぶぞ」

「本当ですか……？」

「ああ、本当だとすぐにわかる」

陛下の案内は、執務室から始まり歴代陛下の肖像画の飾られている廊下を通り、パーティーを行う大広間、図書館を巡っていく。陛下が王城の人と話す様子から慕われ、尊敬されているのが伝わってくる。私も陛下の言葉通り、沢山の人に笑顔を向けられ、歓迎されていると実感して嬉しくなった。

「オフィーリア嬢は草花が好きか？」

「はい、大好きです……っ！」

「ふはっ、そうか。植物が好きなんだな。最後は庭園に行こう」

「っ！　す、すみません……貴族令嬢らしくないですよね……」

思わず大きな返事をしてしまったことが恥ずかしい。オスカー様の婚約者になるまで食事を度々抜かれていたから果実を植え、食生活が改善してからも癒やしになる花を植えていた。義妹のエミリアからは、貴族令嬢なのに土をいじるなんてみっともないと馬鹿にされていたのに。

「いや、そんなことは思わない。オフィーリア嬢はリス獣人だろう？　獣人抑制薬を飲んでも本能には逆らえないのだなと感心しただけだ」

「えっ、あの、陛下は私がリス獣人だとわかるのですか!?」

「俺は狼獣人だから他の獣人よりも嗅覚が優れているからわかる——さあ、お待ちかねの庭園に着いたぞ」

そっと下ろされて王城の庭園に目を向けると、色とりどりの花が咲き誇っていた。花や緑が溢れ、花の匂いが風に乗って鼻をくすぐる。草花の影が踊るように揺れていて、一目で好きになった。

「わああ、とっても素敵ですね……っ！」

「気に入ってもらえて嬉しい。もうひとつ、オフィーリア嬢に気に入ってもらえるといいんだが」

意味ありげに言葉を切った陛下と庭園を進むと、なにも植えていない花壇があった。日当たりがよくて、ふかふかの土。庭園の中でも一等地なのに、まっさらな状態が不思議で陛下を見上げた。

「この花壇をオフィーリア嬢にプレゼントしたい」

「こんな素敵な花壇をいただいて、いいんですか？」

「ああ、もちろん。この花壇は執務室から見えるから、オフィーリア嬢が育てた草花を見て癒やされたいんだ」

陛下の仕事はきっと忙しくて大変だろう。今の私で役に立てることが嬉しくて大きく頷いた。

「陛下、任せてください！　あっ、せっかくなので陛下のお好きな花を植えたいです。陛下は、どんなお花が好きでしょうか？」

「そうだな……花の種類は詳しくないが、太陽みたいな明るい黄色の花を見ていると元気が出るな」

「わかりました！　あの、種をいただくことはできますか？」

「ああ、見てもらおうと思って用意してある」

陛下の言葉で侍女達が色々な種を見せてくれる。黄色の花が咲く種をいくつか選び土に植えてから水をかけ、両手を組んで祈りを捧げると土の中の種がぱあと光った。

❀❀❀

ベスティエ国で暮らしはじめて一ヶ月、陛下とは変わらず清い関係のまま過ごしている。少しずつここでの暮らしにも慣れてきて、花壇や庭園のお手入れをするのが日課になった。陛下が私のために青地に銀色の模様の入った園芸用品を特注で作ってくださって、とても気に入っている。

夫婦の寝室の扉がひらく音がして視線を向けると、変な臭いで鼻が曲がりそうになった。陛下がなにやら怪しげな沼色の液体を持っていて後ずさる。

「陛下……手に持っているものは、な、な、なんですか？」

「オフィーリア嬢、獣人抑制薬の毒素を抜く薬茶の話を覚えているか？」

「覚えていますけど、あの、えっ、ま、ま、まさか……」

「これが薬茶だ」

「っ！　う、うそですよね……!?」

異臭のする深すぎる緑色の液体に絶望しか見出《みいだ》せなくて、茫然《ぼうぜん》と立ち尽くす。気づいたら薬茶をテーブルに置いた陛下に抱っこされて、膝の上に座っていた。

「嘘《うそ》だと言ってやりたいんだが、本当なんだ……。オフィーリア嬢、頑張れそうか？」

私を覗きこむまなざしはとても心配していて、ケモ耳も尻尾もぺたりと落ちている。やっぱり陛下は過保護で心配性で、とても優しい。

「これを飲まないと大きくなれないんですよね……？」

「薬茶を飲まなくても戻れないわけではないんだが……飲んでいた期間と同じか、それ以上の期間が必要になる……」

いつもは自信に満ち溢れた凛々《りり》しい顔なのに、へにょりと眉を下げている。陛下を安心させたいと思うのに、どろりと異様な臭いを放つ薬茶に手を伸ばせない。

「俺がオフィーリア嬢の代わりに飲めたらよかったのに……」

陛下の言葉と一緒に、陛下のもふもふ尻尾が私を抱きしめるように巻きつく。腕に当たるもふもふな感触は、今まで生きてきた中で一番気持ちのいい肌触りでびっくりしてしまう。銀色の煌《きら》めく尻尾を心ゆくまで撫《な》でてみたいと思った時には、陛下の洋服をきゅっと掴《つか》んでいた。

「あ、あの、陛下……」

「今日はやめておくか？」

「い、いえ、あの、お願いがあります……」

私の言葉に戸惑った様子の陛下をまっすぐに見つめる。

「この薬茶を飲めたら、私、陛下の尻尾を撫でてみたいです。だめでしょうか……？」

お願いしながら恥ずかしくなってきて言葉が小さくなる。顔も痛いくらいに熱くて、絶対に真っ赤だと思う。

「そんなことで薬茶が飲めるなら、いくらでも触ってくれ。尻尾も耳も触ってもいいし、オフィーリア嬢が望むなら狼の姿を撫でてもいいぞ」

「ほ、本当ですか……っ！」

「ああ、狼の姿になると約束しよう」

陛下の言葉が嬉しくて、グラスに注がれた薬茶を手に持って口にする。身体が飲み込むのを拒否して涙目になるけれど、もふもふを触るために鼻を摘《つま》んで耐えた。舌がビリビリ痺《しび》れて苦い。

「……うう、美味《おい》しくないです……」

「オフィーリア嬢、よく頑張ったな」

陛下から口直しの果実水を渡されて一気に飲み干す。ガラスの透け感が美しいゴブレットグラスをテーブルに置くと、陛下を真っ直ぐに見つめた。

「陛下、約束です」

優しく頷いた陛下が私を抱っこしたままベッドに移動すると、陛下の身体が光りはじめて大きな銀色の狼に変わっていく。銀毛のもふもふな狼は、優雅にベッドに横になった。

「ああ、とても綺麗《きれい》……」

あまりに美しいから見惚《みと》れてしまい、本音が口から落ちる。私の言葉を聞いて、陛下のもふもふな尻尾が誘うように動く。

「オフィーリア嬢、おいで」

陛下の言葉に誘われて、もふもふの毛並みを撫でる。もふん、と手が埋もれてしまう。しっとりしているのに、もふもふとしていて、ふわふわで気持ちよくて触るのに夢中になった。

「ふわああ、沢山触らせてくださって本当にありがとうございます……っ」

「可愛《かわい》い妻の願いを断るわけないだろう。明日の薬茶のあとも触るか？」

「へ⁉　ええっ⁉　明日も飲むんですか？　ま、まさか……毎日飲むんですか？」

私の言葉に陛下の青い瞳が申し訳なさそうに伏せられる。それからどんなに早くても半年は毎日、薬茶を飲むことを聞いて絶望のあまりベッドに崩れ落ちた。

ひどく落ち込む私を見て、薬茶のあとは狼陛下のブラッシングをさせてもらえることになった。それから、私をあやすうちに愛称呼びに変わり、お母様に呼ばれて以来の優しい響きに胸の奥がほわりとあたたかくなる。

「おやすみ、オフィー。明日も頑張ろうな」

「はい……おやすみなさい、陛下」

狼陛下のもふもふに抱きついて顔を埋《うず》める。陛下のあたたかい体温とナッツのいい匂いに包まれて目を閉じた。

❀❀❀

薬茶を飲みはじめて半年が過ぎたけれど、身体にまだ何も変化はない。毒素が身体から抜け切らないと成長しないと聞いていても、ちっとも成長しない身体にため息がこぼれてしまう。

「オフィー、頑張れ」

陛下の手にある薬茶は、半年経《た》っても慣れなくて恨めしく見つめる。迷っても飲むことは変わらないので、覚悟を決めてから一気に飲み干した。

「ううう……、何回飲んでも、ちっとも美味しくない……」

「よく頑張ったな。ほら、おいで」

特製のブラシを持って、ベッドにゆったり横たわる狼陛下のもとに向かう。もふもふの銀毛を丁寧に梳《す》くと、灯《あか》りを反射して宝石みたいに煌めく。整えたばかりのもふもふに手を置くと、もふんと沈むのがたまらない。

「陛下、気持ちいいですか？」

「ああ、とても心地いいな」

「……っ、あれ？」

陛下の言葉が嬉しくて、もっとブラッシングをしようと思ったのに頭と腰のあたりに違和感があって手を止める。

「オフィー、どうした？」

「なんかむずむずして……んっ、なんか変です」

ブラシを置いて頭を押さえる。頭痛とは違う今までに感じたことのない違和感に怖くなってしまう。

陛下は私の手を優しく外すと、違和感のある場所に鼻を近づけて匂いを熱心に嗅いでいく。

「オフィー、もうすぐ耳と尻尾が生えると思うぞ」

「本当ですか⁉」

「ああ、抑えられていた獣人の匂いが濃くなっているから、明日の朝には獣人に戻っているはずだ」

狼から人間の姿に戻った陛下に横抱きにされた。陛下に頭と腰をさすられると楽になるので、むずつくところを陛下の手のひらにぐりぐりと押しつける。

「撫でると楽になるか？」

「う、ん……んんっ、陛下、やめないで……っ」

「わかった。オフィー、本当に頑張ったな。獣人に戻ったら薬茶はやめれるぞ」

「……本当に本当？」

「ああ、本当だ。このまま撫でてるから安心しろ」

「んっ、陛下、ありがとう、ございます……っ」

陛下にぎゅっとしがみつく。大きな手で一定のリズムで撫でられ、甘くて安心する陛下の匂いをたっぷり吸い込んでいたら、段々むずつきが落ち着いてくる。陛下の優しい手つきが心地良すぎて、そのまままぶたが落ちてくるのに身を任せて眠りに落ちた。

「へ、陛下……っ！　リスの耳と尻尾が生えてます……っ」

翌朝、目覚めたらリスの尻尾と耳が生えてリスの獣人になっていた。驚きのあまり隣で眠る陛下に話しかけると、大きな手でやわらかくリス耳を撫でられる。リス耳なのに、ちゃんと撫でられている感触がするのが不思議で仕方ない。

「おはよう、オフィー。立派なシマリス獣人になったな」

陛下は私を抱き上げると姿見に連れて行ってくれた。鏡に映るのは、大きなシマシマな尻尾と丸い耳が生えている私。不思議な気分で両手を伸ばして丸い耳にそっと触れ、私に合わせて動く大きな尻尾を捕まえて身体の前でじっくり観察する。

「……本当に私から尻尾と耳が生えてる」

昨日までなかったものが自分についている感覚に慣れなくて、鏡の前でくるくる回って何度も確かめた。

「オフィー、どこか具合の悪いところはないか？」

「気分はいいくらいですけど……。あの、花壇に行ってきてもいいでしょうか？」

リス獣人に戻ったら、無性に土を掘りたいような、種を植えたいような、とにかく土いじりがしたくてたまらない。でも、まだ早朝なのに変なことを聞いてしまったと後悔していると、陛下は納得したように頷いている。

「オフィー、今から出掛けよう」

陛下と馬車に揺られて、ベスティエ国のなにもない広大な土地にたどり着く。いくらでも草花を育てられそうな場所に感動していると、陛下から私の園芸用品を渡された。

「種を隠したいのは、リス獣人の本能だからな。どんどん隠したらいいぞ」

「ありがとうございます……っ！」

沢山の種を持って気になるところへ駆け出す。サクサクと土を掘り、パラパラと種を蒔《ま》き、ザアザアと水をかけると、土の中の種がぱあと光った。好きなように埋め、頼まれた種や苗も植え終わり満足していると、鼻をくすぐる甘い匂いがして陛下に抱き上げられる。

「オフィー、いっぱい隠したか？」

「はいっ！」

私の大きな尻尾が陛下の頬にもふっとぶつかると青い瞳が細められた。陛下の指が伸びてきて、丸い耳の付け根をやわらかく撫でるから力がくにゃりと抜ける。陛下の首にしがみつくと、以前より陛下の匂いを強く感じてすごく落ち着いた。

❁❁❁

耳と尻尾が生えてから半年、ベスティエ国に暮らしはじめて一年が経った。

獣人抑制薬の毒素が抜けてから背も伸びて、見た目も女性らしくなったと思う。急激に身長が伸びるから、成長痛が辛い夜は痛いところを陛下に撫でてもらい乗り切っている。どんなに痛くても、もうあの薬茶を飲まなくていいことがなによりも嬉しい。

「オフィー、これも食べてごらん」

「ん……へいか、おいひい、です」

口もとに差し出された胡桃《くるみ》たっぷりのクッキーを頬張る。甘くて香ばしくて美味しい。リス獣人の頬っぺたは、とんでもなくよく伸びて、美味しいものを食べながら頬に溜《た》め込んでしまう。

「ああ、オフィーは、食べているところも可愛い」

子どもっぽい仕草だから頬に溜め込むのは陛下と二人きりの時という約束をしている。陛下の指が伸びてきて、頬張っている口もとをつつかれた。青い瞳が蕩けるように甘くて、陛下に熱っぽく見つめられて心臓が跳ね上がる。

「あー……すまない。可愛くて、じっと見てしまった……」

甘い雰囲気に驚いて固まってしまった私を見て、ぺたんと落ちるケモ耳ともふもふ尻尾。素直な陛下の気持ちがわかるのが嬉しくて、陛下の洋服をきゅっと掴む。

「あの、びっくりしただけで、陛下に触られるのも、見つめられるのも嫌じゃないです……」

「ああ、俺の番は可愛いな」

なぜか片手で顔を覆い上を向く陛下。耳もほんのり赤くて、もふもふな尻尾が高速で左右に揺れていて心配になる。しばらく陛下とお茶を続けていると、突然、扉が勢いよくひらいて、陛下の腹心のキース様が呆《あき》れた顔で立っていた。

「……陛下、何やってるんですか？」

「見ての通り、癒やされている」

「はあああ、仕事を終えてからにしてください。ただでさえ陛下は来春にまとめて休むのですから、陛下の確認が必要なものを今から目を通してもらわないと」

キース様は陛下の幼馴染《おさななじみ》らしく、二人のやりとりは気安くて信頼し合っているのが伝わってくる。

最近の陛下はとても忙しい。今まで食品貿易を担《にな》ってきたアンス王国の輸出量が減り始めた影響で、ベスティエ国には次々と貿易申請が届いている。実りの減り始めたアンス王国は気になるけれど、追放された私に心配されても迷惑かもしれない。今は、結婚式に向けて準備が忙しく、余計なことを考える暇がなくてよかったと思う。

「聖女様、お茶をしているところ申し訳ありません。陛下をお借りしても？」

「っ！　キース様、お仕事の邪魔をしてしまいすみません……」

陛下は忙しい公務の合間を見つけ、日中も私に会いに来てくれる。私も陛下に会えるのが嬉しくて甘えていたけれど、キース様達に迷惑を掛けていたことを申し訳なく思う。私の気持ちに合わせて、リス耳がぺたんと落ちた。

「おい、キース！」

「聖女様は悪くありませんので、なにも気になさらないでください。悪いのは全て陛下ですから」

「キース、わかった。今行くから、五分だけ待ってくれ」

「仕方ありませんね。陛下、本当に五分だけですよ」

キース様が懐《ふところ》から懐中時計を取り出して、時間を計りはじめた。

「オフィー、今日はこれを渡そうと思っていたんだ」

陛下が、艶消しされた美しい青色のキャニスターをテーブルに置く。上品な風合いに、細やかな銀色のレリーフ装飾が可愛らしくて目を奪われる。陛下が蓋に手を掛けてあけると空っぽだった。

「っ！」

なにも入っていないキャニスターを見ていると、なにか入れたくてうずうずする。堪《こら》えきれなくて、陛下の好きな塩味の利いたパイ、ほろほろと崩れる繊細なクッキーを詰めていく。私と陛下の好きな沢山の焼き菓子を貯め終えたら、隠すように蓋をしめる。

あとで陛下とゆっくり食べたいから寝室に保管しておこうと思っていると、リス耳を柔らかく撫でられる感触に顔を上げた。

「食べ物を隠しておく貯食はリスの習性だからな。オフィー、気に入ったか？」

「はいっ！　陛下、ありがとうございます」

お礼を言えば、陛下の青い瞳に熱っぽく見つめられる。甘い熱が移った私の頬に陛下の指が添う。

「陛下じゃなくて、レオン」

「っ、……、レオン、さま」

「ん。今はそれでいい。はあ、本当に俺の番は可愛いな」

嬉しそうに青い目を細められると、私も嬉しくなって見つめ合う。甘やかな雰囲気が漂い、陛下の顔がゆっくり近づいてきた。

「ごほんっ！　陛下、五分経ちました。続きは仕事を終えてからにしてください」

大きな咳払《せきばら》いをされた陛下はうなだれたまま連れて行かれ、キース様は、羞恥で真っ赤に染まった私に一礼して部屋を後にした。

❁❁❁

冬になると、身長も伸びなくなり、完全に元通りに成長できたと王城の医師に太鼓判を押された。

腕を引かれて膝の上にぽすりと収まる。陛下の胸にもたれて甘い匂いをくんくん嗅ぐ。最近の陛下は、とんでもなくいい匂いがしてずっと嗅いでいたくなる。これが番の匂い……？

「オフィーの尻尾は優しくしないとな」

陛下の心地よい低い声が鼓膜を揺らす。リスの尻尾は、簡単に取れてしまうのに、二度と元通り生えてこないと知った時の衝撃は忘れられない。それから尻尾はきちんと手入れをしないと、小さな虫が住み着いて尋常じゃないくらい痒《かゆ》くなるらしい。獣人初心者の私はどうすればいいのかわからなくて、リスの尻尾が生えてからは毎夜陛下にお手入れをしてもらっている。

「きゅ……っ」

最近、陛下に尻尾や耳を撫でられると喉が鳴ってしまう。今までは平気だったのに。

「痛かったか？」

「痛くない……けど、くすぐったい……」

「ん。オフィーが嫌ならやめるけど、どうする？」

「や、レオン様、……やめないで」

尻尾の付け根を守るように陛下の手が置かれると、また喉が小さく鳴った。くすぐったいのに、もっと陛下に撫でてほしい気持ちが胸の中で混ざりあう。どうしたらいいのかわからなくて、陛下を窺うと甘い瞳と視線が絡む。陛下の甘すぎるまなざしに肩が跳ねて、固まった。

「驚いて固まるオフィーも可愛い」

くつくつ喉を鳴らして笑う陛下に頭を引き寄せられ、身体をあずける。陛下は尻尾のお手入れを再開すると何度も優しく尻尾を梳いてくれる。ひだまりみたいな陛下の匂いと、やわらかな手つきに何度も喉を鳴らしながら夜は更《ふ》けていった。

❀❀❀

ベスティエ国で暮らして二度目の春。雪もすっかり解け、ふわふわ漂う花の匂い、ぽかぽかした陽気はピクニック日和なのに、なんだか熱っぽい。

「オフィー、なにか欲しいものはあるか？」

公務の合間に陛下が来てくれて、甘い匂いも甘やかなまなざしも欲しくて、両手を伸ばす。陛下に抱き上げられ、膝の上にぽすんと収まる。ぎゅっと抱きついて、ぐりぐり胸もとに顔を擦り付ける。陛下の匂いに私の匂いが混ざっていく。

「熱っぽいけど、なにかしなくちゃいけない気がしていて……？」

「それはリス獣人の本能だから、やったほうがいいな。オフィーの必要なものは、これか？」

「っ！　こ、これです！」

沢山の綺麗な布がずらりと並べられているのを見て、陛下の膝から飛び下りた。布をいっぱい抱えてベッドに敷き詰める。丸く居心地よくなるように整えていくのに夢中になった。

「オフィー、巣作りが終わったら、すぐに教えてほしい」

陛下の声が聞こえた気がするけど、目の前の布しか目に入らない。言葉の代わりに、尻尾をぶんぶん振って挨拶《あいさつ》をした。

「……できた！」

夢中になりすぎて、気づけば明るかった空も日が傾きはじめていた。こんもり丸く積まれた布。天蓋を掛けてもらい落ち着く暗さ。ハッキリ言って完璧な出来栄えに喉が大きく音を立てる。きゅ。すぐに陛下に見せたくて、会いたくて、きゅ、きゅ、と喉が鳴る。鼻をひくひく動かせば、陛下まで匂いの道が続いていて。初めはゆっくりと歩いていたけれど、気づけば小走りになった。きゅ、きゅ、と喉が鳴るのが止まらない。会いたい、会いたい。

「——レオン様！」

扉を開けて、固まった。

陛下の匂いに夢中だったから、オスカー様がいるなんて思っていなくて。心臓がびくりと跳ね上がり、固まって動けなくなった。予想外の出来事に、どうしたらいいかわからない。時間が止まっているみたいに立ち尽くす。

「オフィー、大丈夫だから、こちらへおいで」

陛下の声にハッと我に返り、隣に並ぶ。オスカー様が目を見開いている。輝くような金髪は以前と比べてパサついていて、くたびれたように見えた。

「……お前、オフィーリアなのか？」

リス耳から胸もとまで視線をねっとり動かすオスカー様に、尻尾が左右に揺れ出す。忙《せわ》しなく動く尻尾を見て、オスカー様がニヤニヤと口をひらく。

「オフィーリア、婚約破棄は取り消してやろう。今すぐアンス王国に戻り、祈りの舞を踊れ」

「お断りいたします」

「直ぐに出発す——……？　おい、オフィーリア、今なんと言った？」

断られると思っていなかったオスカー様の機嫌が悪くなる。

「お断りします、と。私は、もう陛下と結婚しております」

私が陛下を見つめると、優しく頷く。それから震える私の手に陛下が手を重ねる。私が緊張して固まらないように、体温を分けてくれていた。

「ふんっ、強がることはない。お前の尻尾は素直なようだ。俺を見てから随分と嬉しそうに左右に揺れている」

「……っ！」

尻尾のことを指摘されて顔が赤くなる。今の陛下は、耳も尻尾も見当たらない。高位貴族になると、獣の姿も人の姿になるのも変化自在。未熟な私は、リス獣人の耳も尻尾も隠せないのが恥ずかしい。

顔を赤くした私を見たオスカー様が、不躾《ぶしつけ》に私に手を差し出す。

「我が国の実りが少なくなって、お前が本物の聖女だと言う輩《やから》が多くなってエミリアが嘆いてる。わざわざ、王太子のわたしがアンス王国から迎えに来てやったんだから戻ってこい。それに喜べ、特別に側室にしてやろう」

失礼すぎる言葉に両手を強く握りしめた。背筋を伸ばし、真っ直ぐにオスカー様を見つめる。

「聖女の私がアンス王国を出ていけば、実りが減りますと伝えました。それでも、偽の聖女の私は要らないとこの国に嫁がせたのはオスカー様です――アンス王国には行きません。側室もお断りします」

「いい加減にしろ！　いくら俺のことが好きで気を引きたいからといって、下手《したて》に出ていればいい気になって。お前は俺の言うことを聞いて、祈りの舞を踊ればいいんだ。行くぞ！」

見下していた私にハッキリ断られ、紅潮したオスカー様が怒鳴った。オスカー様の腕が伸びてきて、私がびくりと固まった途端。

「……いい加減にしろ」

陛下から放たれる威圧に平伏しそうになる。オスカー様も紅潮していた顔が青ざめていく。

「手酷く追放しておきながら、今度は国の体裁のために返せという身勝手な要求だけでも業腹《ごうはら》なのに、俺の妻を侮辱することは到底許せることではない――そもそも、妻の尻尾が揺れるのはモビングという威嚇《いかく》行為だ。喜びで尻尾が揺れる種族もいるが、リスはストレスを感じて威嚇するときに揺れるのだ。威嚇も可愛いなんて、我が妻は本当に愛らしくて困る」

髪を一房掬い上げて、唇を寄せる陛下に私はドキドキして固まる。

「きゅ……っ」

甘い匂いがグンと近づき、陛下に会いに来た理由を思い出して喉が鳴った。

「…………へ？」

オスカー様が空気の抜けたような声を出し、呆気《あっけ》に取られた顔をしている。

「聖女《リス》が種をあちこちに隠して、聖女の祈りで芽吹く。獣人は聖女の聖なる匂いが直ぐにわかるから、本物の聖女を偽者だと思う馬鹿は誰一人いない――さあ、もう帰ってくれ」

陛下の言葉で、控えていた騎士がオスカー様の両脇を力強く拘束する。

「待て！　待ってくれ！　我が国はどうなるんだ⁉」

「オフィーリアを蔑《ないがし》ろにしていた国に制裁も与えなかったのは、妻が望んでいなかったからだ。制裁をしなかったことを最大限に感謝してほしいというのに、これ以上、妻との時間を邪魔するなら容赦しない。大人しく国へ帰るか、今この場で噛み殺されるか、好きなほうを選ばせてやろう」

陛下が巨大な狼になり、鼻先をオスカー様に近づけたら腰が抜けて床にへたり込んだ。そんなオスカー様を気にする様子もなく騎士達は引きずっていった。オスカー様の後ろ姿を見送っていると、もふもふの感触を頬に感じて狼姿の陛下を見上げる。キラキラと煌めいて人間の姿に戻っていく。何度見ても神秘的で見惚れていると、愛おしそうに目を細められた。また喉が大きく鳴る。きゅ。

「陛下……、好きです」

「俺もオフィーが好きだ。愛している」

すっぽり抱きしめられて、陛下の匂いと体温に包まれる。甘くて香ばしくて、ひだまりとナッツの香り。幸せでいっぱいなのに、どうしよう。どうしようもなく天蓋を掛けて丸く敷き詰めた寝室を見せたくてたまらない。喉が陛下を求めるように震えた。きゅ。

「レオン……完成したの、見てくれる……？」

「ああ、もちろん。オフィーの巣ができたんだな。これから、しばらく一緒に巣籠もりしよう」

「巣籠もり……？」

こてりと首を傾《かし》げる。子どもっぽい仕草が恥ずかしいけれど、なんだか熱っぽさが増していて、うまく話せない。喉が何度も音を鳴らす。きゅ、きゅ。好き、好き。

「オフィー、今から全部教えるから。だから、オフィーの全部を俺に欲しいし、俺の全部をオフィーにもらってほしい」

こくんと頷いたら、嬉しそうに笑った陛下に抱き上げられる。私の作りたくなったものが巣だったこと、喉が鳴るのはリス獣人の求愛行動なこと。私の気持ちが追いつくまで陛下がずっと待っていてくれたことを、とびきり甘やかで蕩ける蜜夜にとことん教えられた。

❀❀❀

いくつもの季節を越えて、また春――。

「おかーさまー、あたし、ここにタネをうめたいの！」

「ぼくも植えたい！」

「もちろん！　好きな種を選んで植えましょう」

陛下と陛下そっくりの狼獣人の息子と、私そっくりなリス獣人の娘。うららかな陽気に誘われてやってきたピクニックで、娘が種を隠したいと言いはじめた。好きな種を選ぶ様子を陛下と微笑んで眺める。

あれからアンス王国は何度も大飢饉に襲われた。長い間、豊作が続いてきたアンス王国の民の不満は、聖女であるエミリアと、エミリアを聖女としたオスカー様に向けられることに。エミリアが聖女だと偽っていたことも、私の生家での不当な扱いがアンス王国の民に次々と知られ、不満を一気に爆発させた民の反乱で政権が交代。オスカーもエミリアも失脚し、生家であるカリディア公爵家も取り潰された。今の地図にアンス王国の名前はなくなり、新しい国は、少しずつだけどベスティエ国と交流が増えてきている。

「私も種を植えましょう」

アンス王国にいた頃に感謝を伝えてくれた人達を思いながら、植えた種に祈りを込めた――。

戦いの犠牲にされた聖女は百年後（？）に目覚める

藍《あい》川《かわ》竜《たつ》樹《き》
ill. 風《ふう》ことら

目が覚めると棺《ひつぎ》の中だった。花に囲まれ、胸の上で手を組み横たわっている。

（え？　私、どうしてこんなところにいるの。死んだ覚えはないのだけれど?!）

エメラインは目を瞬《また》かせた。透明な棺ごしに辺りを見る。そこは円形の広間だった。窓一つないかわりにおかれた燭台《しょくだい》が煌々《こうこう》と輝き、床一面に描かれた聖法力陣を照らしている。

初めて見る陣だ。だが描かれた聖文字に覚えがある。エメラインが属する神殿のものだ。

「……そう、よ。思い出した。私、〈百年の眠り〉の禁呪《きんじゅ》をつかったのだった」

エメラインは聖女だ。亜麻《あま》色の髪に緑の瞳《ひとみ》の歴代の誰よりも強い神聖力をふるう希代の乙女《おとめ》。

そのせいで聖なる力を隣国との戦いにつかうことを強《し》いられ、最後には百年の眠りを代償とする禁呪までつかうはめになり敵地のただ中で眠りについた〈つかい捨ての〉と注釈がつく悲劇の聖女だ。

もちろん禁呪はエメラインの持つ神聖力を一時的に凝縮、格上の術をつかえるようにする補助的な呪《じゅ》だ。代償となる眠りはつかい果たした力を補うためのもので死を意味しない。

だが無防備な眠りに落ちるのだ。最後の力をふり絞り敵を倒したとはいえ周りは死体が転がる荒野。敵の手に落ちずとも百年野ざらしになれば体も朽《く》ちる。現に昔、押し寄せる山崩れから民を守るため禁呪をつかった聖女も眠りに落ちた体をそのまま土砂にのまれて死んだと聞く。

だから再び目覚めることはないだろうと、百年前のエメラインはどこかあきらめてもいた。

もちろん悔しかった。当時のエメラインは十八歳でしかない。恋も人生の楽しみも知らず、神殿の爺《じじい》どもに利用されるだけ利用されて眠りにつく。哀《かな》し過ぎる一生だ。

だが眠りに落ちる刹那《せつな》、エメラインは安堵《あんど》もしていた。

――これでもう私の力が利用されることもない。

むりやり回復薬を飲まされて戦場に立つことも、敵とはいえ人を傷つけることもない。やっと死ねる。解放される。世界を癒やす聖女の力を人を害するものにされたのだ。心が痛まないわけがない。だからエメラインはある意味納得して眠りについた。このあと捕らわれ殺されたとしても聖女の本分を外れた自分の罪。自業自得だと。

それがどうして再び目覚めて棺に納まっているのだろう？

もしや味方の手で遺体として回収され、葬《ほうむ》られたか。あのときの自分は血と泥にまみれてぼろぼろだった。戦場の混乱で誤って棺行きになってもおかしくない。

だがそれにしては変だ。今のエメラインは広間の中央に祭壇よろしくおかれた台の上にいる。しかもさっきから周りを見回せるのは、棺が透明な水晶でできているからだ。

水晶を薄く加工するには手間がかかる。そもそも棺なのに土中に埋められていない。

枕元には安眠をうながすラベンダーの可愛《かわい》いポプリ袋、棺の温度も良好に保たれ、敷かれているのはふかふかの羽毛布団だ。『聖女などつかい捨ての道具に過ぎぬ』と言い切った神殿上層部の爺たちが下心もなくこんな厚遇をするわけがない。

「もしかして眠る聖女を見世物にして寄進をつのってる？　それとも百年、安眠させて気持ちよく目覚めさせたあとはまたつかい倒すつもりとか？」

欲の皮の突っ張ったあの爺どもならあり得る。

「冗談じゃないわ、死後（？）までこきつかわれてたまるものですか！」

エメラインは物心つく前に神殿に引き取られた。親を知らない。国のために身を捧《ささ》げるのが聖女の義務と教わり育てられたし、それを信じてもいた。が、限度がある。

そもそも百年前の戦いは聖女がいたから起こったといっていい。

当時エメラインの国では天候不順が続いていた。作物が不作で王が新たな税源を求めていたこと、隣国の王が好戦家だったこと、商人が隣国との境にある金鉱脈の情報を持ち帰ったことなど、遠因はいくつかあった。が、戦端を開く最後の一押しとなったのはエメラインの存在だ。

欲深い神殿長が聖女の力が戦《いくさ》にも転用できることに気づいてしまったのだ。

恵みの雨をもたらす力は敵の城や砦《とりで》を水没させるのに最適だ。癒やしの力を自国兵にかけ続ければ疲れを知らぬ最強の半ゾンビ軍団だってできてしまう。

『聖女さえいれば世界をひざまずかせることも可能』

そんなはた迷惑な確信を、国の上層部にもたせてしまったのだ。

あれから百年たった。王も神殿長も代替わりしただろう。が、人の本質が変わるとは思えない。今回は先の戦という前例まであるのだ。エメラインが目覚めればまた誰かが良からぬことを考える。

「逃げよう」

平和のため、民のための逃亡だ。眠りっぱなしで強《こわ》ばり力の入らない手で棺の蓋を押す。びくともしない。封がかかっている。妙にねちっこい、いや、精緻な封だ。いらいらしてきた。エメラインはもともと直情型だ。根気のいる作業には向いていない。

「うおりゃっ」

いらだちまかせに神聖力をのせると封が弾《はじ》け飛んだ。棺の蓋が宙を舞い、派手な音をたてる。警報まで鳴り響いた。

「やばっ」

爺どもは聖女の脱走防止策を講じていたらしい。急ぎ棺から抜け出す。筋力の落ちた体で這《は》うように外に出る。そこは広間をぐるりと囲む円形廊下だった。夜明けの光が窓から差し込んでいる。

覚えのある眺めは神殿最奥《さいおう》に立つ主塔からのものだ。やはり爺どもに回収されていたか。

百年の間に増改築がされているようでどちらに逃げるか迷う。そのときだ。

「……聖女様?!」

声がした。ふり返ると、階下から駆けつけたらしき若い神官がいた。

年のころは二十歳前後か。黎明《れいめい》の光の中、聖画から抜け出したような姿が浮かび上がっている。

整った目鼻立ちはどこまでも繊細で、透き通った空を思わす青の瞳もまた美しい。癖のない金髪は襟足《えりあし》ですっきり短く整えられ品の良さが漂う。早朝で寝台にいたところを急いできたのだろう。夜着に部屋着を羽織った崩れた姿だが神に仕える神官特有の清らかな空気をまとっている。

総じて爽《さわ》やかな青年だ。が、こちらは逃亡中の身だ。

警戒して向き直ると、彼が顔をくしゃりと歪《ゆが》めた。一言、「あ」と吐息のような声をもらす。

その顔を見てなぜかエメラインはたじろいだ。

（な、なに……?）

エメラインが眠りについてから百年がたっている。当前、知らない男だ。なのに泣きそうな顔を向けられてどきりとした。逃げなければと思うのに足が動かない。

「聖女様、よくぞ……」

またつぶやくと彼が動いた。こちらに歩み寄ると倒れるように床に片膝をつき、頭《こうべ》を垂れる。

「きっとお目覚めになると信じていました。きっと、きっと……」

嗚咽《おえつ》が聞こえた。彼が肩をふるわせエメラインの衣の裾に口づける。そのひょうしに彼がまとう部屋着がずれた。思ったより逞《たくま》しい首から肩にかけての線が見えて、エメラインは急に今の自分の格好が気になった。もじもじと裸足《はだし》の足を動かす。

「僕のことを、覚えておられませんか」

エメラインのとまどいが伝わったのだろう。彼が顔を上げた。泣き笑いの表情を取《と》り繕《つくろ》おうとするが感極まったのだろう。肩をふるわせ、再び顔を伏せる。

「申し訳ありません、ご尊顔《そんがん》を拝せた喜びで取り乱してしまいました。フランとお呼びください。眠っておられた貴女《あなた》様のお世話係です」

「世話係？」

「はい。力を取り戻すための眠りで害はないとはいえ、お体を健やかに保つ必要があるでしょう？貴女様を塔に安置してからは僕が一手にお世話をしておりました」

「ち、ちょっと待って」

一手にお世話とはなんだ。目の前にいるのはどう見ても成人男性で、自分はこれでも若い娘だ。言いよどんだエメラインをどう思ったのか、彼が、ああ、と手を打つ。

「ご安心を。清拭《せいしき》は棺ごと神聖力をつかっておこないましたし、着替えは女性神官に頼みました。その間、僕はきちんと後ろを向いていましたから」

後ろを向いていた?! 彼の口から出た事実は想定の斜め上だった。

聖女とはいえエメラインも箱入りではない。神殿の爺どもに囲まれて育ったし、戦端が開いてからは野営の連続で雑魚寝《ざこね》上等。甲冑《かっちゅう》も脱ぎ捨てた半裸の騎士が沐浴《もくよく》する横で兵の傷の手当てをするのが日常の前線暮らしだった。歴代聖女の誰よりも男慣れして、今さら人の着替えを見たり見られたりしても悲鳴を上げないだけの図太さはある。なのにこのフランという男が相手だと勝手が違う。

むさ苦しい兵士と違っていい匂いがするというか、妙に艶《つや》っぽいのだ。彼の周りだけ後光が差しているというか、清らかな別の世界の住人のような気がして、意識なく眠りこけた顔を見られていたかと思うと恥ずかしくて地中深くに埋まりたくなる。

口をぱくぱくさせると、彼が申し訳のなさそうな顔をする。

「もちろん乙女である聖女様のお着替えを背を向けていたとはいえ間近で耳をそばだてるのもどうかと思いましたが、万一があります。刺客の危険を排除するためにも立ち会いは必須でした」

それはそうかもしれないが耳をそばだてとはなに。そこでふとねちっこかった封を思い出した。

「もしかしてあの棺にかけられてた封って」

「はい、僕が構築しました」

彼は褒《ほ》められたと思ったのか照れたように頬《ほお》を紅に染めるが、えぐい。封でもなんでも神聖力には性格がでる。あの封はこんな爽やかに微笑《ほほえ》む男がつくるものではない。

エメラインがあとずさったときだった。

外から声が聞こえた。見ると塔のはるか下、門付近に警護の兵らしき者が集まっている。そういえば警報が鳴っていたのだった。内鍵がかかっているのか突入できずにいるが時間の問題だろう。

思わず身をすくめると、同じく窓の外を見下ろした彼が眉をひそめた。

「無粋《ぶすい》な。せっかくの聖女様との再会を邪魔するとは。蹴散らしますか」

「いや、あなたここの神官でしょう?! 蹴散らすなんて言ってどうするの」

しかも神殿最奥の主塔で寝起きできるならかなりの出世頭だ。将来を棒にふってどうする。

が、彼は邪気なく微笑む。

「今の僕は聖女様のお世話係です。貴女様を不快にさせるものはすべて排除します」

……爽やかな外見に騙《だま》されかけたがかなりやばい男だ。エメラインはドン引いた。相手を刺激しないよう引きつった笑み浮かべると、そっと方向転換する。

「そ、そう、じゃあ、後はまかせたわ。私はこれで。逃げないといけないので、ごめん遊ばせ」

が、ぐいと裾を引かれた。「お待ちください」と止められる。

「止めないでっ」

「止めません、そのかわり、逃げるというなら僕も連れていってくださいっ」

「へ?」

「今の僕は聖女様にお仕えするためだけに生きています。貴女様のいない生など考えられません」

捨てないで、とすがられたが重い。仕事熱心なのか、神殿の爺どもに「聖女を逃がしたらお前も殺す」とでも脅《おど》されているのか。

（でも私は目覚めたのだし、逃亡するのにお世話係は邪魔なのだけど?!）

そもそも一緒に来れば彼まで追われる。諭《さと》したが彼は聞かない。反対に問いかけてくる。

「ですが聖女様はまだ動きがぎこちないご様子。お体が回復しておられないのでは？　それにここを出るにしても眠りについておられた貴女様では建物の配置がわからないでしょう。案内役がいるはずです。なにより逃げるとおっしゃいますが頼れる先がおありですか？」

答えられない。エメラインは神殿で育った。家はない。神殿関係以外の知人も戦場で仲良くなった騎士くらい。その多くは戦死した。そもそも百年たった。無事だった者もとっくに墓の下だ。

「それにその薄着ではお体にさわります。当座の着替えも、旅費だって入り用でしょう？」

言われて自分を見る。夜着に裸足だ。所持金もないし街に下りて服を調達することもできない。だが彼だってそうだ。襟元もはだけた夜着姿で鎖骨のあたりが見えている。男性でも彼の場合こんな姿で町を歩けば拉致《らち》監禁その他犯罪を誘発しかねない。

言うと、彼は「だいじょうぶです」と請け合った。

「まず神殿を出て、貴女様を安全な場所にお隠ししたあと自室に戻り必要な品を用意いたします。共にいるところを見られなければ僕にとってここは家、兵に誰何《すいか》されることもありません」

僕のことが信用できませんか、と聞かれた。

「たしかに僕は貴女様を酷使し眠りにつかせた神殿に属する者です。心を許せないのは当然です。ですが僕に聖女様を害する心がないことはわかってください。共に歩むのが不快と仰《おお》せなら、貴女様の視界に入らない距離をとり、後をおつけいたしますので……！」

それはそれで嫌だ。

「ああ、どうすれば信じていただけるのでしょう。この首を差し出せば納得してくださいますか？　いえ、それでは貴女様にお仕えすることができない。ならば支障のない程度にこの指を……」

「いやいや、切り落とさなくていいから」

真面目《まじめ》か。彼が短刀を取り出したのでエメラインはあわてて止めた。

「わかった、あなたのことは信用する。だからそれはしまいなさい」

「はい、聖女様がそう仰せなら。供をお許しくださりありがとうございます！」

許したわけではないが言質《げんち》をとられたのか？　聞くと彼は二十一歳だそうだ。眠っていた時間を無視すれば自分より年上だ。が、捨てられた犬のような顔をされると無下にできない。エメラインは聖女として育った分、庇護《ひご》欲をそそる相手に弱いのだ。それを察したのか彼がたたみかけてくる。

「なんと慈悲深い。やはり貴女様は聖女の中の聖女様です。どうか僕を貴女様の道具に、いえ、お目汚しでしょうから神殿の追撃をふり切る人質、楯《たて》にしてください」

道具及び人質、楯部分には「できるかっ」と返したいがあんな封をつくれるということはこの青年も力ある神官だ。聖女である自分が目覚めた以上、調子にのった爺どもがまたどこかの国に宣戦布告をするかもしれない。そうなれば彼もつかい倒される。

聖女でさえ道具と言い切った彼らだ。一神官をつかい潰すことにためらいはないだろう。百年前もエメラインの戦果に味を占めた爺どもは国中から力ある子どもたちを集めていた。

なによりエメラインが一人で逃げれば彼はきっと追っ手に組み込まれる。そうなれば自分は反撃できるだろうか。わずかな時間話しただけだがすでに彼に親しみのようなものを感じている。

自分でもなんだかなあと思うがエメラインは直情型の分、情に厚いのが弱みだ。百年前、エメラインが戦場行きを拒絶できなかったのは自分が拒否すれば幼い、集められた子どもたちが動員されるとわかっていたからだ。眠りに落ちたときもあの子たちの将来だけは気がかりだった。

「わかったわ。一緒にいきましょう」

エメラインは妥協した。彼に人生を踏み外させることになるがあとでなんとか償いをしよう。

そう覚悟をつけて、「あなたは私が守るから」と言いかけたところで足が宙に浮いた。

思った以上に逞しい腕で彼がエメラインを抱き上げていた。そのまま弾《はず》む足取りで廊下を進み、兵士がいない北側まで移動する。窓を開け、窓枠に足をかける。

「塔の唯一の門を固められていますから姿を晒《さら》さないためこちらから脱出します。結界を張り落下の衝撃は殺しますが念のためしっかりつかまっていてください」

「ち、ちょっと待って、私も脱出路はこれしかないって思ってたけど、お姫様抱きはちょっと……」

言いかけたが遅い。次の瞬間にはエメラインは彼に抱かれたまま外へと飛び出していた。

「申し訳ありません。神殿で調達しましたから衣は法衣《ほうえ》しか用意できませんでした。ご身分がばれてはまずいですから聖女服ではなく、一般の修道女服をつけていただけますか」

神殿を飛び出して、二刻後のこと。

エメラインはお世話係のフランとともに馬に乗り、神殿から離れるべく街道を進んでいた。

塔を脱出して森を駆けて。ここなら安全ですと降ろしてくれた木の洞《うろ》で待つこと半刻。戻った彼は馬を二頭連れていた。もちろん積まれた旅装は二人分だ。本心から納得していないエメラインは遠い目になったが「女性の一人旅は目立ちますよ。人目を避けるなら野宿になりますし今どきの天幕《テント》は聖女様が眠りにつかれたあとにつくられた品で張り方もわかりづらいです。下僕の同行は必須かと」と言われては「いやいや、いつの間に下僕になった」としか突っ込めなかった。

たしかに百年の間に技術革新がされたらしく天幕は材質も良く、ふわふわしていた。が、「塔にあった最上級品を持ってきました」と彼が胸を張ったことで森においてきた。どう考えても神殿長用だ。そんなものを張ればすぐに居場所がばれる。

「聖女様を粗末な天幕で眠らせるわけにはいきません。天蓋付き寝台を用意したかったくらいで」

「用意しなくていいから。私たちは逃亡中の身だから。かさばるし目立つからね？」

彼はしぶったがエメラインはおしきった。逆に荷を一頭にまとめ、二人で一頭の馬に同乗しようと言う彼にはおしきられた。最初は断固、拒否していたが彼がしゅんと肩を落としたからだ。

「今の聖女様のお体では一人でお乗せするのは不安です。やはり僕などがお傍《そば》にと望むのはおこがましかったでしょうか」

必死な、くうーんとすり寄る子犬のような潤んだ目で彼が見上げてくる。神殿でもそうだったがこの男は行動力、実務能力が優れているわりに頼りなげに見える。

それでいておしが強い。しかたなく彼の前に抱かれるようにして同乗する。百年前もよく騎士に同乗させてもらったが地味に気になる。塔から飛び下りる際も森を駆ける際も彼はエメラインを軽々と横抱きにした。成人女性であるエメラインはそこまで軽くない。神官なのにどういう筋力をしている。聞くと「日夜、努力を怠《おこた》ったことはありません」とにっこり微笑まれた。

「いつか目覚められた貴女様をこの手でお守りする、それが僕の夢で人生の最終目的でしたから」

「そ、そう……」

馬上で密着していると騎士の甲冑越しとは違う生身の体が相手の温《ぬく》もりや気配を伝えてくる。ふり返らなくても彼がにこにこしているのがわかる。

「その、見つめないでくれる？」

「申し訳ありません。ずっと物言わぬ貴女様を見ていたのです。こうして言葉を交わせるのが夢のようで。目を離すとまた聖女様が覚めない眠りに落ちてしまわれるのではと怖いのです……」

そう言われると、くかくか寝ていた自分が無神経に思えてエメラインはなにも言えなくなる。

とはいえ最初はどんな変人だと引いた彼だが、落ち着いて接してみると気配りの人だった。馬への同乗を主張したのも体の自由がきかないエメラインを気づかってのことだし、さりげなく身を寄せているのも自分の体でエメラインを人目から隠すためだ。

それに案内役をかってでただけあって道選びがうまい。人が少なく治安のよい道を選んでくれる。おかげで追っ手に遭遇することもやっかいごとに巻き込まれることもない。

しかも彼はエメラインが見たいと思う景色を見せてくれる。馬でいきつつ驚いた。戦乱で荒れていた大地には緑の畑が広がり、遠目に見える村や街は平和そうで戦いの爪痕《つめあと》は見当たらない。百年前の頑張りが報われたように思えてほっとする。

（それにしても彼はどうしてここまで親身になってくれるの？　百年たってるのよね？）

最初は仕事熱心だからと思った。が、その献身は通常の域を超えている。偉人の業績が誇張されて伝わるように、聖女の話も神殿長の手で美化されて彼に崇拝に近い心でももたせているのか。

夕刻になった。追っ手を避けるため野宿だ。早めに野営地を決めて準備する。

街道から外れた森に入ると彼が獣除《よ》けと調理兼用の火を焚《た》き、周囲に姿くらましの結界を張る。エメラインは自分も手伝うと言ったが、彼は聞き入れない。手ずから料理までしてくれる。

「お食事の支度が整うまでの間、こちらの味見をお願いいたします」

やたらといい匂いのする彼の手元を覗《のぞ》いていると、ぽん、となにかを口に放り込まれた。

「甘い物がお好きだったでしょう？」

糖蜜を固めた飴《あめ》だ。口の中で甘く溶ける。昼に何度か「いきなり固形物を口にしては胃が驚いてしまいますから」と飲まされた蜂蜜入りの香草茶もおいしかったが、これも美味だ。下には清貧を押しつける爺どものおかげで子ども時代のエメラインは菓子をめったに食べられなかった。街にも自由に下りられなかったし、そのうち戦がはじまって物自体が枯渇した。だからこれは久々の甘みだ。

平和の滋味を堪能していると「できましたよ」と声をかけられた。

「旅先でろくなものはありませんが」

「いえ、おいしいわ」

社交辞令ではない。出されたスープはほんとうにおいしい。弱った体を気づかってのことだろう、とろとろになるまで野菜を煮込んである。塩加減といい隠し味のバターの風味といい好きな味だ。

「よかったです。聖女様の過去のお食事の記録を読んで研究したかいがありました」

「研究？」

「はい。いつ目覚められてもいいように、いつ食事を所望《しょもう》されてもいいように準備だけは整えていたのです。目を覚まされて初めてとられる食事です。体に優しく、かつ、おいしいものでないと」

そこまでしなくても。人に尽くされることに慣れていないエメラインは困ってしまう。

「その、あなたの職務熱心には頭が下がるわ。感謝してる。最初、警戒してごめんなさい。だけど私はもう目覚めたのだし、あなたは自由にしていいのよ？　私に縛られる必要はないの」

「自由にと仰せなら今まで通り仕えさせてください。僕には貴女様しか見えていませんから」

さらりと返された。そのあと眠ることになったときも「僕は寝ずの番をします」と尽くす姿勢を崩さない。そんな真似《まね》はさせられない。エメラインを運んだり人目を避けて神殿へ荷物を取りに戻ったりと、今日は彼のほうがたくさん動いた。疲れているはずだ。

「寝ずの番なんかさせられないわ。それを言うならずっと眠っていた私が起きているべきよ」

「なんとお優しい……。さすがは聖女様です。たとえるなら」

「いや、それはもういいから」

この男の歯の浮く讃辞《さんじ》は許すときりがない。

「周りには結界を張ってるしだいじょうぶ。一緒に寝ましょう」

「そんな、聖女様とたき火を囲んで眠るなんて」

ぽっと頬を染めて彼が恥じ入る。聖女の着替えには同室したくせにこの男の倫理基準がわからない。が、こんな言い争いをしても平行線だ。時間がもったいないと悟ったのだろう。彼が折れた。

できる限り離して毛布を敷く。即席の寝床に潜り込んでしばらくすると「もう眠られましたか？」と、彼がどこかうきうきした声をかけてきた。

「明日は近くの街へ食材を調達にいこうと思います。なにかご希望はおありですか」

「気をつかわなくていいから。そろそろ寝なさい」

初めて友だちの家にお泊まりした子どもか。突っ込むと彼が恥ずかしそうに言った。

「すみません、浮かれているんです。聖女様と二人きりで逃避行ができるなど想像もしていなくて。もうお声を聞くこともないだろうと絶望していたものですから」

「……」

「今の僕がどんなに幸せかおわかりですか？　また生き生きと動いて話す貴女様を見ることができた。それがどれだけ嬉《うれ》しいか。毎日毎日、眠り続ける貴女様のお世話をしました。こんなことをしても無駄ではないか、目覚めのときはこないのではと崩れそうになる心で祈っていました」

「…………」

「怖かったんです。僕の生ある間にお目覚めにならなかったらと思うと怖くて怖くて。今もこのまま眠りにつけばこれは夢で、目を覚ますと貴女様は眠ったままなのではないかと怖くて眠れなくて。よかった。僕の生のあるうちに目覚めてくださって。ほんとうにありがとうございます……」

……扱いに、困る。会話を打ち切り、もう寝ると態度で示して背を向ける。が、感じる。まだこちらを見ている。声が聞きたい、顔が見たいと必死に見つめる気配を感じる。

（いやいやいや、きりがないから！）

忠犬か。エメラインはずっと寝ていた。さすがに眠くない。が、自分が起きていたらこの子も寝ない。心が咎《とが》めるが狸寝入《たぬきねい》りを続けていると彼がまた声をかけてきた。

「聖女様？　もう眠ってしまわれましたか？」

不安げな声だ。つい「だいじょうぶ起きているわ」と返事したくなる。が、我慢だ。エメラインがひたすら忍の心で目をつむっていると彼が身を起こす気配がした。衣擦《きぬず》れの音が近づいてくる。

「聖女様……、ああ、ほんとうにここにおられるのですね。僕の手の届くところに」

うっとりとしたささやきが聞こえて顔を寄せる気配がした。近い。背を向けていても髪に吐息がかかるのを感じる。彼はそのままエメラインの寝息を確かめるようにじっとしている。やがてほんとうに眠ったと思ったのかエメラインの髪を一筋すくいとった。なにかをおしあてる感触がする。

「……ずっとお慕いしていました。あのときからずっと、ずっと」

甘い、どこまでも切ない、胸を締めつけるような声で彼がささやく。どれくらいそうしていただろう。彼は元の位置に戻り、横になった。が、エメラインはひたすら冷や汗を流していた。

（……今のはなに！）

男慣れしているとはいえエメラインは恋をしたことがない。それどころではない日々だったからだ。だからこれは完全に許容範囲超えだ。

固まって息すらできずにいると、ようやく彼の寝息が聞こえてきた。

（やっと寝てくれた……）

疲れた。なにもしていないが疲れた。肩も凝ってぼきぼきだ。エメラインはすわった目で起き上がった。あんな言葉を聞いたあとではさすがに隣り合って寝てなどいられない。朝まで見張りがてら近くを歩いて頭を冷やそうと立ち上がったときだった。うめき声が聞こえた。

「な、なに？」

ふり返ると彼がうなされていた。きつく眉根をよせ、苦しげな顔をしている。

「だ、だいじょうぶ？」

あわてて駆け寄ると彼が身じろぎした。なにかをつぶやき、手がなにもない宙をかく。思わずその手を取ると、ぎゅっと握り返された。彼の目が開き、エメラインを捉える。

迷い子のような弱々しい瞳に息を呑《の》んだとき、透明な涙の粒が彼の頬をこぼれ落ちた。

「ごめんなさ、い。僕たちのせいでごめんなさい、お願い、いかないで……」

誰に謝っているのだろう。悪夢なら起こすべきか。それともなにかの発作？　持病があるなら体を揺するわけにもいかない。とにかくほうっておけない。握った手から癒やしの力を送り声をかける。

「だいじょうぶよ、あなたの心はきっと伝わってる。だから安心なさい。私も傍にいるから」

エメラインは励ました。その声を誰と思ったのかはわからない。が、安心したのだろう。彼はエメラインの手を握りしめたまま眠りに落ちた。しばらく寝顔を眺めてエメラインは呆然《ぼうぜん》とつぶやく。

「……ほんとうに、いったいなんなの」

エメラインより年上の男のはずなのに心臓に悪いというか、よくわからない子だ。

（……結局、一睡もできなかった）

翌朝のこと。エメラインは目の下にクマのできた顔で起き上がった。

一晩、彼につき添った。さすがに彼が落ち着き、健やかな寝息をたてはじめると手を握ったままなのも気まずく自分の寝場所に戻って見守ったが、あれはなんだったのか。

「おはようございます、絶好の逃避行日和ですね」

彼の笑顔が眩《まぶ》しい。夜が明けて彼が起き出し、動き回る気配はわかっていた。が、顔を合わせるのも気まずく狸寝入りをしていたがさすがに限界だ。もぞもぞ毛布から抜け出ると声をかけられた。なにもなかったかのようだ。自分がうなされていたことに気づいていないのだろうか。

（なりゆきとはいえ一緒に旅することになったのよ。〈相棒〉を心配するのは当然のことよね？）

慕っているとの爆弾発言の真意はさすがに聞けない。が、すがるように手を伸ばしたのが神殿の叱責を恐れての悪夢故か、持病の発作を抑える薬を求めてか。彼の私事にふみいることになっても確かめておかないと旅の今後に支障がでる。エメラインは思い切って持病があるかたずねてみた。

「はい？　持病ですか？　ありませんけど」

彼が目をぱちくりさせて答える。

「これでも僕は神官の端くれです。癒やしの力もありますし、薬の知識もあります。そもそも病人の身で聖女様のお供をしたいなどと足手まといなことは言いませんよ」

たしかにそうだ。エメラインの世話係にされたのも癒やしの力があるからだろう。

（となると昨夜のあれはなに？）

強く握られたせいで跡がついてしまった手を隠しつつ食事の片付けを手伝う。それが終われば出発だ。今日は断固、主張して一人で馬に跨《また》がった。彼がうなされたのが旅に同行した罪の意識からなら早く自立しないとと思ったからだ。が、自力では長時間馬を御《ぎょ》せず、昼前にはまたまた微笑む彼の腕におさまっていた。そのまま夕刻まで同乗することになる。情けない。

「くすくす笑うのはやめて」

「申し訳ありません。聖女様があまりにお可愛らしすぎて」

真っ赤な夕焼けを背に、やめろというのに肩をゆらして笑い続けながら彼が言う。

「殴るわよ」

「聖女様にならぜひ。殴ってください」

即答されてエメラインは引いた。が、追うように身をかがめて彼が距離を詰めてくる。

「聖女様はご自覚がないようですが、貴女様から与えられるものがあるなら罵倒でもなんでも一命を賭《と》しても欲しいと願う男はいるのですよ？」

うっとりとした声で言われて不覚にも動揺してしまう。耳朶《みみたぶ》に息がかかってむずがゆい。とっさに虚勢を張って「聖女をからかわないように」と返したときだった。なにかが心をよぎった。

『年上の女性をからかわないように』

どこかで似たことを言われて返した記憶がある。昨日、目覚めてから言った覚えはないから百年前のことだろう。だがエメラインに戦友はいても恋愛遊戯めいた軽口をたたく相手はいなかった。

「ところでどこへいきましょう。そろそろ行き先を決めたほうがよろしいかと思いますが」

首を傾《かし》げていると、彼が再び身を寄せてささやいた。逃亡先の相談だから小声だ。

エメラインはあわてて意識を切り替えた。考える。彼の主張は正しい。無事目覚めた以上、エメラインもこの時代で生きていく。仕事を探すか拠点を決めるか、目的もなくうろつけない。

だが、いざ、自由にどこへいってもいいとなるとなにも思いつかない。

「街を見たいとは思われませんか。貴女様が守られた街をご自分の足で歩いて、勝ち取られた平和を確かめたいとは？」

優しく彼が提案する。渇ききった心を癒やす、慈雨のような声だった。

「今まで自由に歩かれたことなどないでしょう。聖女様にはずっとお勤めがありましたから」

街を歩くのは憧《あこが》れていた。今まであきらめていた人生を楽しむ夢が叶《かな》うかもしれない。だが。

「……いいわ。追っ手に見つかるかもだから」

優しい彼の声に凍っていた心の一部が溶けていく。それにつれてチクチクと鋭い棘《とげ》のような悔いが胸の奥から突き出てくる。自分に楽しむ資格はあるのかと声がする。

百年前のこと。戦乱が激しくなるにつれて皆の聖女への態度は変わった。要求がふえたのだ。

もちろんエメラインを戦友として気遣ってくれる兵たちもいた。が、大半の民は違った。

神殿長の発案とはいえ聖女がいるせいで戦いがはじまったのだ。自分たちが苦しいのは聖女のせい。

聖女が力をふるうのは当然のこと。そのために高い税を払っているのだと憤懣《ふんまん》をぶつけられた。

労《いたわ》りの言葉をかけられることもなくなり、もっと、もっと、と癒やしの力を求められた。聖女が限界を超えようが関係ない。自分たちを守れと怒鳴られた。

だがエメラインの体は一つだ。力をふり絞っても同時にいくつもの街を守ることはできない。怠慢だと責められた。死に救いを求めるほど追い詰められた。

結局、エメラインは戦が終結するまでを見届けられなかった。眠りに落ちるという形で脱落した。自分がいなくなったあと皆がどうなるか考えもせずに逃げたのだ。

百年前に残してきた騎士や兵たちはあれからも戦い続けたはずだ。この平和の礎《いしずえ》を築いた戦友たちは傷つき、癒やす者もないまま死んだ。あとのことを押しつけた。

なのに楽しんでいいのか、どの面《つら》を下げて街に顔を出せる、無責任ではないかと聖女として育てられた意識が悲鳴を上げる。

「もしや気にしておられるのですか、民の言葉を。共に戦った者を残して眠りについたことを」

彼が言った。図星だ。

「恨んでなどいません。聖女様を責めたのは一部の声の大きな者だけです。あのころの聖女様が必死だったことは皆が知っています。兵も力をつかい果たして倒れた貴女様を逃げたなどとは言いません。待避所にいた村人たちだって、聖女様の顔を見るだけで元気が出る、聖女様こそお体をお休めくださいと言っていませんでしたか？」

そうだ。百年前にもエメラインを気遣ってくれる民はいた。壊された家の木材で炊き出しをして、『こんなものしかありませんが』と温かい湯をふるまってくれた老婆もいた。それに行動を共にした神官たちだって。

『聖女様、この国をお守りください』

エメラインが詠唱を唱える間、身を楯にしてかばってくれた。皆が退《ひ》く時間を稼いでくれた。

どうして知っているのだろう。思わずふり返ると、彼が少し照れたように微笑んだ。

「まだ思い出してはもらえませんか。僕は聖女様にお会いしたことがあるのですよ」

そういえば彼は初めて会ったときもそんなそぶりをみせていた。だがそれはおかしい。

「だって、百年たっているのよ？」

彼は老人には見えない。不老をなす術式もまだ研究段階だ。彼があのころから生きていたなんてありえない。言うと、彼が、ああ、となにかに気づいたような顔をした。

「それで会話がかみ合っていないのですね」

それから、彼は教えてくれた。あれからたった年月は百年ではなく、十年なのだと。

「……え？　十年？　待って、私は百年眠らないと回復できない禁呪をつかったはず」

「それは僕が短縮させました。棺の中と外で時の流れを変えたのです」

エメラインが眠りに落ちたあと、彼が研究を重ね、新たに打ち立てた術式だそうだ。

「広間で棺の周囲に描かれた法力陣をごらんになりませんでしたか？」

「……あの床の陣？　そういえば時や光を表す聖文字があったわ」

「納得いただけましたか。今はあれから十年後だと。……百年という年月からすれば短く感じるかもしれません。ですが聖女様が眠りに落ちこの地を離れられてからずいぶんたったのですよ。少なくとも残された者にとっては。いろいろあったのです」

彼が言った。いつものように目を細めて優しく、でもどこか切なげに。いつの間にか街道は木立を抜けていた。彼の半面に日差しが当たる。斜めから差す、燃えるような紅の光が。

夕日の色だ。

彼の背後に沈みゆく真っ赤な陽が見える。

（……そういえばあの日の戦場にも夕日が沈んでいた）

人々の魂を吸った、毒々しい赤。それでいて胸が痛くなるほど美しい夕焼けだった。彼の顔に夕日が眩しいほど映えてなにかが心にふれた。今の自分に心残りが、いきたい場所があることに気づく。

「……ガド平原に、いってみたい」

エメラインが眠りに落ちた場所だ。目覚めてから戦友たちの顔が何度か心をよぎった。が、そのときはもう百年たったのだと思っていた。だから今さらいっても無駄だとあきらめていた。

だがあれから過ぎた時が十年なら。見届けなくてはと思った。

「皆が倒れた地を巡りたい。倒れた皆に代わって残された家族が無事か確かめたいし、皆の最期《さいご》の言葉を届けたい。生き残れた者がいるならその姿をこの目で見たいの」

もうこの国には関わりたくない。自由に生きたい。その気持ちは変わらない。

だがせめて会いたい。あのとき温かな湯を手渡してくれた老婆がまだ生きているならありがとうと感謝の言葉をもう一度きちんと告げたい。共に戦ってくれた神官たちだって、治療を手伝ってくれた修道女たちだって会って直接、手を取り合いたい。でないとなにも決められない。前に進めない。

「わかりました」

彼が言った。そこでふと、十年前ということは彼も自分の知る誰かなのだと気づいた。愕然《がくぜん》とした。だから彼はこんなに親身に仕えてくれるのだ。なのに思い出せない。たった十年前のこと、自分にとっては眠りにつく前のことでつい先日のことなのに。胸が苦しい。

「……ごめんなさい、あなたのことを思い出せない」

「無理もありません、僕は位もないその他大勢でしたから。それにあのころの僕は子どもでしたし」

違う。前に出会った人たちをその他大勢なんて思ったことはない。

(ただ、あのころはあえて深い知り合いを作らないようにしていたから)

毎日、自分に暗示をかけていた。次々と周りの皆が死んでいく。ついさっきまで背を守ってくれていた騎士が後は頼みますと笑って前へ出ていく。なけなしの粥《かゆ》をごちそうしてくれた村の娘が冷たくなっているのを見る。それが耐えられなかった。

だから知り合った相手の情報はそのままに、心だけを切り離した。

いつ別れが来てもいいように。心が付随していないからどうしても相手の印象がぼやける。彼を覚えていないのはきっとそのせいだ。

心を切り離したのは自分の弱さのせい。悲しむのが嫌で心を閉ざした。そして今、その自分勝手な弱さのせいで彼を悲しませている。思い出してあげたい。いや、思い出したいと思う。

「いいんです。僕が一方的に憧れていただけですから」

彼が微笑む。その笑みに心が痛む。いつの間にか夕日も沈み、黄昏《たそがれ》が辺りを包みはじめていた。

「そろそろ野営の準備をしましょうか」

彼が言った。彼はまたうなされるだろうか。彼の悪夢はきっと十年前の日々が原因だ。なのに思い出せない。なにも声をかけられない。今夜もまた眠れない夜になりそうだった。

「ほんとうに、十年たったのね……」

目の前には青々とした草原が広がっていた。彼につれられてきたガド平原だ。かつての戦場は踏みにじられた泥の跡も転がる死骸もない。平和になったのだと思った。

ここにくるまでにいろいろなところを回った。さすがに逃亡中の身では軍の名簿は見れず、戦友たちのその後は追えなかった。が、自分が歩んだ道をもう一度、彼と一緒に旅した。

街も、村も、戦場も。悲惨な記憶しかないところだ。だが今は違う。活気がある。行き交う民の顔も満ち足りていて、自分は義務を果たせたのだと思えた。もう聖女として皆のその後を気に病む必要はない。肩の荷を下ろした気分だ。自由になれた気がした。

「これで、前へ進めると思う」

ありがとう、とここまで連れてきてくれた彼に礼を言う。それから、たずねる。

「私とあなたはどこで出会ったの？　教えてほしいの」

最後にもう一つだけ残った〈心残り〉だ。

こんなことを聞くのは失礼だと思う。だがあれからいくつも記憶の場所を回った。それでも思い出せない。きっと当時の彼が成長期の子どもだったからだ。姿が変わりすぎて思い出せない。

それでも面影があるはず。だからせめて聞きたい。呼び水となって記憶が蘇《よみがえ》るかもしれない。

「お願い、〈フラン〉」

思い出せてもいないのに教えてもらった名を呼ぶのも収まりが悪くて、ずっと口にしなかった彼の名を呼ぶ。呼んでも思い出せず顔をしかめたエメラインに、彼が寂《さび》しげに笑った、そのときだ。

突然、眩《まばゆ》い光の陣が現れた。

転移陣だ。平原のあちこちに次々と開いた転移陣を通り軍勢が現れる。

気がつくと完全に囲まれていた。とっさにフランをかばい、彼らが掲げる旗を見る。

「あの紋章は王直属の近衛《このえ》兵団?!」

他にもいくつも見覚えのある旗がある。あれは西部を守備していたランデル将軍のもの、あちらは何度か籠城戦を共にした城塞都市の旗、そしてすぐ目の前に展開しているのは神殿長が組織した聖十字騎士団。昔、エメラインを酷使していた〈味方〉の旗が勢揃《せいぞろ》いだ。

(どうして、戦いは終わったのではなかったの?!)

なのに今、わざわざこの場を囲むようにして彼らが現れたのは。

「もしかして、聖女が必要なの？」

また戦いを起こそうとしているのか。フランに「逃げなさいっ」と告げて、彼らに向かって叫ぶ。

「抵抗しないわ。つかまる。だから彼は見逃して。私が脅して連れ回していただけだからっ」

聖女様？　と、フランがエメラインを押しとどめようとする。だが。

「もういいの。ありがとう。自分のやるべきことを思い出したから。神殿に戻るわ」

どんなに神殿の爺どもに腹が立とうともここには自分の愛すべき者たちがいる。各地を巡って実感した。自分は聖女としての自分を捨てられない。

なら、戻らないと。いや、戻る、だ。強制されたからではなく、自分の意思で。そして今度こそただ利用されるのではなく、戦いを止めてみせる。優しかった皆を、十年もの間、眠る体に付き添ってくれたフランを戦いの場に引き出させたりしない。守ってみせる。彼の想《おも》いに報いたい。

前よりも老いた顔になった王や神殿の爺どもが迎えるように前に出る。

フランをかばい、どこへでも連れていくがいいとエメラインが胸を張ったそのときだ。

王や神殿の爺たちを始めとする軍勢が突然、ざっと音を立ててひざまずいた。

エメラインにむかって深々と頭を下げて謝罪する。

「十年前の無礼はお許しを」

「は?」

目が点になった。あの傲岸不遜《ごうがんふそん》な爺どもが冷や汗をかきながら謝っている。これは夢か。

「……まったく、あなたという人は」

呆然としているとフランがあきれたような息をつき、エメラインの前に歩み出た。とたんに、ひざまずいていた爺どもがすごい勢いで地面に額をぶつけ、さらに低く平伏した。うめくように言う。

「フランシス・オルブライト聖王聖下」

「聖王、聖下?」

それはここ百年空位の、王も意見できない神殿の頂点にある聖職者の位だ。

エメラインは状況がわからずぽかんと目を見開いたまま立ちつくした。

・・＊・+・＊・・

彼女が目を丸くしている。聖女としての威厳もなにもない顔だが彼女のまっすぐな気性が表れて、裏表のないその表情が愛《いと》しくてしかたがない。

（この人は少しも変わっていない）

フランは思った。彼女はいつもそうだ。聖女として偉そうに胸を張っているくせに、いざとなると身を挺《てい》して周りを守る。だから皆がつけあがるのだ。聖女を前線に送り戦わせた。そして死なせた。比喩でもなんでもなくあのとき自分が駆けつけなければ彼女は死んでいた。敵の手に落ち、なぶられて。遺骸を野ざらしにされ、腐肉をあさる獣たちに食い荒らされて。

「……実は十年前のあの戦いで、僕は聖女様の最後の加護の力を受けて覚醒したんです」

どういうことなのかと混乱している彼女に種明かしをする。

「もともと神聖力の強い生まれだったらしくて、当時も見習いとして神殿に集められていたのですけど。教師を務めた神官に言わせると力をうまく出口に導けずにいたらしいのです。それがあの日一気に制御できるようになって。聖女様にとどめを刺そうとのこのこ前線に出てきた隣国の王を倒しました。で、戦いを終わらせたあと国内権力も握って聖王の位を復活させ、就任したんです。なので貴女様が逃亡をやめ、神殿に戻られてもつかい捨ての兵器とされることはありません。ご安心を」

はいいいいい?!　と彼女が叫んでつめよってくる。

「だったらどうしてそれを最初に言わないの！　必死に逃げた私が馬鹿《ばか》みたいじゃない！」

「申し訳ありません。聖女様との二人きりの逃避行が楽しすぎて」

ついにやけてしまう口元をおさえて本音を言う。彼女が「変人」とつぶやいて引いたがその表情すらが愛おしくてたまらない。

「変人とは耳が痛いですね。まあ、聖女様がころころと表情を変えてくださるのが嬉しくて調子にのった自覚はあります。それにその、ほんとうのことを言ったら聖女様はすぐ公人としての仮面をつけて事後処理に携わろうとなさるでしょう？　僕に後始末を押しつけたと悩んで自分を犠牲にしようとなさる。それを避けたかったのです。貴女自身にこの時代での生き方を選んでほしかった」

ついでに言うと彼女が自分に気づいてくれなかったのが悔しかった。だからこの場に誘導した。彼女に謝らせるためだけに生かしていた爺どもを軍団ごと呼んだ。〈あの場〉を再現すれば〈僕〉と初めて言葉を交わしたときのことを思いだしてくれるかもと思ったから。

自分でもずるいと思う。だが許してほしい。十年、いや、もっと前からずっと待っていたのだ。

彼女を初めて目にしたのは十歳のときだった。戦で故郷も親も亡《な》くし、神殿に引き取られたときのことだ。戦なんて嫌いだから修行も手を抜いていた。だって力をつかえるようになれば戦場に出される。故郷を見捨てた王の道具にされる。そもそも力の出口と言われてもよくわからなかった。

そんなときだ。彼女が神殿に現れたのだ。爺どもにいわれて見習いに訓示をたれるためだった。

彼女のことが初めから好きだったわけではない。最初の印象は最悪だった。

神に選ばれた乙女、救国の英雄。この戦が起きる原因となったのに平然と戦場を往《い》き来《き》する姿に情などない女なのだと思った。民のことを考えない王の手先と胸内でののしった。

その印象が変わったのは、力をつかえないならせめて手伝えと言われて野戦病院となった地方神殿を走り回っているときだった。ふと見ると彼女が瀕死《ひんし》の兵士の手を握っていた。自分も疲れているだろうに眠らず付き添い、彼の命が消えたとき彼女が自身に暗示をかけるのを見てしまったのだ。

『忘れなさい、私。彼と過ごした記憶はそのままに心だけ凍らせるの。また戦場に立つために。もう彼のような犠牲を出さぬよう力をふるえるように』

その声は深い苦渋に満ちていて、それで知った。この人は決して心がないわけではない。悲しみを知らないわけでも人を傷つけることに罪悪感をもたないわけではない。ただ、自覚してしまうと戦場に出られなくなるから、同胞を守る力をふるえなくなるから心を殺しているだけなのだと。

それからは彼女を目で追った。次々と違う面が見えてきた。こんな彼女をどうして〈偉そうな女〉と思ったのかと驚くくらい彼女は不器用な人だった。いつしか守りたいと思うようになっていた。

だがそのときの自分は満足に力をつかうこともできない子どもで。他の大人の騎士たちのように彼女と肩を並べて戦えなかった。力をつかい過ぎて倒れた彼女を馬まで運ぶこともできない。彼女にかばわれてばかりなのが悔しくて情けなかった。初めて力をつかいたいと、強くなりたいと思った。

なのに、あの日が来た。神官不足だとかで補助の形で自分たち見習いも実戦に投入された。彼女はまだ早いと上に掛け合ってくれたが無駄だった。初めて見た戦場は地獄だった。こんなところに彼女はいたのかと思った。だが暗い顔はできなかった。彼女が自分たちを守ろうとする。

そんなとき総指揮官を務めていた王がへまをした。敵を甘く見て包囲され、形勢が悪いとみるや騎士たちをつれ、自分だけ逃げた。聖女を囮《おとり》にしたのだ。

残されたのは彼女とけが人、それに自分たち見習いだけだった。騎士と大人の神官たちは王を守るために連れていかれた。残ると言った心ある者もいたが王命には逆らえなかったのだ。

残された自分たちに逃げ場なんかなかった。それでも彼女を助けたくて必死に言った。

『エメライン様、一緒に逃げましょう。貴女が好きです、僕が一生、お守りしますからっ』

僕はよほど深刻な顔をしていたのだろう。彼女は泣き笑いの顔で場を明るくするように言った。

『それじゃあ求婚の言葉よ。年上の女性をからかわないように。本気にしちゃうわよ？』

こん、と僕の額をつつくと抱きしめてくれた。

『だいじょうぶ。あなたはけが人を頼むわ。あとはお姉さんにまかせておきなさい』

それから、僕たち一人一人の頭をなでて言ってくれた。

『あなたたちが大きくなるまでにこの戦いは終わらせるわ。約束する。そのあとは復興が待ってる。あなたたちはそのための優しい力を学んでいるの。だからあとはお願いね』

そう言われて自分たちは彼女が結界を張っている間にけが人をつれて退くことになった。だいじょうぶと微笑んだ彼女の言葉を真に受けたわけではない。いても足手まといだと自覚があったからだ。言われたとおり後方に下がって、けが人をおいて、助けを呼ぼうと思った。彼女だって自分たちが下がれば時間稼ぎは終わったと判断して逃げてくれるだろうと自分をごまかした。

だがその考えが甘かったことを知ったのは、無事、けが人たちを後方に送り届けたときだった。あとにしてきた戦場でひときわ激しく彼女の力が膨れ、弾《はじ》けたのを感じた。そして自分たちを包むように優しい風が、胸にごそりと穴のあくような喪失感とともに頬をなでていった。

彼女が皆を守るために最後の力をふり絞ったのだと、加護の力を送ってくれたとわかった。自分は雄叫《おたけ》びを上げて、それからやっと〈力の出口〉を見つけた。覚醒したのだ。

遅すぎた。それでも目覚めたばかりの力をつかい、一心不乱で戦場を駆けた。

だが、そこで見たのは殲滅《せんめつ》された敵と、そのただ中で眠りについた彼女の姿だった。自分はまた絶叫して、あとはよく覚えていない。気がつくと周囲はなにもない焼け野原になっていた。

それからの自分は復讐《ふくしゅう》の権化だった。目前の敵は彼女が倒してくれていたから、彼女の体を抱えたまま敵王を屠《ほふ》り、国に戻って彼女を虐《しいた》げた王や神殿長たちを徹底的に痛めつけた。

国ごと滅ぼしてしまわなかったのは、すがる仲間たちに、そんなことをしても聖女様は喜ばない、眠りから覚めた彼女に荒廃した世界を見せる気かと言われたからだ。

そこからは隣国とも国交を回復させ、復興に努めた。すべて彼女が目覚めたときのため。彼女がその身を犠牲にしておこなったことは無駄ではなかったと告げるためだ。

そして、やっと彼女は目覚めてくれた。

それでも自分が毎日、悪夢を見続けるのはあの日の記憶に囚《とら》われたままだからだ。

肝心なときに彼女の傍にいられなかった。

大切な人を死に等しい眠りにつかせてしまったことを、ずっと後悔しているから——。

・・＊・+・＊・・

あのときと同じ平原に立って、大勢の兵に囲まれて、それで思い出した。

一人いた。先に逃げろと言ったのに、ぼろぼろの体でエメラインを見上げて『エメライン様。一緒に逃げましょう』と言ってくれた少年がいた。『貴女が好きです。僕が一生、お守りしますから』と誓ってくれた。自分も怪我《けが》をして血を流していたのに懸命にエメラインを気遣ってくれた。

「あなた、あのときの」

「思い出していただけましたか」

フランの顔がくしゃりと歪《ゆが》む。そうだった。あのころは戦況もおしせまり、幼い見習いたちも戦場に駆り出されていたのだった。真剣な目で見上げられて彼らが不憫《ふびん》で不憫で、この瞳を曇らせたくないと思って戦いを終わらせると言ったのだ。どうして忘れていたのだろう。彼は戦いの中にいたエメラインに唯一、〈告白〉をしてくれた少年だったのに。

あのときの少年が成長して目の前にいる。

誓い通り、今度はエメラインを守ろうとしてくれている。とくん、と心臓が跳ねた。ようやく自分が残してきた過去と今がつながった気がする。ふるえる手をのばして彼にふれる。

「大きくなって……」

「はい」

「こんなに手足も伸びて、格好良くなって」

「貴女が守ってくださったおかげです。もう背も貴女より高いんですよ。約束通りこれからの貴女は僕が守ります」

そして大勢の前だというのに抱きしめられた。力が強い。というか、苦しい。じたばたしていると彼が言った。「すみません、嬉しすぎて力の制御ができなくて。戻ると決めてくださったのですね、ご自分の意思で僕たちの元へ、神殿に」と。

「なら、聖王の位はお譲りします。やっと戻られた貴女を誰かの下におくことは決してしません。なにかを無理強いすることも。女性の聖王など例がないというなら女性でも位につけると法を定めましょう。前例など誰かがつくればいいだけのことですから」

逃げなくてもいい。悪《あ》しき前例ができてしまったのならさらに新しい例をつくって上書きすればいい。戦いの道具という悪しき前例になってしまったエメラインを気遣うように彼が言う。

「ただし聖女王となられた暁《あかつき》には王配と侍従長の位は僕がいただきます。王配は文字通り女王の夫、権威の対象を分散させ、政情不安を招くよりは貴女の愛する平和につながると思います」

「それはそうかもしれないけど。侍従長はなに、侍従長は」

「私が貴女の傍近くで仕えるおいしい役目を他に渡すわけないでしょう？」

この二つの役職はセットです、と真顔で言われてエメラインは吹き出してしまった。

ぶれない彼にどこかほっとした。いいように掌《てのひら》で転がされているように思わないでもないが、彼が真摯《しんし》な想いをむけてくれているのはわかる。それが恋心か過去の悔いゆえの償い心かはわからない。自分自身、彼に報いたいと思っても同じ心を持てているとは思えない。

過去の彼と話したのはあのときだけだし、目覚めてからもまだ数日しか共にしていない。十年、思い続けてくれた彼とはぜんぜん釣り合いが取れていない。

だけど彼のことをもっと知りたいと思う。

位など関係なく、今度こそ自由な聖女として生きる道を示してくれた彼に自分らしく応《こた》えたい。

「……まだ眠りから覚めたばかりで今すぐすべてを決められないの。十年前に会った人たちを訪ねる旅も途中だし。それでも〈今〉のこの国やあなたのことを知りたいと思う。こんな私でよければまた〈案内役〉になってくれない？」

だから、そう告げた。それから手を伸ばし、こつん、と彼の額をこづいてやる。

「もう隠し事はないでしょうね？　あまり年上のお姉さんをからかわないように。反省なさい」

言うと、彼は一瞬きょとんとして、それから「はい」と笑み崩れた。

かくして立派に成人した元少年の手で恭《うやうや》しく抱き上げられ、神殿まで連れ戻された聖女様は。

主塔の最上階を大改築した貴賓室に入れられた。そしてフランことフランシス・オルブライト聖王の手厚い庇護を受けつつ〈今〉について知ることになる。

彼のいたれりつくせりの案内役ぶりは大変気恥ずかしかったが、エメラインが逃げずに我慢したのは神殿におとなしく収まった聖女を見てようやく安心したのか、未《いま》だに警護と称してエメラインの部屋の前に運ばせた寝台で眠るフランが悪夢にうなされなくなったせいだ。

今ではすっかり年齢の上下が逆転した元少年の手で〈ざまあ〉された後の世界に目覚めて彼の手厚

い庇護の掌の上で生き直すことになった、元〈戦いの犠牲にされた聖女〉の物語である――。

追放された元聖女は愛の重い騎士と魔王を倒す旅に出る

jupiter《ジュピター》

ill. 桜花《おうか》舞《まい》

レアは神様を信用していない。

ごく普通の農民だったのに聖女の役割を押しつけられ、とてつもない苦労をするはめになったからだ。

そういうわけなので、夢の中に光り輝く女神が現れた時も警戒した。今度は一体なんの用なのか。

故郷の草原に寝転んで、気持ちよくまどろんでいたというのに――。

古代の人々が身に着けていたような簡素な白い衣裳《いしょう》をその身にまとったその女神は、黄金の髪を生き物のように揺らめかせながら、ゆっくりと空から降りてきた。

圧倒的な美貌《びぼう》、人間が持ちえない金色の瞳《ひとみ》、血が通っているとは思えないほどの白い肌、女性なら誰もがかくありたいと願うであろう艶《あで》やかな肢体《したい》。

ものすごく目を引く姿なのに、体そのものが発光しているので、まぶしいことこの上ない。

「お久しぶりですね、セラフィナ。あなたの活躍は天界まで届いていますよ。貴賤《きせん》を問わず多くの人に寄り添い〈祝福〉を授けるその姿に、わたくしのみならず他の神々も大変感心しております」

慈愛に満ちた笑みを浮かべた女神はうっとりするような声でそう言った。

セラフィナはレアの聖女名である。〈光の大聖堂〉に連れて来られた際、大神官たちによって命名された。

心を切り替えたレアはひざまずいて祈りの形に手を組み、女神に対して深く頭《こうべ》を垂れる。

「光の女神アウラリア様。お褒《ほ》めの言葉をいただき大変光栄にございます。とはいえ、まだまだ未熟ですので、これからも精進してまいります」

この世界には七柱の創造神がいて、七神と呼ばれている。

目の前にいる女神はその一柱だ。名はアウラリア。七神の中では最も位が高く、光と癒やしを司《つかさど》っている。

そしてこの女神こそがレアに聖女という厄介《やっかい》な役割を押しつけた存在だった。

――聖女。

その役割は〈祝福〉の力で人々を癒やし、アウラリアの神託を広めることにある。

存在するのはこの世界でたった一人だけ。選定はアウラリアによってなされ、必ず年若い乙女《おとめ》がその座に就く。使命を課せられた者は寿命が尽きるまで聖女として生きねばならない。

聖女の寿命が尽きればすぐにまた新たな聖女がアウラリアによって選定され、連綿とその役割を繋《つな》いでいく。

レアは、聖女になる前はごく平凡な農民だった。

出身は中央大陸の西北。家族は両親と祖母、弟、妹の六人。裕福ではなかったが、朝から晩まで汗水たらして働き、なんとか食いつないでいた。

そんなレアの前に、アウラリアは突如《とつじょ》として現れた。畑で鍬《くわ》を振るっている最中に。とんでもなくまぶしい光を放ちながら。

『おめでとう、レア。あなたは次代の聖女に選ばれました。祝福と加護、それからこの光の冠を、あなたに差し上げましょう』

アウラリアはそう言って、鍬を振り上げたまま固まっているレアの頭に白く光る花冠を被《かぶ》せた。

花冠はすぐに消えてしまったが、代わりにレアの額には白と金の線でできた複雑な文様が刻まれ——何がなんだかよくわからないうちに聖女にされてしまったのである。

〈祝福〉の力で人々を幸福にし、あらゆる病気や怪我《けが》を治し、呪いまで解いてしまう存在に。

十四になって間もない頃《ころ》の出来事だった。

あれから四年が経《た》ち、レアは十八になったが、もっとふさわしい人選があったのではないかと今も疑問を抱いている。

「聖女セラフィナ。いえ、レア。顔を上げなさい」

レア、とアウラリアがそう呼ぶのは大事な話をする時と決まっていた。レアは少しだけ緊張しながら顔を上げた。

「この世界に脅威が迫っています。魔王ヴァエルが復活を遂げようとしているのです」

何を言われてもいいよう身構えていたレアだったが、さすがにこの内容は想定の範囲を遥《はる》かに超えていた。見開いた目をしばらく閉じることができなかった。

「そこであなたに新たな使命と力を与えます。魔王ヴァエルを倒し、この世界に平和と安寧《あんねい》をもたらしなさい」

(世界の脅威……魔王ヴァエルの復活……新たな使命……魔王ヴァエルの復活……ふっか……)

何を言われたのかようやく理解したレアは、素っ頓狂な声を上げる。

「ま……まままっ、魔王!?」

「はい。かの者は古《いにしえ》の英雄たちによって倒されましたが、その魂は消滅しておらず、この世界の最深部──我々の目の届かない場所で眠りに就いていたのです。そのヴァエルが一年後に復活を遂げようとしています」

──魔王ヴァエル。

その名を知らないものはこの世界にいないだろう。なにせ、子どもが悪さをすると「ヴァエルが来るよ！」と脅《おど》すのが定番になっているくらいなのだから。

千年前、とある魔術師が強大な力を求めて異世界の扉を開けた。そこから大勢の配下と共に現れたのが後に〈恐怖と破壊の化身〉と呼ばれるようになる魔王ヴァエルだった。

この世界の支配者になるべく散々暴れ回った結果、七神たちの加護を受けた古代の英雄たちによって倒されたはずだが、完全に消え去っていなかったとは。

「これは戦の女神エステリアが鍛えし聖なる剣」

アウラリアが両手を広げる。その間に光の粒子が集まってきて、瞬《また》く間に銀色に輝く剣へと姿を変えた。

「通常の剣ではヴァエルに止《とど》めを刺すことはできません。ですが、エステリアが鍛え上げたこの特別な剣であれば、今度こそ魂ごと滅ぼすことができる」

剣はレアの目の前に移動してきた。レアは顔が引《ひ》き攣《つ》るのを感じた。

「わ、わたくしには無理です！」

「できます。力を与えましたから。魔王が復活する前にその配下たちと戦い、経験を積むのです」

「だって、聖女のお役目が……！」

「別の者が担《にな》います。安心して旅立ちなさい」

レアは祈りの形に組んでいた手をだらりと下ろした。どうあってもこの運命から逃れられないことを悟ってしまったのである。

うつむき、握り締めた拳《こぶし》をわなわなと震わせる。

「なんで……」

次の瞬間、レアは勢いよく顔を上げ、長年封印し続けてきた故郷のなまりで叫んでいた。

「なんでわなんだが!?　もっとごう、歴戦の勇士どが天才魔術師どが、すごぇふと選べばいべさ！」

レアが聖女になって最初にしたことは標準語を身に着けることだった。

望んでそうしたのではない。聖女にふさわしい言葉遣いを、と教育係に叩《たた》き込まれたのである。

その努力の結果、独《ひと》り言や心の中の声ですら標準語を喋《しゃべ》るようになっていたのだが、女神の要求があまりにも理不尽過ぎたため、慣れ親しんだ言葉遣いが出てしまったのだった。

「わたくしはあなたのことが気に入っているのです」

「はあ!?　ちっとも嬉《うれ》すくね！」

「そういうところも好きなのですよ。ツンデレ、というそうです」

拳どころか全身まで震わせ始めたレアを無視して、アウラリアは勝手に話を進めていく。

「そういうことですから、その剣を手に取り、北へ向かいなさい。魔王との決戦の地、アルート王国最北端、ファルガ要塞を目指すのです。すでに魔王の配下の一部は復活し、地上を目指しています。それらを倒して力の使い方を学ぶのです」

「いや、ちょっ……！」

納得のいかないレアは立ち上がって抗議しようとした。すると、体がふわりと浮き上がった。

「いやいやいやいや！　待って！」

「あなたなら大丈夫です。がんばってください」

下に戻ろうともがけばもがくほど、意志に反して体はぐんぐん浮き上がっていく。

そうしてレアは自分の夢から強制的に追い出され、現実の世界へと戻っていたのだった。


「いやだはんで無理なんだど――――っ！」

レアは叫びながら目を開けたが、アウラリアも故郷の草原も綺麗《きれい》さっぱり消えていた。視線の先にあるのは寝台の天蓋の裏側だった。

のろのろと腕を下ろす。

夜の間窓を覆っていた分厚いカーテンは聖女付きの神女《しんにょ》たちによって開け放たれていた。朝の清澄《せいちょう》な光が白と黒で統一された寒々しい空間をより際立たせている。

額の汗をふきながら起き上がると、レアの叫び声に固まっていた神女たちが我に返り、寝台のまわりに集まってきた。

「セラフィナ様、いかがなさいました？　ひどい汗ですが……」

純白の聖衣をまとった彼女たちは聖女同様、光の女神アウラリアに仕える存在だ。そのほとんどが世界中から集まって来た王侯貴族の娘で、血筋ばかりでなく容姿も抜きん出ている。

しかし、性格のほうは一癖も二癖もある者ばかりで、腹の内では何を考えているかわからないため、表向きは友好的な態度であっても、決して気を抜くことができなかった。

レアは先ほどのことなどなかったかのように取り澄まして言った。

「夢見が悪かっただけです。心配はいりません」

「ですが……」

「水を」

短く命じて寝台を出ようとしたレアは、左腕に長くて重い何かを抱えていることに気づく。

いぶかしく思いながら掛け布団をめくると、そこにあったのは銀色に輝く見事な剣だった。

「セラフィナ様、それは……？」

レアはげんなりしながら剣を傍《かたわ》らに置いた。あのお告げは本物で、どうやら自分は本当に魔王を倒しに行かねばならないようだ。

「セラフィナ様、その剣はなんです？　一体どこか……きゃあああああっ！」

顔をのぞき込んできた神女の一人が盛大な悲鳴を上げたため、レアは飛び上がった。

彼女はひどく脅《おび》えた様子で震える指先をレアの額に向けていた。

「ひ、額の刻印が……！」

聖女に選ばれた者の額には刻印が浮き出る。白と金の線が複雑に絡まり合い、宝冠のように額を取り囲む刻印だ。その刻印は祝福の力を使うと光を放つ。

彼女が悲鳴を上げたのは、その刻印が跡形もなく消えていたからだろう。

「こんな……こんなことが……」

言いたいことはわかるが、ほかならぬアウラリアの意志なのでどうしようもないのだ。

起きたばかりなのにぐったりと疲れ切っていると、今度は部屋の扉が大きな音を立てて開け放たれる。

飛び込んできたのはすらりとした長身に白銀の鎧《よろい》をまとった金髪碧眼《へきがん》の美青年だった。

部屋の主《あるじ》がまだ寝間着姿で寝台にいるというのに、顔色一つ変えず大股で近づいてくる。

「悲鳴が聞こえましたが、一体何ご……」

光の女神アウラリアに仕える聖騎士であり、聖女の護衛を務めるエリオット・アルダール・ノヴァリスも一目見るなり気づいたらしかった。レアの額から聖女の刻印が消えていることに。

青い目がこぼれ落ちてしまいそうなほど見開かれたかと思うと、両肩をガシッとつかまれる。

「何をしでかしたのです！」

（……何もしでかしてないんですが）

レアはこの四つ年上の護衛のことが苦手だった。

容姿は大変素晴らしいのだ。後ろで一つに結んでいる金髪は見事で、切れ長の目は涼やか、顔立ちは端整を通り越して美麗。神女たちが熱い視線を送るのも納得がいく。

だが、エリオットのほうは元農民のレアを聖女として認めたくないのか、護衛という立場にあるにもかかわらず、何かあると今回のように冷ややかな目を向けてくるのだ。

エリオットほどではないものの、他の神官、神女たちも同じだった。レアが聖女に選ばれるまで高貴な血筋の聖女が五代にわたって続いていたため、よく思われていないのだ。

レアはエリオットの手をそっと払いのけると、真《ま》っ直《す》ぐに姿勢を正した。

「何もしていません。こうなったのはアウラリア様のご意志で、理由があるのです」

神女たちがざわつく中、エリオットは表情を険しくして反論する。

「聖女に選ばれた者は死ぬまで聖女です。途中でその任を解かれた例など一度もありません」

「神託が下ったのですよ。新たな使命と力を与える、と。この剣が証拠です」

レアは傍らに置いた剣を取ると、はじめて柄《つか》を握り締め、その感触に目を見張った。

剣を握ったことは一度もない。触れたことすらない。なのに、やけに手になじむ気がしたのだ。まるでずっと前からこの剣を振るっていたかのように。

鞘《さや》から引き抜くとよく磨かれた鏡のような剣身が現れ、窓から差し込む陽光を反射して光を放つ。

「すごい……」

レアはその剣の見事さにすっかり圧倒されてしまった。すぐそばにいるエリオットにいたっては声も出ない様子だった。

剣身に映る自分と目が合う。

美しくもなければ醜くもない、どこまでも平凡な顔だ。特徴といえば癖のない亜麻《あま》色の髪と若草色の瞳だけで、体は十八歳にしては貧相で痩《や》せている。

なぜこんな自分がアウラリアの目に留まったのか。見れば見るほど謎が深まっていくが、今はそんなことを考えている場合ではない。剣身をそっと鞘におさめ、再び寝台に置く。

「エリオット、着替えるので出て行ってください。――ジュディス、あなたは皆を〈祈りの間〉に集めて。新たな神託が下ったと伝えるのです」

寝台から出たレアは、唯一心を許している神女の姿が見えないことに気づいた。

「ベアトリスの姿が見えませんね」

着替えの用意をしていた神女たちは部屋を見渡し、顔を見合わせる。

「まだおいでになられていないようです。様子を見に行かせましょうか？」

うなずいたレアを神女たちが取り囲み、手際よく身支度を進めていく。

寝間着を脱がされ、純白の聖衣を被せられ、亜麻色の長い髪を緩めの三つ編みにされる。最後に薄いベールを被って全身をすっぽり覆い隠せば聖女の完成だ。

レアは時間ギリギリまでベアトリスを待った。しかし、彼女は姿を現さなかった。


中央大陸中心部に位置する宗教国家、レフェリオン。

その首都エルデンにある〈光の大聖堂〉がアウラリアを祀《まつ》る本拠地であり、歴代の聖女たちの住まう場所でもある。

〈光の大聖堂〉においてもっとも神聖な場所はアウラリアの像がある〈祈りの間〉だ。広く荘厳なその空間には昼夜を問わず魔法の白い光が天井から降り注ぎ、その下にあるすべてを明るく浮かび上がらせていた。

レアは〈祈りの間〉に集まった大勢の神官、神女たちに刻印が消えた額と聖なる剣を見せ、一年後に迫った魔王ヴァエルの復活と、光の女神アウラリアから新たに授かった使命について伝えた。

彼らはレアの額を見た時は動揺していたものの、それ以降は一言も口を挟まず、神妙な顔で耳を傾けていたように思えた。

ところが――。

すべて話し終えたレアは、なぜか窮地に陥っていた。

誰も信じようとしなかったのである。レアの言葉を。神託を。アウラリアから授かった剣という物証を見せても。

聖女の刻印が消えたのは光の女神の怒りを買った結果だ、魔王ヴァエルは古の英雄たちに倒され完全に消え去ったのだ、と主張して。

ついには英雄たちを愚弄するのかと怒り出す神官まで現れ、〈祈りの間〉は騒然となった。

そんな時だった。

ざわつく人々を一瞬で黙らせてしまうほどよく響く声が、広間の入り口から響いたのは。

「その話が事実であるか否《いな》かは、真の聖女にお訊《たず》ねすることにしましょう」

誰もが一斉に広間の入り口を見た。

そこには大神官の一人が立っていて、その後ろには見覚えのある神女が目を伏せて佇《たたず》んでいた。

艶《つや》やかな黒髪とすみれ色の瞳、繊細な美貌を持つ彼女は――。

「ベス……？」

そこにいたのはベアトリスだった。彼女の白い額には聖女の証《あかし》である白と金の刻印が浮かんでいた。

静寂が、破られる。

「新たな聖女だ！　新たな聖女が誕生した！」

他の人々もその声につられるように歓声を上げ、ベアトリスを取り囲んだ。

レアだけだった。レアだけが事態を呑《の》み込めずにいた。

（ベアトリスが後任の聖女……？）

だから今朝姿を見せなかったのか、と腑《ふ》に落ちる一方で、なぜ真っ先に自分に教えてくれなかったのか、とも思った。突然のことにあわてていて、それどころではなかったのだろうか。

微笑《ほほえ》んでいるベアトリスに、彼女をこの場に連れてきた大神官が何事かを耳打ちする。

すると、ベアトリスはゆっくりとレアを見た。

すみれ色の瞳は遠目にも氷のように冷え切っていた。そこには侮蔑《ぶべつ》の色さえ浮かんでいた。

艶やかな唇がゆっくりと開き、厳かな声が〈祈りの間〉に満ちる。

「あの者が聖女の資格を失ったのは光の女神の寵愛《ちょうあい》を失ったためです。あれが口にした言葉はすべて偽り。惑わされてはいけません」

新たな聖女はそう言い放つと、罪人を断罪するかのように形の良い指先をレアに向けた。

「アウラリア様は聖女の資格を失った者をこの地から追放するようわたくしにお命じになられた！　追放です！　あの者をこのフェリシオン教国から追いやるのです！」

――そこから先のことは、よく覚えていない。

聖騎士たちに取り囲まれ、心の拠《よ》り所《どころ》のように抱きかかえていた剣を奪われ、気がつくと目の前に床が広がっていた。

頭と両腕に強い力がかかっているのになぜか痛みは感じていなくて、ぼんやりしていると強引に立たされ、広間の入り口に引きずられていく。

どういうわけかエリオットも同僚たちに取り押さえられていて、レアに向かって必死に何かを叫んでいた。

後ろで結んだ髪が解けて肩にかかっている。一体どれだけ暴れたのだろう。なぜ、暴れたのだろう。

わからないことだらけのまま、レアは地下牢《ろう》の独房に放り込まれた。


独房の隅で膝を抱えてうずくまっていると、衛兵がやって来て、鉄格子の隙間から何かを投げ込んできた。

「着替えろ」

投げ込まれたのは異臭のする粗末な衣服で、上下とも男物だった。逆らう気力などなかったので、言われた通りにする。

着替えを済ませると再び膝を抱えてうずくまり、ひたすら時が流れていくのを待った。

しばらくすると複数の足音が聞こえてきたため、レアはのろのろと顔を上げる。

暗闇《くらやみ》に橙《だいだい》色の光が浮かび上がった。

鉄格子から少し離れた場所に、白い服を着たベアトリスが聖騎士たちを従えて立っていた。

「ベス……」

呼んでも彼女は答えてくれなかった。レアを冷ややかに見つめたまま、聖騎士たちに「下がりなさい」と命じる。

聖騎士たちがいなくなると、レアは折り曲げていた膝をくずし、独房の湿った床に両手をついた。

——なぜ？

そう聞きたいはずなのに、喉元で声が凍りついてしまって、呻《うめ》くことさえできない。

痛いほどの静寂が二人を隔てる中、先に口を開いたのはベアトリスだった。

「わたくしはずっと、おまえのことが嫌いだった。卑《いや》しい平民のくせに聖女に選ばれ、大公家の人間であるこのわたくしを付き人にするなんて……！」

花のような唇から吐き出された言葉は、レアの中にわずかに残っていた希望を粉々に打ち砕くのに十分だった。

「エリオット様に守られているのも気に入らなかった！　誰よりも愛《いと》しいあのお方を、おまえのような平民が我がもの顔ではべらせて……！」

儚《はかな》さをかなぐり捨てて叫んだベアトリスは一歩前に進み出ると、声一つ出せずにいるレアの顔を見て狂ったような笑い声を上げる。

「でも！　これでエリオット様はわたくしのもの！　憎らしいおまえの顔も二度と見なくて済む！

野垂れ死んでくれればせいせいするわ！」

　ベアトリスが立ち去ると衛兵たちがやってきて、放心して座り込むレアの両手をきつく縛り、頭に麻袋を被せた。

　外に連れ出されたレアは秘密裏に処刑されることも覚悟したが、そうはならなかった。荷馬車に乗せられ、どこかに連れて行かれた。

　解放されたのは人気《ひとけ》のない森の中だった。麻袋と両手を縛る紐《ひも》を乱暴に取られ、どこに続いているかわからない道の真ん中に放り出された。

「行け。戻って来れば殺す」

　衛兵たちが去っていくのを見送ったレアは、ふらつきながら歩き出す。

　一歩。さらに一歩。三歩目で落ちていた枝につまずき、無様に転んでしまう。

「……っ」

　立たなければいけないのに、腕にも足にも力が入らなかった。

「どうして……」

　望んで聖女になったわけではなかった。それでもこの四年間、必死にやって来たつもりだ。

　礼儀作法を叩き込まれ、毎日限界まで様々なことを学ばされ、大聖堂に詰めかけてくる人々に来る日も来る日も〈祝福〉を授け――。

　良家の子女である神官、神女たちからは散々いやがらせを受けたし、陰口も叩かれた。大神官たちや高位の神女たちからは、元農民という理由から厳しく扱われた。

故郷が懐《なつ》かしくて、両親のところに戻りたくて、何度運命を呪ったことだろう。

けれども、〈祝福〉の恩恵を受けた人々の笑顔を、涙を流す姿を見るうちに、聖女として生涯を終える覚悟が芽生えつつあったのだ。

「あんなに頑張ったのに……この手でたくさんの人を癒やして……」

それなのになぜ、薄暗い森の道に座り込んだまま、起き上がれずにいるのだろう。

(ベスに、あんなに嫌われていたなんて……)

いまだに信じられなかった。信じたくなかった。

(あの儚げな微笑も、心に染み入るような優しい言葉も、辛《つら》い時抱きしめて励ましてくれたことも、全部嘘《うそ》だったなんて……)

地面に手をつく。涙があふれてきて視界が滲《にじ》み、何も見えなくなる。

「うっ、うぅっ……ううう……うわあああああっ！」

レアは込み上げてくる感情に身を任せ、何度も拳を振り上げては地面を叩いた。

「なんでよ！　なんでなんでなんでっ！」

悲しい。悔しい。どうしてどうしてどうして。息を吸い、故郷のなまりで絶叫する。

「なんでわがこったまなぐに遭わねばまいねのよ――――っ！」

近くの木々に止まっていた鳥たちが驚いて一斉に飛び立っていく。レアはぜえぜえと息を吐きながらうずくまり、地面に額をつけた。

冷たい感触が心地よかった。土の匂いが懐かしかった。

（……もういい。わかった）

涙で濡《ぬ》れた頬《ほお》を手の甲で乱暴にふき、唇の端を吊《つ》り上げる。

いくらか冷静さを取り戻したレアは、今度は標準語で言った。

「聖女のお次は魔王倒して世界救ってこい……？　――上等じゃない、女神さま」

ふらつきながら立ち上がり、木々の間から見える狭い空をにらみつける。

「いいわよ。やってやるわよ。やれって言うならやってやるわよ！　そこから見ていなさい！　わたしが！　この手で！　世界を救ってやるんだから！」

魔王だろうが運命だろうが、立ちふさがるものはこの手でねじ伏せてやる。ついでに自分をこんな目に遭わせた〈光の大聖堂〉の連中も見返してやる。

自分自身を鼓舞するように拳を胸に当てた、その直後だった。

空が、きらりと光った気がした。

（んん？）

額に手をかざして目を凝らしていると、光は銀色の線へと変化し、ものすごい勢いで地面に突き刺さる。

「ひえっ！」

それはアウラリアに押しつけられた魔王討伐用の聖なる剣だった。〈祈りの間〉で聖騎士たちに奪われたはずの剣が空から降ってきたのである。

『その意気です』

頭の中に響いたのは聞き覚えのある声だった。

呆気《あっけ》に取られていたレアだったが、段々腹が立ってきて、空に向かって猛烈な勢いで——故郷のなまりで抗議する。

「あ、危ねべさ！」

『あなたには当たらなかったでしょう？』

「あど少すずれであったら死……！　——あの、アウラリアさま。一つお聞きしたいのですが」

この女神にいくら怒ったところで無意味だと気づいたレアは、言葉を標準語に戻して訊ねていた。

『なんでしょう』

「どうしてベスが次の聖女なのですか？」

『実はあなた以外にも候補が二人いて、そのうちの一人がベアトリス・アシュクロフトでした。もう一人は結婚して資格を失ってしまったので、消去法で彼女を選んだのですが……失敗だったようです。まさか、あのような行動に出るとは』

創造神といえども全知全能ではないらしい。あるいは、そこまでベアトリスに関心がなかったのか。

「……今からでも別の人を聖女にしたほうがいいのでは？」

『彼女はあくまでも繋ぎにすぎませんから』

「繋ぎ？」

レアは訊《き》き返したが、アウラリアは教えてくれなかった。

『あの娘は神託を偽り、あなたをこのような目に遭わせた。その代償として、この先、心から欲したものを決して手に入れられないでしょう』

このまま進めば北に行けるとアウラリアが教えてくれたので、レアは剣を抱えて歩き続けていた。

やがて、開けた場所に出る。

道の両側には春の野原が広がり、その先には緑の丘が見えた。さらにその向こうには雪を頂いた峻《しゅん》烈《れつ》な山々が連なっていて、流れていく雲が影を落としていた。

丘の一つには堅牢な城砦《じょうさい》が建っていた。見張り塔にたなびいている真紅の旗はレフェリオン教国の北に隣接するセレナリア王国の国旗だ。

おそらく、あれが国境の砦《とりで》なのだろう。この道をさらに進めば関所があるはずだった。

そこを通ってセレナリアに入りたければ、通行税を支払い、さらには通行証——信頼できる人物、あるいは組織が発行してくれる——を見せる必要がある。

無一文で放り出されたレアはむろん、どちらも持っていない。

迂回《うかい》して別の場所から入国するという方法もあるが、お金と通行証がなければどの村や都市にも入れてもらえない。そうなると食料も旅の物資も手に入らないので、ベアトリスの思惑通り、目的地に着く前に野垂れ死ぬ未来が待っていた。

「困ったなぁ。降って来ないかな。お金と通行証」

レアは再び空を見上げた。

しかし、いくら待ってもそれらしきものが降ってくる気配はない。

「仕方がない。あれをやるか」

レアは周囲に誰もいないことを確認すると、息を吸い込み、空に向かって声を張り上げた。

「女神さーまのっ！　ちょっといいとこ見てみーたいっ！　それっ！」

故郷の大人たちはこの音頭がかかるとじゃんじゃんお酒を飲んだ。

アウラリアも乗せられた気分になって、気前よくお金と通行証をくれるのではないかと期待したのだが——。

春の空は麗《うら》らかなままで、雲がのどかに流れていくばかりだった。

（どうしよう……）

旅は長い。セレナリア王国を抜け、さらにその北にあるバース公国を抜けなければ、目的地のあるアルート王国にはたどり着けない。お金と通行証は絶対に必要なのだ。

腕組みしながら悩んでいると、後ろから馬の蹄《ひづめ》の音が近づいてくる。

この先の関所を目指しているのだろうと、レアは振り返りもせず、邪魔にならないよう道の端に移動した。

ところが、そのまま通り過ぎていくはずの馬は少し先でいななきを上げ、急停止する。

黒い立派な馬だった。興奮した馬をなだめている騎乗者も黒の旅装姿で、腰には剣を差している。

頭と口は灰色の布で覆っていたが、それが取り払われると、現れたのは後ろで一つに結んだ金髪と端麗な顔だった。

「え、えええええ、エリオット!?」

「セラフィナ様!」

黒馬から颯爽《さっそう》と降り立ったエリオットはレアを一心に見つめたまま鬼気迫る表情で近づいて来る。

(殺される……!)

レアはてっきり、ベアトリス、あるいは大神官のいずれかに命令され、自分を始末しに来たのだと思った。

それが誤解だったとわかったのは、逃げようとして後ろに下がり、地面のくぼみに足を取られてひっくり返りそうになったのを助けてくれたからだ。

そして次の瞬間には、しなやかで力強い腕の中にいた。息が詰まるほど強く抱きしめられていた。

エリオットの体は熱かった。汗の匂いに混じって、柑橘《かんきつ》の果物を思わせる爽《さわ》やかな香りもした。

「ご無事でよかった……!」

「こんなにも長くあなたを一人にしてしまって申し訳ありません! 命に代えてもあなたを守ると誓ったのに……! 〈祈りの間〉でもお守りすることができず、あのような屈辱を……!」

レアは目を白黒させながら訊ねた。

「わ、わたくしを始末しろと命じられたのでは……?」

「——は?」

地を這《は》うような低い声が返ってきて、レアはビクリと肩を震わせる。

「そのようなふざけた命令を、あなたの騎士である私が引き受けると?」

「あ、あなたは聖騎士ですから、大神官に命じられたら仕方ないのかと……」

「ありえません」

エリオットはきっぱり言ってのけると、レアの頭に顔を埋《うず》め、深々とため息をついた。

「そのような命令は決して受けません。死んでもごめんです。……いや、死んだらあなたを守れなくなるので、もしそのような命令が下った場合には、命令を下した人物を殺します」

レアは唖然《あぜん》とした。

この人は一体どうしてしまったのだろう。ここに来る途中、頭を強くぶつけでもしたのだろうか。それとも、聖女が聖女ではなくなるという前代未聞な出来事が起きたせいで、今も混乱しているのだろうか。

「一国の王子でもあるあなたがそんなことをしたらまずいと思うのですが……」

エリオットは中央大陸西方に位置するノヴァリスという国の第四王子で、複雑な事情があって聖騎士になったと聞いている。

「王子の身分も捨てます。母親の身分が低い私に王冠が回ってくることはまずありませんし、その母もすでに亡《な》くなっているので、祖国に未練はありませんから」

そういう問題なのだろうか。レアはますますエリオットの精神状態が心配になった。

「あなたが守ると誓ったのは聖女のわたくしですよね？　わたくしは……わたしはもう聖女ではありませんから、守ってもらう義理もないのですけれど……」

この人を巻き込むわけにはいかなかった。自分はこれから危険な旅に出るのだ。取り返しがつかなくなる前にレフェリオン教国に戻ってもらわなくては。

「そうですね」

「……え？」

ゆっくりと体が離れていき、青色の瞳がレアを静かに見下ろす。

「あなたはもう聖女ではない。額の刻印も、〈祝福〉を授ける力も存在しない」

額に触れられている間も、頬を撫《な》でられている間も、レアは指一本動かすことができなかった。

静かだったはずのエリオットの瞳が少しずつ変化し、熱を宿して潤み始めるのを目の当たりにしてしまったからだ。

「だからもう、隠す必要もない。叶《かな》わない想《おも》いだと絶望し、あきらめる必要もないんだ」

そう言って、エリオットは息を呑むほど鮮やかな笑みを、その端麗な顔に浮かべてみせた。

「レア」

ため息混じりに本当の名前を呼ばれ、レアはますます動けなくなる。

エリオットはなんのためらいもなくレアの手を取ると、愛おしげに頬に押し当てる。

「あなたのことを、ずっとお慕いしていました」

（何を、言っているのだろう……）

その目は、何。その表情は、声は、何。指を絡めてくるのは一体なんのためなのか。

「わかりますか？　あなたのことがどうしようもなく好きなのです。愛しているのです、レア」

（好き……？　愛している……？　誰が、誰を……？　エリオットが、わたしを……？）

「え――――っ⁉」

レアは目も口も最大まで開いてその場に棒立ちになった。

「す……愛して……え、えええっ⁉　まったぐそんなふうに見えなかったんですけど⁉」

うっかり故郷のなまりが出てしまい、しまった、と首を竦《すく》めたレアだったが――。

「ああ、懐かしいですね。その響き。聖女になりたての頃はあわてふためくたびに本来の口調に戻っていて、とても可愛《かわい》らしかった」

「か、かわ……？」

耳を疑うようなことを言われ、ますます固まってしまう。

(可愛い……？　この人の感性って一体どうなっているの？)

「あなたへの想いを閉じ込めておくには自分を偽るしかなかったのです。あえて無愛想《ぶあいそ》に振る舞って、心だけでもあなたと距離を取っておかねばならなかった。そうでもしなければ私は……取り返しのつかない過《あやま》ちをおかしていたはずだ。もしそのせいであなたを傷つけていたのであれば、心より謝罪いたします。申し訳ありませんでした」

今日は信じられないことばかり起きる。そろそろ頭と心が限界だった。これ以上大きなことが起きようものなら気を失ってしまうだろう。

「……いつから？」

「気がついた時にはあなたの虜《とりこ》になっていました。正直に申しますと、最初は平民に聖女が務まるのかと懐疑的な目を向けていたのです。ですが、あなたは聖女らしさを身に着けるために日々努力し、何事にも懸命に取り組み、自ら貧しい人々の元へ足を運んでは惜しみなく〈祝福〉を与え続けた。神女たちが顔を背けるほど汚れた貧者をその腕で優しく抱きしめることさえした。薄いベール越しに彼らに向けられる笑顔はまがいものではなく、本物の愛情と慈しみに満ちていて……でも、それよりも好きだったのは、あなたがベアトリスだけに向ける純粋で屈託のない笑みでした。もう覚えておいでではないでしょうが、騎士としてあなたに誓約を立てた際、私にも一度だけその笑顔を向けてくれたのですよ。思えばあの瞬間、私は恋に落ちていたのかもしれません」

　レアからすればエリオットは完璧に近い存在である。王族という高貴な身分で、容姿も優れていて、騎士としての技量も聖女の護衛に選ばれるほど。この目で見たことはないが、魔法も使えるという。

　それほどの人が、田舎娘の純朴な笑顔に魅了されたとは――。

　本当なのかと疑いたくなるところだが、別人としか思えない態度と、熱に浮かされるあまり溶け出してしまいそうな目を見せられては、信じないわけにもいかなかった。

「この想いに応えてほしいとは思っていません。その代わり、いつまでもあなたのそばにいさせてほしいのです。死ぬまであなたの、あなただけの騎士でいさせてください」

　エリオットは地面に片膝をつくと、レアの手の甲に額を押し当てた。

　レアの心はその仕草に激しくぐらついたが、魔王を倒して世界を救うという重要な目的を思い出し、エリオットの手から素早く自分の手を抜き取った。

「あ、あなたの気持ちは嬉しくなくもないのですが、連れていくことはできません」

　みるみるうちに悲嘆に染まっていく美しい顔を見ているのは辛かった。

「なぜです？　私のことがお嫌いだからですか？　あんな態度を取ってしまったから……」

「そうではなくて！　魔王を倒しに行くからです！　危ない目に遭わせたくないんです！」

瞬《まばた》きしたエリオットは、なぜか安堵《あんど》したように微笑んだ。

「それなら安心してください。私も光の女神から使命と力を与えられたのです。あなたを守り、支えるという、大変重要な使命を」

「えっ？　いつ!?」

「レフェリオン教国を出奔《しゅっぽん》する前です。急いで荷物をまとめていたら部屋が真っ白な光に包まれて、目の前に金色の髪を揺らめかせた輝く女性が……」

「えーっ!?」

「そういうわけですから、来るなと言われてもついて行きます。光の女神のご意志に逆らうわけにはいきませんし、何より、あなたには路銀と通行証が必要でしょう？」


エリオットのおかげで関所を通過することができたレアは、さらに歩いて国境に最も近い場所にある小都市に入った。

そこでエリオットは連れてきた馬をあっさり手放してしまった。この先のことを考えると、少しでも路銀を増やしておきたかったらしい。

その後は旅に適した服を買ってもらって着替え、食事をして、旅に必要な物をそろえて回った。

路銀を節約するという事情から、宿も相部屋を取った。

おかしな真似《まね》は絶対にしません、とエリオットは念を入れて誓ってくれたが、レアは最初から警戒していなかった。そういうことをする人ではないと知っていたからだ。

しかし、宿の食堂で夕食を取っていた際、別の意味で不安になった。

妙に視線を感じる気がして顔を上げたところ、絡みつくような眼差《まなざ》しとぶつかったのである。

「ど、どうしたの？」

エリオットはレアを見つめたままため息混じりに言った。

「思い詰めるあまり、いっそあなたをさらってしまおうかと思ったことがあります」

「……えっ⁉」

「そうすればほんの一時でもあなたの恋人になったような気分を味わえるかと。でも、しなくてよかった。そんなことをせずとも二人きりで旅をする機会に恵まれて、今ではこうして向かい合って食事をしているのですから」

そんな言葉と共にとろけるような笑みを向けられ、これでは心臓が持たないかもしれない、と相部屋にしたことを後悔したのだった。


旅は順調に進むように思われたが、バース公国の国境に近づいた頃、彼らは現れた。見覚えのある白銀の鎧をまとった四人の男――聖騎士たちである。

彼らの目的はレアではなく、エリオットだった。ベアトリスの命令で連れ戻しに来たらしい。

「我々と共にレフェリオン教国に戻れば、許可なく出奔したことを罪に問わないと聖女様が仰《おお》せだ」

エリオットは「断る」と即答していた。

「戻って新たな聖女に伝えるがいい。お前に仕えるつもりなどない。私はずっとお前のことが嫌いだった、とな」

聖騎士たちが凍りつく中、レアは素っ頓狂な声で「そうなの⁉」と訊き返していた。

「当然です。あなたの寵愛を独占しておきながら、聖女になった途端、裏切ってあのような目に遭わせたのですよ。今となっては憎んでいると言ってもいいくらいだ」

レアは複雑な心境になった。

これが神託を偽った代償なのだろうか。心から欲したものは決して手に入らないという、女神の罰。

「あの方ほど聖女にふさわしいお人はいないというのに、なんという無礼な！」

憤慨した聖騎士たちが一斉に剣を抜く。

「戻らぬつもりなら力尽くで連れ戻すのみ！」

レアは震える手で剣の柄を握りしめた。これがはじめての戦いだった。しかも相手は人間。緊張と罪悪感でどうにかなりそうだった。

しかし、剣を抜くことは最後までなかった。エリオットがたった一人で四人を倒してしまったのである。

彼はまず、地面に手をついて魔法の衝撃波を起こし、前にいる二人を吹き飛ばした。それから後ろの二人に爆炎を浴びせ、ひるんだところに斬りかかり、瞬く間に叩き伏せてしまった。

衝撃波を浴びて吹き飛んだ二人も、急いで体勢を立て直したところで、彼の敵ではなかった。

レアは地面に伸びている四人の聖騎士たちを見渡し、純粋な疑問を口にした。

「どうしてこんなに強いのに〈祈りの間〉では取り押さえられていたの？」

「さすがにあの場にいた聖騎士たち全員を相手にするのは無理です。少しでもあなたに近づこうと努力はしましたが……今あれだけ動けたのは女神の力の影響でしょう。以前とはあきらかに体の感覚が違う。魔法も使用したのに少しも疲労感がない」

流れるような動きで剣を鞘にしまうエリオットは息一つ乱しておらず、レアは見惚《みと》れてしまいそうになり、旅の目的を思い出して冷静になろうとした。


ベアトリスが差し向けた追手はこの四人だけに留《とど》まらず、その後も二度、対峙《たいじ》することになったが、いずれもエリオットが一人で退けてしまった。

二人はバース公国を北進し、明日にはアルート王国に入るというところまでやって来た。

そのアルート王国に化け物が出るようになったと、商人風の身なりの男性二人が話しているのを聞いたのは、その夜泊まった宿の食堂で食事をしている時だった。

「大勢襲われていて、全滅した村もあるって噂《うわさ》だ。そのせいでどこの都市も厳戒態勢を取っている」

「前の聖女様が追放される前におっしゃっていたことが当たったたってことか？　魔王が復活するって

いう……」

「ああ。だが、レフェリオン教国の連中はいまだに前の聖女様のお言葉を否定しているそうだ」

「現に化け物が人を襲っているのに？　じきにアルートだけでは対応できなくなるだろう」

「前の聖女様を追い出したようなやつらだからな。ろくでもない連中だ。あの方は平民の俺《おれ》たちに寄り添ってくださる優しい方だったのに」

「本当に良い方だったのになあ。俺の姪《めい》はあの方に〈祝福〉を授けてもらって病気が治ったんだ。どの魔術師に見せてもだめだったのに。本当に感謝しているよ。無事でいらっしゃるといいんだが」

耳をそばだてていたレアはそこで耐えられなくなり、食事を中断して部屋に駆け戻った。

扉を閉め、部屋の真ん中まで進んだところで、抑えていた涙があふれてくる。

聖女の役目を必死に果たそうとした日々。アウラリアの他は誰も認めてくれていないと思っていたが、そんなことはなかった。わかってくれる人たちもいたのだ。

「レア」

いつの間にかエリオットがそばに立っていて、顔を上げると、抱き寄せて涙をふいてくれた。

「あなたは多くの人に慕われていた。それだけのことをしてきたのです。自信を持ってください」

優しい眼差しを見つめ返しているうちに、レアの心にじんわりとぬくもりが広がっていく。次第にそれはため息をつきたくなるような熱へと変わり、レアは唇を噛《か》みしめた。

（どうしてこの人はこんなにも……）

エリオットがいてくれたおかげでどれほど助かっただろう。その存在に、献身に、救われただろう。

思い返すとまた泣けてきて、頬を乱暴にぬぐい、目の前にある肩にそっと額をくっつける。

「……ありがとう、エリオット」

（魔王との戦いが終わったら、必ずお礼をするから）

エリオットは返事の代わりに、レアの体をさらに自分のほうへと抱き寄せた。


アルート王国に化け物が出るという話は本当だった。闇から這い出てきたような漆黒の体に、血のように赤い目を光らせた異形たち。魔王ヴァエルの配下。

今までエリオットに守られてばかりいたレアもついに戦うことになり、女神に授けられた力の凄《すご》さを知った。

二人は魔王の配下たちを倒しながら進み、いくつもの村や都市を救った。

最終目的地であるファルガ要塞にたどり着いたのは、季節が春から夏へと移り変わった頃だった。

ファルガ要塞では日夜、魔王の配下との激しい戦闘が繰り広げられていた。

エリオットとレアは荷物を置くなり戦いに加わり、その日のうちに二人合わせて五百体ほどの異形を屠《ほふ》るという、獅子奮迅《ししふんじん》の働きをみせた。

それから一月も経たないうちに、各国から続々と兵士たちが派兵されてきた。魔王の配下たちはアルート王国以外も襲うようになったため、対岸の火事ではいられなくなったらしい。

レフェリオン教国も聖騎士たちと魔術師の一団を送り込んできたが、レアとエリオットは彼らと確執があったため、なるべく関わらずにいた。

雪と氷に閉ざされた大地では、時間の感覚が曖昧になる。

戦いに明け暮れるうちに日々は瞬く間に過ぎていき、ついに魔王ヴァエルが復活する日がやってきた。地下世界の奥深くから、氷の大地を割って現れたのである。

魔王の体躯《たいく》は巨大だった。ファルガ要塞を遥かに凌《しの》ぐ大きさで、その姿は鳥肌が立つほど禍々《まがまが》しかった。

戦いが始まると、レアはエリオットに援護してもらいながら死に物狂いで剣を振るい続けた。魔王の攻撃は直撃すれば跡形もなく消し飛ぶほど強力で、魔法による防御も意味をなさなかったので、逃げ回っている時間のほうが多かったくらいだ。

わずかな隙を見つけては斬りかかり、また逃げて、斬りかかって。

体力も気力も限界になり、片膝をついた瞬間、魔王の巨体はようやく氷の大地に沈んだのである。

吹雪の中に塵《ちり》と化して消え去る前に、レアに呪いを放って。

――レアは死を覚悟した。

ところが、魔王の放った呪いはいくら待ってもレアになんの変化ももたらさなかった。

エリオットが彼女の前に立ち塞がり、なんらかの魔法を使って身代わりになっていたからだ。

「エリオット！」

レアは急いでエリオットに駆け寄ると、ぐらりと傾《かし》いだ体を抱きとめた。

端麗な顔は苦痛に歪《ゆが》んでいて、右頬と首全体には黒く複雑な模様が浮かび上がっていた。

力の抜けきった体を横抱きにしたレアは、魔術師たちの元へと全力で走る。

しかし、誰もがこの呪いを解くのは無理だと言った。

「あるいは、聖女の〈祝福〉なら……」

聖女。ベアトリス。エリオットを好いている彼女ならきっと祝福を授けてくれるだろう。だが、レフェリオン教国までエリオットの体は持つのだろうか。

（まだなんのお礼もできていないのに……助けられてばかりで、今回だって……）

泣いている場合ではないとわかっていても視界がぼやけた。

せめて涙だけは流すまいとこらえていると、あたりが真っ白な光に包まれる。

いつの間にか風も雪もやんでいて、黄金の髪を揺らめかせた絶世の美女が、曇天の下に微笑みながら浮かんでいた。

「女神様……」

アウラリアは何かをすくい上げるような仕草をすると、光の輪を作り出した。

輪はやがて花の冠へと姿を変え、レアの頭に降ってくる。

「ベアトリスは繋ぎに過ぎません。真の聖女はあなたなのです、レア。彼に〈祝福〉を授けなさい」

呆然《ぼうぜん》としていたレアはその言葉に我に返ると、抱きかかえていたエリオットを下ろした。その体に両手をかざし、心を込めてその言葉を唱える。

「――エリオット・アルダール・ノヴァリス。あなたに光と癒やしの祝福を」

レアの両手が光り出し、白く輝く花びらがあふれ出て、エリオットの体に吸い込まれていく。

黒い模様がみるみるうちに消え、あれほど苦しげだった表情もやわらいで、きつく閉ざされていたまぶたも開いた。

「レア」

まだ虚《うつ》ろな青い瞳に自分の姿が映った瞬間、レアはエリオットにしがみつき、その顔をまじまじとのぞき込んだ。

「エリオット！　大丈夫⁉　苦しくない⁉　痛くない⁉」

「……ええ。あなたが……助けてくださったのですか？　その額の刻印は、聖女の……」

うなずいたレアはボロボロと涙を流した。

（そうなの。女神様のおかげなの。呪いが解けてよかった。わたしをかばってくれてありがとう。でも、お願いだから二度とあんな真似しないで。もっと自分を大事にして）

そう言いたいのに、熱い塊が喉を塞いでいるせいで呻き声しか出せない。

（あなたがいてくれないと、わたし……わたし……）

ゆっくりと体を起こしたエリオットはそんなレアを黙って抱きしめ、頭を、背中を、慰めるように撫でてくれる。

その光景を穏やかな表情で眺めていた女神は、やがて目を閉じると、一条の光になって天に昇っていった。

すると、空を覆い尽くしていた灰色の雲が追い払われ、見事な蒼穹《そうきゅう》が広がり、あちこちで歓声が上がった。

魔王を倒してもその配下たちまで消えたわけではなく、レアとエリオットはファルガ要塞に残り、掃討作戦に加わった。

その後、カルートの王都に立ち寄って国王に謁見《えっけん》し、王城で行われた戦勝記念の祝賀会に出席したのだが——すぐに後悔するはめになった。

あっという間に大勢の貴族たちに囲まれ、身動きがとれなくなってしまったからだ。

質問攻めに合い、祝福を求められ、「ぜひ我が屋敷にご招待したい」と言われ、魔王と戦った時と同じくらいの疲労を感じる事態になってしまった。

どうすればこの囲いから逃げ出すことができるのか。愛想笑いを浮かべながら考えていると、楽団が演奏する曲の雰囲気が変わり、広間の中心に空間ができる。

どうやら舞踏の時間になったらしい。この隙に逃げ出そうとレアは身構えたが、今度は見目麗《みめうるわ》しい貴公子たちが我先にとレアの周りに集まって来て、舞踏に誘われる展開になってしまった。

「私と踊っていただけませんか」

「いや、ぜひ私と」

「——下がれ」

レアに向かって手を差し伸べてくる貴公子たちに冷たく言い放ったのは、すぐそこで着飾った女性たちに囲まれていたはずのエリオットだった。

いつになく恐い顔をした彼は視線だけで彼らを下がらせ、レアの手首をしっかりつかんだかと思うと、広間の中心へと歩いていく。

「待って。そっちは……」

「踊りましょう」

「えっ⁉」

腰に手を回され、エリオットがステップを踏み始めると、教養の一つとして舞踏を教え込まれたレアの足は自然と動き出してしまった。

（ああ、ドレスを着ていてよかった。そのドレスもエリオットが選んでくれたものなんだけれど……って、そんなことを考えている場合じゃなくって……！　どうしてエリオットと踊っているの⁉）

距離が近い。すぐそこにエリオットの綺麗な顔がある。呼吸の音が聞こえる。なんなら鼓動まで聞こえてきそうだ。腰に回された手の感触とぬくもりを、妙に意識してしまう。

「そ、そうだ、エリオット。あのね、あなたに訊きたいことがあって」

レアは少しでも緊張をまぎらわせようとして言った。結果、耳元で低い声が返ってきて、ますます緊張するはめになってしまったのだが。

「なんでしょう」

「お、お礼をしたいの！　ずっと一緒にいてくれて、守ってくれて、あなたには本当に感謝しているから。わたしにできることなら何だってするから、してほしいことがあったら言ってみて」

エリオットの足が止まった。つられてレアも足を止める。

表面は静かなのに、その奥に焼けつくような感情を宿した目が、レアを映した。

「私の望みは一つだけです」

「……なに？」

「死ぬまであなたのそばにいること」

「……っ」

二人はまた旅をすると決めていた。世界中に散らばった魔王の配下たちを倒して回るのが目的だった。

レアの額には今も聖女の証が刻まれていたが、〈光の大聖堂〉に戻るつもりはなかった。

「魔王の配下たちを倒し終えても一緒にいるってこと？　でも、それだと……」

「駄目だと言われてもついていきます。もしあなたが他の男に心を奪われそうになったら全力でその男を排除しますし、結婚に憧《あこが》れるようになったら私があなたの伴侶になって幸せにして差し上げます」

「そ、そう……？　って、えぇえええっ⁉　わんつか待って……⁉」

レアの裏返った声が広間に響き渡った直後のことだった。

その白い一団は、威圧的ともいえる雰囲気をまとって現れた。

〈光の大聖堂〉の大神官たちと聖騎士たちである。

ぞろぞろと広間に入ってきた彼らは真っ直ぐレアの元までやってくると、一斉に頭を下げた。

「お迎えに上がりました、セラフィナ様。どうか我々の非礼を許し、〈光の大聖堂〉にお戻りください。多くの人々があなた様のお帰りを心待ちにしておりますゆえ」

先頭で頭を下げているのは、聖女になったばかりのベアトリスを〈祈りの間〉に連れてきた大神官だった。

(まるで何もなかったかのように……)

彼らを目にした瞬間、心がすうっと冷えていくのを感じたレアは、厳しい眼差しを向ける。

「ベアトリスは？」

「彼女はすでに聖女ではありません。神託を偽ったことも白状しましたので、現在は地下牢にいます。いかようにもご処罰を」

「処罰？　聖女にそのような権限があったのですか？　初耳ですね」

「我々はセラフィナ様のご意志に従います」

だったらあなたたちも地下牢に入っていなさい、と言いそうになったが、ぐっとこらえた。

「では、国に帰すように」

彼女はすでに女神から罰を与えられていた。聖女ではなくなってしまったのも罰に等しいだろう。

何より、レアは今もベアトリスを嫌いになれずにいた。あの笑顔に、声に、ぬくもりに、救われていた事実は変わらないからだ。

故郷に帰って、静かに暮らしてほしかった。

「なんという寛大なご処置。さすがは光の女神に選ばれたお方だ。それでは我々と……」

「レフェリオン教国には戻りません。――かまいませんよね、女神様？」

レアは広間の天井に向かって問いかけていた。

『特別に許しましょう。行く先々で人々に〈祝福〉を授けなさい』

うっとりするような声がどこからともなく響き渡ると、静まり返っていた広間がどよめく。

大神官たちと聖騎士たちは何が起きたのか理解できていないのか、唖然とした顔で周囲を見渡していた。

「女神様のありがたいお言葉が聞こえましたか？」

誰一人返事をしなかったが、彼らの間の抜けた顔を見ることができたので、レアとしては十分だった。

「行きましょう。もうここに用はない」

エリオットに手を引かれたレアは、その大きな手を握り返してうなずく。

（わたしたちにはまだするべきことがある）

「ええ、行きましょう。魔王の配下たちを倒しに」

再び広い世界へと旅立って行く二人を止められる者は、この広間のどこにもいなかった。


〈終〉

意地悪な姉が聖女らしいので、私は悪役令嬢になります！

花坂《はなさか》つぐみ
ill. すがはら竜《りゅう》

「お目覚めになったのですね！」

起きたら、若い女性が涙目でわたしをのぞき込んでいた。ひっつめた赤い髪やソバカスの浮いた顔に見覚えはない。誰？　というか、ここはどこだろう。

体を包むお布団はふかふかで、部屋はお姫様が住んでいるみたいに豪華だ。ベッドには天蓋がついていて、壁には金縁の鏡がはめられていて、かぐわしい薔薇《ばら》の匂いまでする。

どう考えてもおかしい。だって、わたしはさっきまで制服を着て駅の中を走っていた。

次の電車に乗らないと遅刻確定だった。大急ぎで階段をかけ下りるわたしの後ろを、同じ制服を身につけた姉が、長い髪を指にからめながら走っていた。

「遅刻したらあんたのせいだからね！」

寝坊したのは、わたしのアラームがオフにされていたせいだ。悪戯《いたずら》したのは姉。だから、いつも起こせと命令している姉が一緒に遅刻しそうになっているのは自業自得。

文句を言うとかえってうるさくなるので黙っていたら、姉はカチンときたようで騒いだ。

「ちょっと聞いてるの――うわっ」

ドン、と背中に重たい物がぶつかってきた。

姉が足をすべらせたのだと気づいた時には、わたしの体は宙に浮かんでいた。

（落ちる！）

胃がフワッと浮く感触がして、ズダダダと数十段の階段を転がり落ちる。冷たい床に着くまではあっという間だったけど、永遠に時間が続くように感じた。

全身の痛みに耐えながら、きつくつむっていた目蓋《まぶた》を開けたら――この状況だった。

不安がるわたしをよそに、女性は嬉《うれ》しそうに手を叩《たた》いた。

「そうだわ。お嬢様がお目覚めになったと、ご主人様にお知らせしなくては！」

ロングのメイド服をひるがえして女性は部屋を出ていった。残されたわたしは、こり固まった体をギギギッと動かして起きあがり、鏡に映った自分の姿を見てびっくりした。

「これ、わたし？」

信じられないことに、わたしの髪は淡いピンク色になっていた。触れた頬《ほお》は雪みたいに白く、こぼれ落ちそうなほど大きな瞳《ひとみ》は翡翠《ひすい》色。前は黒一色で冴《さ》えなかったのに。

先ほどの女性とは違って、この容姿には見覚えがあった。

「わたし、もしかして『剣と悠久のアストレイア』のシルフィーヌ・カレイドに転生してる⁉」

『剣と悠久のアストレイア』は、世界中で大ヒットしているファンタジー小説だ。

隣国ヴァルクローズに侵略されたアストレイア国を守るため、主人公の王子ロイが聖女シルフィーヌの力を借りて、かつて親友だった隣国の皇帝ルドルフを討ち破る物語。

カバーには主要キャラクターのイラストが描かれていて、手を組み合わせて祈るシルフィーヌの美しい姿は一際大きくて印象的だった。

特にお気に入りだったのはロイとシルフィーヌの関係だ。

最後の戦いにおもむくロイにシルフィーヌが愛の加護を与えるシーンでは、涙をこらえられずにむせび泣いて姉に「うるさい」と蹴られた。

(前世のわたしは死んだってことだよね。お姉ちゃんはどうなったんだろう……)

階段を転がり落ちて無事で済むはずがない。不安に駆られていたら扉が勢いよく開かれた。

「ああ、シルフィーヌ！　やっと起きてくれたのね」

わたしに抱きついて大泣きするのは母のカレイド公爵夫人。その後ろで、ほっとした表情を浮かべる壮年の紳士が父のカレイド公爵だ。小説に二人の挿絵《さしえ》はなかったけれどイメージ通りの姿だった。

「お前は強盗に襲われて半年も眠り続けていたんだよ」

父が言うには、わたしは馬車で学園から帰る途中に襲撃されたらしい。騎士団が駆けつけて助け出した時には、怪我《けが》を負って気を失っていた。

頭がぼんやりするのは、こんこんと眠っていたせいなのか、前世を思い出した混乱のせいなのか。

「わからない……」

「お父様。シルフィーヌは目覚めたばかりで記憶が混乱しているようですわ」

両親に続いて、豊かな赤毛を指先にからめた美女が入ってきた。

豊満なスタイルと気が強そうな顔を見て、わたしはひっと喉を鳴らした。

(悪役令嬢アザレアーナ・カレイド！)

シルフィーヌの双子の姉であるアザレアーナは、『剣と悠久のアストレイア』の重要人物だ。皇帝ルドルフに侵略戦争を起こすきっかけを与えたのが、他でもない彼女なのである。

公爵家を笠《かさ》に着て傍若無人に振る舞うし、シルフィーヌを虐《いじ》めるからわたしは大っ嫌いだった。

(アザレアーナは、妹のシルフィーヌに嫉妬《しっと》していたんだよね)

聖女の力に目覚めて王子の婚約者になったシルフィーヌに対して、アザレアーナは何の力もなかった。嫉妬するのも無理はないけれど、妹に意地悪をする彼女には両親も手を焼いていたみたい。

でも、目の前の家族は、前世で読んだ小説とは少し違っていた。

「アザレアーナは妹思いで優しい子だな。カレイド公爵家の自慢の娘だ」

「しかも聖女だなんて。素晴らしい娘を持って鼻が高いわ！」

手放しでアザレアーナを褒《ほ》めたたえる両親に、わたしはきょとんとした。

「聖女はシルフィーヌの方じゃないんですか？」

すると、アザレアーナの表情が一瞬で凍りついた。母は簡単に事のあらましを教えてくれる。

「あなたが眠っているうちに、アザレアーナは聖なる力に目覚めたのよ。伝説に出てくる〝白光の聖女〟と同じく、どんな怪我でもたちどころに治してしまうの」

「で、でも」

小説の中では、聖なる力を持つのはシルフィーヌだけだった。

（わたしの記憶違い？　それとも、読者は知らない裏設定とか？）

首を傾《かし》げるわたしから視線を外して、アザレアーナは両親に微笑《ほほえ》んだ。

「お父様、お母様、あたくしとシルフィーヌを二人きりにしてくださらない？」

「そうだね。半年ぶりの姉妹の再会だ。時間を気にせずに話しなさい」

両親が去って扉が閉じられると、アザレアーナは深いため息をついた。押し黙るわたしに近づいてきて、ぐいっと髪の毛を引っぱって囁《ささや》く。

「この世界の設定を知ってるってことは、あんたもしかして――」

転生前の名前を呼ばれて息をのんだ。

このしゃべり方。それに、容赦ない扱い。わたしは思わず声を上ずらせた。

「お姉ちゃん!?」

アザレアーナの中の人は、確実に前世の姉だ。

「はー、最悪。まさか、あんたまで転生するとは思わなかったわ」

シルフィーヌと同じ馬車に乗っていたアザレアーナは、強盗に襲われて一時的に気を失っていた。その夢の中で自分の前世を見たのだという。完全にわたしと一緒だ。

前世のわたしはよく好きな小説の話をしていたので、姉もここが『剣と悠久のアストレイア』の世界で、自分が重要な登場人物になっていると気づいた。

「お姉ちゃんがアザレアーナなのはわかったよ。でも、どうして聖女になってるの?」

「あたしにも聖女の力があるのよ」

「そんなの嘘《うそ》。聖なる力はシルフィーヌにしかないはずだよ!」

とっさに言い返すと、アザレアーナはお腹《なか》を抱えて笑い出した。

「あんた本当に馬鹿《ばか》ね! 悪いけど、あたしは悪役令嬢として追放されるのは嫌よ。あんたも、これからは前世みたいにあたしに従いなさい」

悪夢を見ているのかと思うほど鮮やかに、わたしの虐《しいた》げられ人生・第二章は幕を開けた。

◇　◇　◇

王侯貴族の子弟が通う王立学園は、都の中にありながら豊かな自然に囲まれている。

噴水がある前庭を、わたしは革のバッグを持って歩いた。

長い赤毛を左右に振りながら颯爽《さっそう》と前を行くアザレアーナは、生徒たちの注目の的だ。

「見て、聖女のアザレアーナ様よ！」

「今日も麗《うるわ》しい……」

小説の中だったら、こうして崇《あが》められるのはシルフィーヌだった。

(わたしが寝ていたから、代わりにお姉ちゃんが聖なる力に目覚めたってこと？)

不思議に思っていると、校舎のエントランスから一人の男子生徒が走ってきた。

「おはよう！」

朝の光に透ける金髪とさわやかな笑顔に、わたしはドキッとした。

彼はアストレイア王国のロイ王子。この小説の主人公で、聖女の力に目覚めたシルフィーヌと恋に落ちるキャラクターだ。正義感の強さが顔に出ていて、挨拶《あいさつ》一つとっても溌剌《はつらつ》としている。

未来の恋人に、わたしは緊張ぎみに「おはようございます」と返す。しかし、ロイはわたしの方を見もせずにアザレアーナの手を取ってキスをした。

「迎えに出るのが遅くなってすまない。荷物は俺《おれ》が持つよ」

慣れた仕草でバッグを取り上げるロイと、うっとりした顔で応じるアザレアーナ。

二人の間に流れる雰囲気《ふんいき》は、まるで恋人同士だ。

(ロイ王子の恋人になるのはシルフィーヌじゃないの?)

どういうことだと動揺するわたしを、アザレアーナが意地悪そうな顔で振り返った。

「殿下。今日からあたくしの妹も登校することになりましたのよ」

言われて初めて気づいた様子で、ロイは青い目をわたしに向けた。

「シルフィーヌ殿、無事に目覚めて何よりだ! すでに知っているかもしれないが、俺はこの国の王子ロイ・アストレイア。君のお姉さんの婚約者として仲良くしてほしい」

「婚約者……?」

びっくりするわたしに見せつけるように、アザレアーナはロイの腕に手をからめた。

「あたくしたち、シルフィーヌが眠っている半年の間に婚約したのよ」

恐ろしいことに、たった半年の間に聖女の称号と婚約者をアザレアーナに奪われていた。

衝撃で声が出ないわたしの後ろで、耳をつんざく叫び声が上がった。

「お助けください、アザレアーナ様!」

走ってきたのは、藁《わら》色の髪を乱した令嬢だった。顔は苦しそうに歪《ゆが》み、手で押さえた右腕は真っ赤に染まっていたので、辺りは騒然とする。

「転んだ先にあったガラスの破片で切ってしまったんです!」

「あたくしに任せなさい」

アザレアーナは令嬢の手の上から手を重ねて、うーんと力を籠めた。

するると、苦悶《くもん》の表情を浮かべていた令嬢は、ぱっと顔色を明るくした。

「治ったわ！」

赤く染まった袖をまくり上げる。白い腕は赤く汚れていたが、傷はどこにもなかった。

パチパチと湧く拍手の中で、アザレアーナは自信満々に髪を手で払う。

「これが聖女の力よ」

（まさか、アザレアーナにも聖女の力があったなんて！）

困惑していたら、ツンと鼻を刺す臭いがした。これはインクの臭いだわ。

かすかにわかるくらいだけれど、どこから漂ってくるのだろう。

辺りを見回したわたしの視線は、怪我を治してもらった令嬢へとたどり着く。

臭いの元は彼女のようだ。インク瓶どころか鞄《かばん》すら持っていないけれど……。

彼女に握手を求められたアザレアーナの指の間から、キラリと光る金貨が見えた。手に忍ばせて、周囲に気づかれないように令嬢へ渡している。

「もしかして……」

わたしは、アザレアーナを崇める人々に向かって声を張った。

「アザレアーナは聖女ではありません！　その令嬢は、アザレアーナに雇われて怪我をしたように見せかけただけ。血に見えるのはインクです。調べてください！」

誰かが令嬢のブラウスを確認すれば、それが血ではないとすぐにわかる。

しかし、誰も動こうとしなかった。ロイが眉を上げて周りを制したからだ。

「調べなくていい。シルフィーヌ殿、アザレアーナの力は本物だ。俺は、彼女が怪我を治す場面を何度も見ている。間違いない！」

「で、でも……」

わたしの言葉を遮るようにして、アザレアーナがロイにすがりついた。

「殿下、シルフィーヌを許してあげてください。強盗に襲われて半年も眠り続けて、精神的に弱っているのですわ。あたくしは、妹が元気になってくれるなら嘘つき扱いされても平気ですから」

「ああ、アザレアーナ。君は本当に優しい人だ……」

ロイは、心から感動した顔でアザレアーナの肩を抱いて、わたしに言い放った。

「俺の聖女を傷つける者は、たとえ妹でも容赦しないぞ！」


それからは悲惨だった。わたしが聖女アザレアーナに因縁をつけてロイに睨《にら》まれているという噂《うわさ》が流れ、他の生徒や教師から徹底的に無視されるようになったのだ。

学園がだめなら家庭だ。わたしは両親にアザレアーナの嘘について説明した。けれど、ここでも姉に嫉妬して話をでっちあげたと片付けられてしまった。

アザレアーナは、わたしの訴えが誰にも届かないのをいいことに自分の宿題を押し付けてくるようになった。ロイ宛ての手紙も代筆したし、彼に贈るハンカチの刺繍《ししゅう》も下手《へた》だとやり直しさせられた。

（この感じ、前世でもあったなあ……）

外面《そとづら》のいい姉に両親も周囲も騙《だま》されて、虐げられるわたしのことは誰も助けてくれない。

最初は少しでも姉から離れようとした。でも、身の回りの世話や宿題をやらせる奴隷が欲しかった姉は、わたしの友達を奪うことで一人ぼっちにして、自分に従うしかないように誘導した。

（この世界でも、お姉ちゃんにこき使われる人生を送るしかないの？）

そんな人生、送る意味はあるのだろうか。

憂うつにのみ込まれそうになりながら、わたしは図書室に向かった。

他の利用者はほとんどいない。静かで、平和で、わたしを煙たがらない隠れ家だ。

「弱気になったらお姉ちゃんの思う壺《つぼ》だわ。誰か、他に頼れる相手を作らないと」

以前のシルフィーヌの友達は、眠っている間にアザレアーナ信者になっていた。学園という小さな社会で戦うためには、わたしの言い分を信じてくれる新たな味方が必要だ。

こうなったら、次に出会った人に声をかけてみよう！

わたしは、革張りの本がぎっしり詰まった本棚の間で息をひそめて待った。

ほどなく誰かが入室してきた。カツン、カツンという足音が近づいてくる。

どうかいい人でありますように。アザレアーナ信者じゃありませんように。

わたしはそう祈りつつ、その人が本棚の陰から出てきた瞬間に、右手を前に出して頭を下げる。

「突然ですが、わたしとお友達になってください！」

足音が止《や》んで、長い沈黙が続いた。

（さすがに無理だったかな？）

不安になって手を引こうとしたら、一回り大きな手のひらに包まれて引っ張られた。

「きゃあっ」

ふわっと髪をなびかせて躍り出たわたしを、凪《な》いだ海のように落ち着いた紫の瞳が見下ろしてくる。

「私と友達になりたいとは……面白い人ですね」

ゆったりした低い声に背筋がぞくっとした。

艶《つや》やかな黒髪は襟足《えりあし》が長く、切れ長の目は剣のように鋭い。彫像のように左右対称の顔立ちには、世界を達観したような微笑みが浮かぶ。

闇《やみ》の魔力を持つ人特有の浮き世離れした雰囲気と、まだ学生なのに完成された美貌《びぼう》に圧倒されたわたしは、相手が誰か気づいて腰を抜かしそうになった。

「皇帝ルドルフ・ヴァルクローズ！」

「私の名前をご存じでしたか。ですが、まだ皇帝ではありませんよ。ただの皇太子です」

わたしの手を持ち上げて、社交ダンスでも踊るようにルドルフは体を反転させた。

されるがまま硬直しているのは距離が近いからではない。

彼こそ、この物語のラスボスだからだ。

ルドルフは、皇太子時代にアストレイア王国に留学していて、王子ロイとは親友だった。しかし聖女シルフィーヌに横恋慕して、大失恋したのをきっかけに母国に戻り、やがて皇帝に即位する。

（そして七年後、ロイに復讐《ふくしゅう》するためにアストレイア王国を侵略してくるのよね）

ルドルフを復讐に焚《た》きつけるのはアザレアーナだ。

シルフィーヌを虐めていたことが暴《あば》かれて、ロイに国外追放を言い渡された彼女は、母国に帰るルドルフと接触する。失恋で弱っていたルドルフは、「実はロイとシルフィーヌは結託して貴方《あなた》をもてあそんで楽しんでいたのよ」と囁かれて、ついに心が壊れてしまう。闇落ちしたルドルフは復讐の鬼になって、大陸最強の帝国軍をアストレイアに差し向けるんだけど……。

(今のルドルフは、シルフィーヌに恋はしていないみたい)

わたしは聖女の力に目覚めていないし、アザレアーナのせいでロイに求婚される可能性もない。

せっかくルドルフとは無関係に生きていたのに、声をかけてしまうなんて。わたしの馬鹿！

「ごめんなさい、間違えました！　さすがに隣国の皇太子殿下とお友達になるような大それた真似《まね》はできません。わたし、ただの一般生徒ですし！」

「偽《にせ》聖女アザレアーナの妹君でしょう？　この校内では、私より有名人だと思いますよ」

「いえいえ、さすがにルドルフ様よりは――え？　偽聖女？」

いきなり我に返ったわたしがおかしかったのか、クスクス笑われてしまった。

「彼女の聖なる力は嘘ですよね。演技が下手なので見ていればわかります。どうやって怪我を治しているのかまでは知りませんが」

「アザレアーナは、他の生徒にお金を渡して怪我をしたふりをしてもらっているんです！　わたしの他に気づいている人がいたとは思いませんでした。ロイ様も騙されていましたし……」

「ロイは単純で、すぐに人を信じるんですよ。それが彼の良いところではあるのですが、偽聖女に心酔している様子なので心配していました。このまま騙され続けるなら、いずれ私が真実をつきつけて目を覚まさせるつもりです」

ルドルフは親友の身を案じ、アザレアーナとの関係に注意していたようだ。

わたしは、砂漠でオアシスを見つけたような気分で、手を繋《つな》いだままのルドルフににじりよる。

「あの、本当にお友達になってくれますか？」

「貴女《あなた》が望むなら。でも、いいんですか？　ヴァルクローズの皇太子という立場が悪いのか、私も周囲から距離を置かれていますよ。まるで魔王のように」

孤立する寂《さみ》しさからかルドルフの顔に陰が差した。要人であり類まれな美しさを持つ彼は、令息たちが通う学園ですら異質な存在だ。遠巻きにしてしまう気持ちもわかる。

「ぜんぜん大丈夫です！」

ルドルフは聖女シルフィーヌに失恋して王国を去り、その途中で闇落ちする。シルフィーヌが聖女ではなく、片思い相手でもないただの友達だったら、復讐心にはかられないはずだ。

原作の内容を思い出して、わたしはあることを思いついた。

(アザレアーナが聖女になるなら、わたしが悪役令嬢になればいいんだわ！)

悪い行いをたくさんして国外に追放されたら、姉の支配から逃れられる。

未来への希望が胸に湧き上がると、先ほどまでの憂うつな気持ちが吹き飛んでいった。

「わたしはこれから悪役令嬢になるので、魔王様と仲良しの方がそれっぽくて好都合です。よろしくお願いします！」

「あ、私が魔王なのは否定しないんですね。よろしく、シルフィーヌ」

ルドルフとわたしは固い握手を交わした。皇太子というから気取った人かと思ったが、親切で話しやすかった。

一緒に次の授業が行われる教室へ向かう。彼はわたしが眠っている間に留学してきたから、馴染《なじ》みはないけれど同じクラスなのだ。

ルドルフと一緒にいたら今以上にやっかまれるだろう。

けれど、強力な友達を得たわたしは少しも怖くなんかない。

（こうなったら、完璧な悪役令嬢になってやるわ）

◇　◇　◇

アザレアーナは我がままなキャラクターだ。カレイド公爵家の使用人を虐めたり、お茶会に参加するシルフィーヌに嘘の日時を教えたり、欲しい物は力ずくで奪ったりしていた。

（同じように振る舞えば、わたしも立派な悪役令嬢になれるはず）

学園が休みの日、わたしは公爵家の居間に向かった。

家具を拭いているメイドがいたので、咳《せき》をしてマントルピースにつつつーっと指を這《は》わせる。

「埃《ほこり》が残っているわ。あなた、拭き方がなっていないんじゃなくて？」

前世で姉に意地悪された時を思い出して、ねちねちした言い方を心がけた。

わたしが恐ろしかったらしく、新参者のメイドは青ざめた。

「す、すみません。急いでやり直します」

「やり直せばわたしが許すと思っているの？　拭き掃除すらまともにできない人にはもう任せられないわ。さあ、その布巾《ふきん》を貸して」

戸惑うメイドから布巾を取り上げたわたしは、水につけて固くしぼり、マントルピースのふちにしっかり端をくっつけて拭いていく。その様子をメイドは固唾《かたず》をのんで見つめていた。

（使用人のお仕事を奪ってやったわ！）

拭いていたら楽しくなってきた。わたしは鼻歌を歌いながら時代物のカップボードやサイドテーブルも綺麗《きれい》にしていく。

作業している間に他の使用人たちが集まってきて、メイドに耳打ちした。

「シルフィーヌお嬢様はどうされたんだ？」

「急に布巾を取り上げて、代わりに掃除をするからそこで見ているようにと……」

「使用人を休ませて自ら掃除してくださるとは、なんてお優しい方だ」

心ゆくまで家具を拭いたわたしは、ふーっと額に浮いた汗をぬぐう。

（これでよし。どこもピカピカだわ）

やりきったわたしに、使用人頭は孫を見るような顔で拍手を送ってくれた。

「お疲れ様でした。休憩のお茶をご用意してございますよ」

「ありがとう。ちょうど喉が渇いていたの」

手を洗ってテラスに行くと、淹《い》れたての紅茶と焼き菓子が準備してあった。一仕事終えた後のお茶は格別だ。おいしく味わっていたら先ほどのメイドが頭を下げてくる。

「お嬢様、拭き掃除をありがとうございました」

仕事を奪ったのにお礼を言われてしまった……これは嫌みかしら？

さらに悪いイメージを植え付けようと、わたしは尊大にふんぞり返った。

「これからはわたしが厳しく指導してあげるわ。覚悟なさい！」

「よろしくお願いします！」

メイドも使用人頭もなぜか嬉しそうな顔をしている。虐められるのが好きだなんて、変なの。

その日からわたしは毎日のように使用人の仕事を奪ってやった。そのたびに、仕事終わりのお茶が豪華になっていくのは、わたしの怒りを買うまいと媚《こ》びを売っているのだろう。

(家での印象操作は完璧だわ。次は学園ね)


学園でシルフィーヌが悪役令嬢だとアピールするチャンスは、翌週の火曜日にやってきた。

庶民の生活を知る授業で、いくつかの班に分かれて料理をすることになったのだ。

いつもはわたしを避けているクラスメイトも同じ班になれば無視できない。

わたしの班には、クラスメイトの令嬢二人とルドルフがいた。

黒いエプロンをつけて小麦粉を持つ姿まで美しい彼の横に、わたしはそうっと並ぶ。

「同じ班になるなんて奇遇ですね」

「力を合わせて上手《うま》くやりましょう。離れてしまったロイが少し心配ですが……」

ルドルフは調理室の前方を見た。

最前の調理台では、アザレアーナがロイと見目麗《みめ》しい令息たちに囲まれている。

わたしのいる場所は、そこからもっとも離れた最後列だ。

「お姉様の班よりおいしい料理を作ってやりましょう」

課題は、林檎《りんご》を使ったお菓子だ。

何を作るかは、実習当日までに各自がレシピを調べてきて、班で話し合って決める。

しかし、料理をする必要のない貴族が思いつく林檎のお菓子がそうあるわけがなく、ほとんどの生徒がアップルパイのレシピを持ってきていた。

一つの班に与えられた林檎は二つ。小麦粉やバター、砂糖、塩など、どんな料理にも対応できるように食材は豊富に用意されているけれど……。

(初心者なのにパイは難しくない？)

林檎のフィリングはしっかり煮る必要があるし、パイ生地は混ぜて数時間寝かせてから何度も折って伸ばす工程がなければサクサクに膨らまない。

早くも同じ班の令嬢たちは、不慣れそうにナイフを握りしめて、真っ赤な林檎を手に持った。

「ころころ回しながら皮をむいて、種のところを切り取ればいいのよね」

指も添えずに刃を皮に当てたのを見て、わたしははっとした。

「お待ちなさい！」

びくっとして手を止めた三つ編みの令嬢は、怖い顔でわたしを睨んだ。

「何ですの？」

「わたし、アップルパイよりもマトファンが食べたいわ。それ以外は認めなくてよ！」

いきなりの我がままに、令嬢たちは互いの顔を見合わせた。

「マトファンって何？」

「そんな料理、聞いたこともないわ」

首を傾げる令嬢たちに見えるように、わたしは自分で書いてきたマトファンのレシピを作業台にバンと出す。

「知らないならわたしが作るわ。あなたたちは補佐をしてくださいな」

ひったくるようにナイフを奪ったわたしは、林檎をまな板に置いて真っ二つにした。

令嬢が「えっ」とびっくりしている間に、さらに四等分のくし形に切っていく。

「シルフィーヌ。それは皮むきではなくぶつ切りでは？　他の班では林檎を回して皮をむこうとしていますが……」

冷静に指摘するルドルフに、わたしは小声で答える。

「くるくる方式の皮むきは初心者には難しいんですよ。マトファンは皮つきのままで作れるので、このやり方でも大丈夫なんです」

わたしは前世でお菓子作りが得意だった。姉に命令されるストレスを解消するため、甘いお菓子を作っては食べて発散していたのだ。

林檎を切ったわたしは、銀のスプーンをルドルフたちに渡す。

「これで種のところをくりぬいてください」

スプーンを渡された三人は、言われた通り芯の辺りにスプーンを刺してえぐる。ナイフほど綺麗にはいかないが、種は取りのぞけた。

令嬢たちが「できたわ」と顔を輝かせている間に、その林檎を薄切りにする。

着々と下準備するわたしたちを見て、他の班の生徒たちも集まってきた。

「シルフィーヌ嬢、僕たちにもやり方を教えてくれないかな。料理なんてしたことなくてさ」

「せいぜい作り方を目に焼き付ければいいわ！」

マトファンは家庭的なパンケーキだ。作り方が単純なので、見よう見まねで十分に作れる。

わたしは周りの生徒に見やすいようにもう一個の林檎を切って、スプーンで芯をくりぬいた。

「それくらいならできそうだ」

自分の班に戻っていく生徒に、わたしは大声で呼びかける。

「薄切りはわたしがやってあげてもよくてよ。その間に、小麦粉とお砂糖を量って、卵と牛乳を入れて泡だて器で混ぜていなさい。ルドルフ様は闇属性ですが、火の魔法も使えますよね？」

「よくご存じですね」

驚いた様子の彼に、スライス林檎を並べたお皿を差し出す。

「この林檎を焦がさない程度に温めてください」

ルドルフはお皿に手をかざした。詠唱もせずに、紫色の炎をぽうっと出現させる。

穏やかな燃え方なのは、ルドルフ自身が周囲にやけどを負わせないよう気遣っているからだろう。

わたしは、炎に林檎をのせた皿を近づけて、くたっとするまで温める。

「十分ですわ。他の班の分の林檎も温めてよろしいですか？」

「お役に立てて幸いですが……今の工程になんの意味があるんです？」

「こうするんです」

柔らかくなったスライス林檎を、端が少し重なるように横一直線に並べて右から左へ巻いていく。林檎の曲線が互い違いに丸まって、ころんとした花ができあがった。

「薔薇林檎のできあがりですわ！」

手のひらにのせて見せびらかすと、生地を混ぜていた令嬢が「かわいい」と歓声を上げた。

「無駄口を叩かないでください。そろそろ焼きますわよ」

もったり混ざった生地をフライパンに流し込んで、その上に薔薇林檎を並べていく。焦がさないように気をつけながら全体に火を通したら、粉砂糖を振りかけて完成だ。

時計を見ると、終了時刻の二十分前。試食して片付けて、ちょうどよく授業を終えられる時間だ。

見よう見まねで料理していた他の班も次々に完成させていった。生地を焦がしたり林檎の形が歪《いびつ》だったりしているのはご愛敬《あいきょう》だ。

少しも進んでいないのは、アザレアーナとロイ他イケメン男子の班だけである。教授は彼女たちの調理台を見て、手元の評価シートに大きくバツを書き込んだ。

「王子殿下の班は全然だめじゃな。それに比べ、シルフィーヌ嬢の班は、時間内で作れるお菓子を選び、周りを助ける姿勢も素晴らしかった。全員満点の花丸じゃ」

「シルフィーヌ様、あなたのおかげで助かりましたわ」

「料理がお上手だなんて知りませんでした」

生徒たちはわたしに憧《あこが》れの視線を向ける。

嬉しいけれど、目指すべき悪役令嬢は、たぶんこんなことでは喜ばない。何事もスマートにできて当然だし、恩を売ったら百倍で返させるし、最後に恨まれる言葉だって忘れはしないはずだ。

わたしは結んでいた髪を解いてバサッと手で払い、高慢に言い放った。

「ふふん。このくらい、子どもだってできるわよ」

悪役らしく決めたわたしに、惜しみない拍手が送られる。

きっと後で「あいつ偉そうでムカつく」と陰口をたたかれること間違いなしだ。

(また少し、完璧な悪役令嬢に近づけたわ!)

追放される日を想像しながら、わたしは薔薇林檎のマトファンにかじりついた。

甘すぎず、しっとりした口当たりでおいしい。

ルドルフや同じ班の令嬢にも気にいってもらえて上機嫌なわたしは気づかなかった。

食べかすがついた頬をルドルフに拭ってもらうところを、粉まみれになったアザレアーナが遠くから睨みつけていたことに。

◇　◇　◇

放課後、シルフィーヌと一緒に宿題を片付ける約束をしていたルドルフは、待ち合わせた空き教室に急いでいた。

人がまばらな廊下を進み、教室に入ろうとすると中から声が聞こえた。

「わたしにお願いとはいい度胸ですわね」

こっそりうかがえば、先に来て席についていたシルフィーヌは下級生の令嬢たちに囲まれていた。

彼女の目の前に置かれているのは、空欄が目立つ答案用紙だ。

二次方程式の小テストである。点数的には追試だが、救済案として正しい回答を書いて教師に提出すれば合格点がもらえるらしい。提出期限は今日までだという。

暗い表情の令嬢が、そろりとシルフィーヌに問いかけてくる。

「シルフィーヌ様はお解《わか》りになりますか？」

「こんなの簡単よ」

ペンを手に取ったシルフィーヌは、猛然と答えを書き込んで令嬢に握らせた。

「あなたの筆跡を真似して解いておきましたわ」

「ありがとうございます、シルフィーヌ様！　このお礼はいつか必ずします！」

令嬢たちは晴れやかな顔で教室を出ていく。

ルドルフは、入れ替わるようにシルフィーヌの元へ向かった。

「ごきげんよう、シルフィーヌ。今日は何をしたんですか？」

「未来ある生徒から、二次方程式を理解する機会を奪ってやりましたわ！」

こぶしを握りしめて熱弁するシルフィーヌは可愛《かわい》らしい。

ルドルフはクスッと笑って、子どもにするように彼女の頭を撫《な》でる。

「それは、それは。とても悪いことをしましたね」

調理実習といい、先ほどの答案用紙といい、彼女は事あるごとに人を救っているのだが、本人はそれを極悪な行為だと思っている。どうも人に嫌われたいらしい。

シルフィーヌが嫌われようと頑張れば頑張るほど彼女の信者は増えていき、今では評判を聞かない日はないほどだ。儚《はかな》げな見た目に反して努力家な面も、ルドルフは気に入っていた。

「悪事か定かではありませんが、どこにいても貴女の話ばかり聞こえてきます。聖女アザレアーナがかすむくらいね」

「やった！　この調子なら、もうすぐ自由の身だわ！」

明るい表情と真逆の台詞《せりふ》に、ルドルフはピタッと撫でる手を止めた。

自由。それは家や階級に縛られた王侯貴族には決して手に入らないものだ。

彼女が〝悪役令嬢〟とやらを目指して悪ぶっているのは、家から勘当されるためなのだろうか。

(家で辛《つら》い目にあっているのでしょうか……)

アストレイア王国には、聖なる力で人々を救ったという白光の聖女の伝説がある。

カレイド公爵は、伝説の聖女と同じ力に目覚めたアザレアーナを溺愛している。その分、双子の妹であるシルフィーヌがないがしろにされていてもおかしくない。

一人寂しく過ごすシルフィーヌの姿を想像して、ルドルフの胸が痛んだ。

(まるで、かつての私のようだ)

闇の魔力はただでさえ制御が難しいのに、ルドルフは強大な力を宿して生まれてしまった。

幼い頃はよく力を暴走させた。コントロールを覚えてからも我を忘れて大切な人を傷つけた。

ルドルフが冷静沈着なのは、もう誰にも怪我を負わせたくないからだ。気の置けない友人と話しても感情が揺らぐことはなかったのに、シルフィーヌといると枷《かせ》が外れたように心が弾《はず》む。

(私は運命の人を見つけたのかもしれません)

留学に来る前、ルドルフは皇帝から妃《きさき》探しを命じられていた。どんな美女にも、どんな可憐《かれん》な令嬢にもなびかないが、皇太子の立場上、結婚は避けて通れないからだ。

アストレイア王国の女性を隣国に連れていくのは可哀想《かわいそう》なので誰とも付き合わずにいたが、自由を心から望むシルフィーヌならば、喜んで同行してくれるのではないだろうか。

「……そういえば聞きましたか。来週末の舞踏会の話を」

「たしか、自力でパートナーを見つけるんですよね。わたしは不参加です。悪名高い悪役令嬢に踊ってくださいと頼む令息はいませんから」

不思議と誇らしげなシルフィーヌの手を取り、ルドルフはその場に片膝をついた。

制服の裾が、長めの黒髪が、ふわっとそよぐ。

「シルフィーヌ・カレイド公爵令嬢。私と踊っていただけませんか？」

「えっ!?　いえ、私は……。というか、わたしでいいんですか？」

目をまん丸にされたので、ルドルフは自然に微笑んでいた。

「貴女でいいのではなく、貴女がいいんですよ」

一時の舞踏会の相手ではなく、未来の妃に向けて告げた。

秘めた思いに気づかれなくてもいい。今は。

「ルドルフ様がそこまで言うなら……。お受けします」

シルフィーヌはそう言って、自分でいいのか不安そうに首を傾げる。

この謙虚さがあるから、彼女は理想とする悪役令嬢とやらになりきれないのだろう。

(そんなところも愛《いと》おしい)

今日の彼女の表情を永遠に忘れないでおこうと、ルドルフは心に誓った。

◇ ◇ ◇

学生のための舞踏会は、敷地の一角にある舞踏場で行われる。普段は制服で過ごしている生徒たちもこの日ばかりはドレスアップして、パートナーと共にホールに吸い込まれていった。

迎えに来てくれたルドルフと会場に入ったわたしは、思わずため息をついた。

「すごいわ……」

ピカピカに磨き上げられた大理石の床や金を多用した柱、何百ものクリスタルを下げたシャンデリアがまばゆい。参加者は誰しも動物園にいる珍しい鳥みたいに派手だった。

わたしも、今日はリボンがついた翡翠色のドレスを着ている。レースの透け感が美しい、クローゼットの中にある洋服で一番のお気に入りだ。

ルドルフも気に入ってくれたらしく、会場に着くまでに何度も褒めてくれた。

社交辞令だということは分かっている。

友人として付き合っていると忘れそうになるが、ルドルフはヴァルクローズ帝国の皇太子なのだ。

当然、留学先での社交もおろそかにはできない。舞踏会にも参加しなければならないが、誘っても問題が起きない無難な令嬢がいなかったから、わたしに白羽の矢を立てたのだろう。

(ルドルフ様にパートナーになってほしいと申し込まれたら、舞い上がって暴走しちゃいそうな令嬢ばかりだものね)

立場も見た目も最上級のルドルフとお近づきになりたい令嬢は山ほどいる。わたしが申し出を受け入れたのは、女性トラブルから彼を守るためだ。

唯一無二の友達だもの、困った時は助け合わないと。

「これは歴史ある建築物だそうですね。ヴァルクローズでは堅牢《けんろう》がよしとされていて、豪華絢爛《けんらん》な装飾は好まれないので興味深いです」

そう言って、ルドルフは大きな天井絵を見上げた。

さらりと流れる暗い髪色に、黒を基調にアメジストの差し色を加えた礼服がよく似合っている。

ヴァルクローズ帝国は真面目《まじめ》な人が多いという。柔和《にゅうわ》なルドルフが時々のぞかせる芯のある人柄はお国柄だろう。アストレイア王国を追放されたら移住してみたい国、第一位だ。

「ルドルフ様の国、いつか行ってみたいです」

「私が連れていきますよ」

視線をすっとわたしに落として、ルドルフは静かに笑った。何げない笑顔の中に、今までは意識しなかった男の色気のようなものを感じてドギマギしてしまう。

（なに意識しているの。ルドルフ様はただの友達なのに）

熱くなった顔を扇子であおいで冷ましていると、入り口の方が騒がしくなった。

「ロイがやってきたようですね」

純白の正装で乗り込んできたロイの隣には、当然のようにアザレアーナがいる。わたしと違って両親が新調させたドレスは、真っ赤な生地に金の刺繡がきらめいていた。

王子と聖女は、今日の舞踏会の主賓だ。他の参加者は彼らより目立たないのが暗黙の了解になっている。加えて、朝から城に行ったアザレアーナは、わたしが参加していることを知らない。

（お姉ちゃんに見つからずにやり過ごそう）

見つかったら、意地悪されるか無理やり家に帰されてしまうだろう。

悪役令嬢として追放されたら二度と舞踏会には行けない。どこかの国の田舎《いなか》で畑を耕して慎《つつ》ましく生きるつもりなので、ドレスを着る機会さえないかもしれない。だから、この時間をひっそり楽しむつもりだった。

こっそり人ごみにまぎれようとしたら、ルドルフに抱き寄せられた。

「私から離れてどこに行くつもりですか。他に踊りたい男でもいました？」

「そんな人いません。というか近すぎです！」

近距離で囁き合うわたしたちに、周囲はうっとりしている。

「さすがシルフィーヌ様とルドルフ皇太子殿下、お美しいわ」

「今晩の主役はお二人に決まりだな」

予想外の反応に、わたしは恐る恐るロイの方を見る。注目を浴びるわたしたちに気づいたアザレアーナが、顔に何本もしわを走らせてこちらを睨んでいた。

（み、見つかっちゃった）

「そろそろ一曲目が始まりますね」

アザレアーナから離れたいのに、ルドルフはわたしの手を引いてホールの中央へ歩いていく。

「どうしてそっちに!?」

すると、ルドルフは不思議そうに瞬《まばた》きした。

「最初のカドリールは、参加者の中でもっとも地位が高い男性が踊るんですよ。ここではロイと私になります」

そうだった。ルドルフは隣国の皇太子で、格でいえばアストレイアの王子に匹敵する。

やむなくホールの中央に出たわたしは、明らかに不機嫌なアザレアーナと向かい合った。

「ごきげんよう、シルフィーヌ。ここで会うとは思わなかったわ」

「う……」

恐怖で声が出ない。青ざめて固まるわたしを、ロイはまじまじと見つめてきた。

「シルフィーヌ殿がルドルフの相手なのか。とてもお似合いだな！」

「殿下、何をおっしゃるの。シルフィーヌではルドルフ皇太子殿下と釣り合いませんわ。他のご令嬢をお探しになった方がよろしいと思います」

「嫌です」

アザレアーナの高圧的な勧めを、ルドルフはさらっと受け流した。

「私がシルフィーヌと踊りたいんですよ。噂の双子令嬢が共演というのも楽しい余興でしょう？」

「それはいいな！」

ロイが認めたのでアザレアーナは何も言えなくなった。ほっとするわたしと向かい合って、ルドルフは腰に手を回す。楽団が演奏を始めて、そのまま二組のダンスに突入した。

ルドルフとの一曲はめくるめく夢のように楽しかった。わたしは運動神経が悪いはずなのに、スムーズに動けるのは彼のおかげだ。気づけばアザレアーナに睨まれたことも忘れて踊っていた。

あっという間に二曲目に入り、周囲の参加者もホールに踏み出してくる。

役目は終わったのに、ルドルフはいつまでもわたしを見つめていて、手を放そうとしない。

「ルドルフ様、少し休みませんか？　ロイ殿下が話したそうにされていますよ」

はっとしたルドルフは、休憩用の椅子《いす》を見た。

そこに座ったロイは、友人やその婚約者たちと歓談している。アザレアーナは化粧直しにでも行ったのか姿が見えない。水入らずで話すなら今である。

「わたしは何か飲んでいますから、どうぞ！」

ルドルフの背を押してロイの隣に座らせたわたしは、飲み物をとって近くの壁の花になった。

楽しそうな人々を眺めていると、視界の外から突然「あっ」と漏らしたような声が聞こえてきた。

声の方を見れば、以前アザレアーナに雇われていた令嬢の側の燭台《しょくだい》がこちらの方に傾いていた。

（!?）

火のついたロウソクは、運悪く通りがかった令嬢の方に倒れていく。

「避《よ》けて！」

大声で叫ぶが、クリノリンでドレスを大きく広げた令嬢は動けず、火が服に燃えうつる。

「きゃあああああ！」

「落ち着け！」

ロイは近くにあったグラスの水をかけるが、当然そんな量では消えない。あっという間に火は勢いを増してロイの袖口にも移る。ルドルフは、はめていた白手袋を外して炎に手をかざした。

「口を閉じていてください」

闇の魔力が手のひらに集まって、台風のように渦を巻く。それが一気に放たれると炎は霧散するように消えた。魔力で周囲の空気を吹き飛ばし、一瞬だけ真空状態を作り出して炎を消したのだ。

強大な力は、ラスボスにふさわしい禍々《まがまが》しさだった。

鎮火を確認したルドルフは、膝をついてロイや令嬢の容態を確認する。

「酷《ひど》いやけどだ。急いで医者に診せなければ命に関わります」

「心配はいらないぞ。アザレアーナ、来てくれ！　聖女の力で俺たちの怪我を治してもらいたい！」

ロイが呼びかけると、離れた位置にいたアザレアーナに向かって人波が割れた。

邪魔はなくなったのに、アザレアーナは駆け寄るどころか血の気の引いた顔で後ずさる。

「で、できませんわ」

「なぜですか？　貴女は、何度も怪我人を治してきたではありませんか」

ルドルフの鋭い尋問にアザレアーナは口ごもる。

「あたくしは、その……」

「聖女ならできますよね？　さあ、早く治癒しないとこのままでは命が……！」

ついに追い詰められたアザレアーナは、ぶんぶんと首を振って叫んだ。

「できないわ！　あたくしに聖女の力なんてないの！　金貨を渡した相手に演技をしてもらって治したように見せかけていただけ。燭台を倒させたのだって、無断で舞踏会に来たシルフィーヌに少しお灸《きゅう》をすえるつもりだったのよ！　すぐに医者を呼んで。そうしないと、みんな死んじゃう――」

死。その言葉を聞いた途端、わたしの体の奥底でパキンと何かが割れる音がした。

内側からあふれ出した熱が体の中で渦を巻き、白い光となってカッと表へ放たれた。

（まさか……）

わたしの体はふわっと宙に浮いた。体を離れた光の粒子は、ぽかんと見上げてくる人々に雪のように降り積もる。ロイや令嬢のやけどに集まった光は、キラキラと強くきらめいて飛び散った。

「傷がない……」

「やけどが治ったぞ！」

周囲がざわめく中、ルドルフが愛おしそうな表情で手を伸ばしてきた。

「貴女が本物の聖女だったんですね」

彼の手を取ると体がゆっくり床に下りる。

本物の聖女の力を目撃したアザレアーナは、燭台を倒した令嬢と手を取り合って震えていた。

ロイはすっくと立ちあがり、苛烈な剣幕で彼女に言い渡す。

「金で聖なる力があるように見せかけるとは卑怯者《ひきょうもの》め。アザレアーナ・カレイドに婚約破棄を言い渡す！　手先の令嬢と共に、放火犯としての罪を償ってもらおう！」

「そ、そんな」

兵士に捕らえられたアザレアーナは絶望の表情でうなだれた。前世から苦しめられてきたわたしが可哀想になるくらいの消沈ぶりだった。

彼女が引っ立てられていくのを見届けたロイは、意を決した表情でわたしにひざまずく。

「本物の聖女シルフィーヌ、貴女を我が妻として迎えたい。俺と婚約してほしい」

突然の申し出に、集まった人々はわっと沸き立った。

ルドルフは何か言いたそうにわたしを見たが、結局は寂しそうに口を閉じてしまう。

「わたしは……」

複雑な胸に手を置いて言葉を切った。恋人になるべき相手に求婚されたのに少しも嬉しくない。

彼の手を取れば、前世で読んだ『剣と悠久のアストレイア』通りに物語が進むのに。

(でも、そうなったらルドルフ様は……)

ラスボスとしてロイと対峙《たいじ》し、侵略戦争の主犯として壮絶な最期《さいご》をとげる。

彼と友達として過ごした日々を思い出すと、どうしても闇落ちさせたくなかった。

「すみません。わたしはルドルフ様とのお約束があるので、ロイ様の婚約者にはなれません。ルドルフ様、隣国に連れていってくださるんですよね？」

手を組み合わせてルドルフを見上げると、彼は信じられないといった様子で瞬きしてから、わたしが好きな柔らかい微笑みを浮かべた。

「よろこんで、私の悪役令嬢」

この時のわたしは友達として隣国に遊びに行くつもりだったのに——間もなくしてルドルフの婚約者になるのは、また別のお話。

おわり

聖女の傷痕

雨《あま》咲《さき》はな
ill. 風《ふう》 ことら

「こんなみっともないやつが『聖女』だと⁉　ふざけるな！」

広い謁見《えっけん》の間に、甲高い声が響き渡った。

怒りを込めてそう叫んだのは、壇上の玉座に腰掛けた国王ではなく、そのすぐ下に立つ十代前半の子どもだった。壁際に控える騎士たちが制止しないのは、この場において、王に次いで身分が高いのが彼であるからだ。

「やめよ、ラウレンス」

「ですが、父上！」

国王に窘《たしな》められて、ラウレンスと呼ばれた王子は不満も露《あら》わに唇を曲げた。美しい金髪を手で掻《か》き上げ、じろりと前方を睨《にら》みつける。

「そもそもおまえの同席を許可した覚えはないのだがな。まったく、どこから聞きつけたのやら。テオドールは一緒では――いや、仲の悪いおまえたちがともに行動するはずがないか」

小さくため息をついてから、国王も息子と同じほうに胡乱《うろん》な目を向けた。

「……して、そこにおるのが聖女だというのは、相違ないことなのか」

彼が見下ろす先には、片膝を折ってかしこまる臣下の男。そしてその傍《かたわ》らに、真っ黒に汚れたカタマリ――いや、一人の少女がいる。

「ははっ……」

臣下が額を汗でびっしょりと濡《ぬ》らして返事をしたが、両膝を床についた少女は口を半開きにして、ぼうっとした表情のままだ。

その顔に緊張や恐怖はない。しかし明確な意志や知性も見られない。着ている洋服は薄汚れ、おまけに身体に合っておらず、袖も裾もだらんと長い。明らかに「幼児」と呼べる年齢を過ぎているのに、その目はひどく虚《うつ》ろだった。黒っぽい色の瞳《ひとみ》は、ぽっかりとした空洞があるようにも見える。

ラウレンスは「不気味なやつだ」と忌々《いまいま》しげに呟《つぶや》いた。

「聖紋はあるのか。見せてみよ」

「はっ」

王に命じられ、臣下が少女の左腕をぐっと引き寄せた。慌てているためかやり方が乱暴だが、腕を強く掴《つか》まれても、指先まで覆うほど長い袖を勢いよくまくられても、彼女はぼんやりして、なんの反応もしない。

今にもぽっきりと折れそうな、棒きれのように細い腕だ。しかし国王とラウレンスの視線はそこではなく、左手の甲にのみ注がれた。少女は腕だけでなく全身がか細くて、栄養が足りていないのが誰の目にも明らかだったが、二人はそれについて露《つゆ》ほども関心を向けなかった。

薄っぺらい手の甲には、確かに「聖なる紋章」が浮き上がっている。

「うむ、間違いないな……その者は何歳だ？」

「七歳だそうです、陛下」

「その年齢まで報告がなかったとはどういうことだ。これまでの聖女はみな、二歳や三歳、遅くとも五歳までには見つかっていたはずだが」

数十年、または数百年に一度の割合で天から遣わされる「聖女」は、一般人と同じく女の胎《はら》に宿って現世に産み落とされるが、身体のどこかに必ずその徴《しるし》が刻まれる。赤ん坊の頃《ころ》は痣《あざ》のようにぼやけているが、徐々にはっきりとした紋の形に変化していくのだ。

国内の各教会には必ずその紋章が仰々《ぎょうぎょう》しく掲げられているので、民は目にすればすぐにそれと判《わか》る。我が子の身体に聖紋が出ていることに気づけば、親がただちに教会か役所に駆け込むのが普通だ。

「この少女は捨て子であったそうで……赤子の時から孤児院で育ったとのことです。貧しい孤児院のため、少ない人員で切り回しており、聖紋が出ていることに誰も気づかなかった、と……」

正確に言うと、孤児の手の甲に何かの模様らしきものがあっても、単なる汚れだと思って見過ごされていたのである。

つまりそれだけ、子どもたちの世話が行き届いていなかった、ということだ。衛生状態は最低で、食料も常に不足しており、病気になった孤児は薬も与えられずに死んでいく。そのような劣悪な環境で、どうにか七年生き延びた少女に、国王とラウレンスが向けたのは嫌悪《けんお》の目だけだった。

「よりにもよって、そんな浮浪児のような者が、今代の聖女だと……」

国王が小さく呟いて、深く息を吐き出す。

聖女が遣わされると、天候が安定して大地が潤い、国が栄えて、その代の王は名君と崇《あが》められるという伝承がある。しかし肝心の聖女がこんな惨《みじ》めな姿では、到底信用できたものではない。

「まあいい、その者は神殿に連れていけ。これ以上周囲にその悪臭を撒《ま》き散《ち》らされてはかなわん」

投げやりに言って、追い払うように手を振る。

臣下に引きずられるようにして少女が退出すると、ラウレンスは「あんな汚らしいやつがいるなら、俺《おれ》はもう神殿に入らない」と舌打ちをした。

少女は吹けば飛ぶような痩《や》せっぽちで、顔色が悪かった。貧しくみすぼらしい身なりをして、赤茶けた髪は手入れもされず無造作に伸びている。その姿は神殿内でも受け入れられることはなかった。

「あれが聖女ですって……？」

「まるで死神のような出《い》で立《た》ちじゃない」

王都の神殿に勤めるのは、由緒《ゆいしょ》ある家の子息や子女ばかりである。王宮に次いで権威があると言われるその場所で働く彼らの気位は高い。

湯あみをして、衣服を改め、なんとかまともな恰好《かっこう》になっても、少女の面倒を見ようと手を挙げる者はいなかった。

少女がほとんど喋《しゃべ》らず、ぼーっとした無表情でいることも、疎外の原因の一つであっただろう。まったく感情を出さない彼女は、放っておけば一日中でも窓際の椅子《いす》に座ったまま動かないので、「人形みたいで薄気味悪い」とますます人が寄りつかなくなった。

誰も少女に積極的に関わろうとしない。王宮から特に指示や命令がないので、神殿の上層部も困っていた。ごく稀《まれ》にしか現れないという聖女については情報が少なすぎて、どう対応するのが正解なのかもよく判らないのだ。

毎日、少女は部屋でぽつんと一人きりで過ごした。

何もしないし、何も言わないから、周囲の扱いはどんどん粗略なものになっていく。食事は日に日に手抜きになり、下手《へた》をすれば一食まるまる出すのを忘れることもあった。最初に抱いた少女に対する侮蔑《ぶべつ》は居座ったまま、誰もが彼女のことを自分の心の中から追い出し、見ないようにしていた。

そのままの状態が続いていたら、神殿の人々は少女の存在そのものを綺麗《きれい》さっぱり忘れ果てて、亡骸《なきがら》だけが部屋から見つかった、という最悪の結果になっていたかもしれない。

——幸いにしてその不幸が回避されたのは、ある日彼女のもとに、小さな嵐が突撃してきたからだ。

「名前、名前だよ、おまえの！　おれの声が聞こえないのか⁉」

大きな怒鳴り声は、静謐《せいひつ》な神殿内にビリビリと響き渡った。

驚いて人々が向かった先は、聖女に与えられた部屋だ。滅多に足を運ぶ者がないその場所で、ちんまりと椅子に座る少女に向き合い、まっすぐ立っている少年がいた。

「ま……まあ、テオドール殿下ではございませんか！」

女官の一人が悲鳴のような声を上げる。その言葉にぎょっとして、全員が慌てて身を低くした。

「おい、こいつは口がきけないのか⁉　さっきからおれが話しかけているのに、うんともすんとも返事をしないぞ！」

ラウレンスの弟、第二王子テオドールは十二歳。年齢こそまだ子どもの範囲だが、その舌鋒《ぜっぽう》の鋭さと気の強さは衆目の知るところである。濃い褐色の前髪の下から覗《のぞ》く眼に睨みつけられ、女官は震え上がった。

「で、殿下、お一人でいらっしゃったのですか？　事前のご連絡は何も……」

「おれの質問に答えろ。こいつは口がきけないのか」

「い、いいえ、そのようには聞いておりません」

「そのようには聞いていない？　変な言い方だな。ここにいるのは聖女だろう、専属の侍女は誰だ」

「せ、専属……？　いえ、その」

「まさかついていないのか？　聖女に？　だったら誰が世話をしている。聖女は痩せていると聞いていたが、ちっとも改善されたように見えない。そいつはちゃんと役目を果たしているのか？　この王都に連れてこられてから、すでに一月が経《た》っているんだぞ。聖女はこの神殿の賓客《ひんきゃく》扱いのはずだが、一体どうなっているんだ？」

青い顔で口を濁した女官は、テオドールに畳みかけられて、ますます血の気を失《な》くした。ずっと目を逸《そ》らしていた事実をすぐ前に突きつけられ、全員がその場に立《た》ち竦《すく》む。

テオドールは彼らを冷ややかに見てから、改めて少女に向き直り、身を屈《かが》めた。

「……おれの声は聞こえているか？」

今までとは打って変わって静かな声で問いかける。

少女のあまり焦点の合わない目が、ふらふらと彷徨《さまよ》うように動いてからこちらに向くのを、彼は辛抱強く待った。

一分ほどして、ようやく小さな頭が動き、こくんと頷《うなず》く。

「おまえの、名前は？」

また少し間が空いてから、少女は王都に来てはじめて、自分の名を口にした。

「――イルセ」

テオドールはそれを聞き、満足そうに口の端を上げた。

「そうか、イルセだな。おれはテオドールだ」

「……テオ、ドール……」

「言いにくければ、テオでいい。じゃあ、今日はこれで。またな、イルセ」

呆気《あっけ》にとられる周囲を余所《よそ》に、テオドールはさっさと踵《きびす》を返して部屋を出ていった。


――それまでのイルセにとって、人間とは二種類しかいなかった。

「命令する人」と「無視する人」だ。

孤児院では圧倒的に前者のほうが多かった。食べろと言われるから食べ、寝ろと言われるから寝る。そこから外れた行動をすると容赦なく打ち据えられるので、他の孤児たちも似たようなものだった。

ある日、左手の模様を見て誰かが騒ぎ、イルセは王都に連れてこられた。押し込められた狭い馬車内では、激しい振動で気分が悪くなったし、身体のあちこちが軋《きし》むように痛かった。国王に対面した時、極度の睡眠不足と疲労でイルセはほとんど朦朧《もうろう》としていたくらいだ。

王は臣下には言葉をかけたが、イルセに対して何も言わなかった。文句ばかり言っていたラウレンスも、イルセを対話する相手とは見なさなかった。

誰も話しかけてこないのは、神殿も同じだった。孤児院では朝から晩までのべつまくなしに命令と指示が飛んできたため、「言われたことをする」のが習慣となっていたイルセは、何も言われなければ何もしない。自分の名前を口にしなかったのは、一度としてそれを訊《たず》ねられなかったからだ。

命令をされるか、無視をされるか。そのどちらかの対応しかされなかったイルセの前に、はじめてそれ以外のことをする人が現れた。

──テオドールは、「怒る人」だった。

イルセから名を聞き出しただけであっという間に去っていったテオドールは、それから毎日、神殿にやって来た。

そして怒る。

「髪がボサボサじゃないか」

と眉を吊《つ》り上げると、自ら櫛《くし》を手にしてせっせとイルセの髪を梳《す》いて整え、

「ガリガリに痩せてみっともない」

と罵《ののし》りながら、抱えて運んできた大量の菓子をテーブルの上に広げ、

「なんだその体形に合っていないうえにセンスのかけらもない服は」

と顔をしかめて、クローゼットの中に何枚も新しい洋服を詰め込んでいくのである。

テオドールが来るようになって以降、神殿におけるイルセの待遇は劇的に変化した。専属の侍女がつき、食事の質は格段に向上し、マナーの講師まで手配された。

神殿の人々はテオドールの目と剣幕を恐れ、そして放っておくと王子が世話係になりかねない状況に戦慄し、イルセをちゃんと「聖女」として扱うことにしたようだ。

テオドールはガミガミと口やかましく注意しつつ、人との会話に慣れていないイルセから少しずつ過去を聞き出した。そして今まで教育を受けてこなかったことを知って、さらに怒った。

「なんだと？　文字を読むことも書くこともできない？　おれはバカは嫌いだ」

叱り飛ばすように言い放ったと思ったら、すぐさま家庭教師が派遣されてきた。それと同時に、書物がどっさりと部屋に運び込まれた。棚に並べられたそれらにイルセが困惑していたら、テオドールはその中から薄い本を一冊抜いて差し出してきた。

「これならイルセでも判りやすいだろう。幼い子向けの絵本だからな」

ページを開くと、美しい泉や、綺麗な女性や、可愛《かわい》い動物の絵が描かれている。絵本というものにはじめて触れたイルセは、目を真ん丸にしてそれを見つめた。

「これは泉の精霊の話だ」

「せいれい？」

「精霊を知らないのか。まあいい、おれが読んでやるから、よく聞け」

テオドールは自分の隣にイルセを座らせると、テーブルに絵本を広げて、流暢《りゅうちょう》に文字を読みはじめた。口を動かすと同時に、指先が文字を辿《たど》る。この単語はこれ、というように。

つらい現実しか知らなかったイルセは、テオドールが紡ぐ空想上の「物語」にすっかり夢中になった。精霊に恋をする男、お喋りをするカエル、歌に合わせて踊る花々なんて、自分の頭のどこを探してもなかったものばかりだ。

「楽しいか？」

目をキラキラさせて話に聞き入るイルセを見て、テオドールが訊ねる。

「楽しい……？」

首を傾《かし》げ、イルセは胸に手を当てた。

自分の内側で、バタバタと音をさせて動く何かがいる。まるで、小さな生き物が息づいているみたいだ。その生き物は、カエルのようにぴょんぴょん跳んで、妖精のようにふわふわと浮いていた。今までに一度も感じたことのなかったそれを、人は「楽しい」と呼ぶのだろうか。

「イルセ、その気持ちをちゃんと覚えておけよ」

「その気持ち……」

「楽しい、嬉《うれ》しい、幸せだ、という感情を、おまえはこれからもっと知らなきゃいけない。聖女とは国を愛し、民を愛すものだと聞いた。だったらイルセはその前に、自分を愛さなきゃならないんだ」

「愛……」

イルセはぽつりと呟いた。言葉の意味はなんとなく判るが、それがどういうものかと問われたらさっぱりだ。誰からも与えられなかったものを理解するのは非常に難しい。

「今のイルセに最も必要なのは、生きる力だな」

「生きる力？」

「強い意志を持ち、主体的に行動するということだ。イルセはまず、自分を大事にするという発想を持て。食事を抜かれ、放置されたままでも黙っているというのは、他人が自分を軽く扱うことを許容するというのと同じなんだぞ、判ってるか？」

テオドールに怖い顔をされたが、イルセは曖昧に首を捻《ひね》った。

難しい単語が入ってきて、何を言われているのかよく判らない。

「理不尽な要求には、断固として抗《あらが》えと言っている」

「りふじん」

「……イヤな命令に従う必要はない、ってことだよ。そういう時は怒っていいんだ」

「怒る……テオさまのようにですか」

テオドール自身が「テオでいい」と言うので、イルセはそう呼ぶことにしている。

「なんだおまえ、それは皮肉か？」

単語を復唱するばかりだったイルセがようやく口にしたまともな疑問文がそれだったので、テオドールはちょっと心外そうな顔をした。

「おれはそんなに怒って……まあ確かに、怒ってばかりだが」

自分で言って、可笑《おか》しそうにぷっと噴き出す。

鋭い光を宿す目が柔らかく細められ、固い顎が緩み、気難しく結ばれることの多い唇が綻《ほころ》んだ。

少年らしい笑い声を立てるテオドールを見て、イルセの中のカエルがぽんぽんと跳ね回る。

「イルセも、おれのように怒ればいい」

「はい」

「無理に言うことを聞かせようとするやつがいたら、『禿《は》げろ、もげろ』と言い返してやれ」

「何がもげるのですか」

二つめの質問に対する答えは、なぜか返ってこなかった。

＊＊＊

第二王子テオドールがあの時神殿に来なかったら自分はどうなっていただろうと、十六歳になった今も時々、イルセは思う。

死にはしなかったかもしれないが、ずっと見下され、杜撰《ずさん》に扱われ続けたのは間違いない。

聖女についての文献は極端に少ないので、誰もが勝手に「清らかな少女」を想像していたのだろう。そこに現れたのがボロをまとったみなしごだったものだから、神殿の当惑も大きかったのかもしれない。しかしそれにしても、お粗末な対応であった。

「――ですが、わたしも少しずつ、判ってきました。貴族にとって『プライド』というのは、なによりも重要なものなのですね」

ティーカップを静かに持ち上げ、口元に持っていきながらイルセが言うと、向かいのソファに腰掛けたテオドールは、ふんと鼻息を吐いた。

「くだらんプライドなら、持たないほうがマシなくらいなんだがな。聖女が無知で無教養なまま、あからさまに栄養不足な状態で民の前に姿を見せたら、困ることになるのは自分たちだということも想像できんとは」

九年の歳月は、イルセの外見と中身を大きく変えた。赤茶けた髪は金色になって艶《つや》やかに背中にかかり、黒っぽかった瞳は透き通るような紫になっている。

知識と教養を叩《たた》き込まれたおかげで、淑女としての振る舞いも身についた。どんな時も決して感情的にならず、穏やかな微笑を絶やさないイルセを、民は敬意を込めて「恵みと慈愛の聖女」と呼ぶ。

……そして二十一歳になったテオドールもまた、ずいぶん様変わりした。

ぐんと背が伸び、肩幅が広く筋肉もついて、逞《たくま》しい身体つきになった。相対する人間を萎縮させる鋭い眼差《まなざ》しは変わらないが、全身を覆う覇気は以前よりも強くなったくらいだ。

武勇に優れ、頭の回りも速いこの王子は、周囲から恐れられつつも期待されている。相変わらず口が悪いし、言いたいことを言うし、特大の雷を落とすこともあるが、女性からの人気も高いらしい。

濃い褐色の長い髪が後ろで一つに括《くび》られ、それによって強調される整った面立ちは、男らしくきりりと締まっている。昔あったやんちゃな目の輝きはすっかり落ち着いたものになり、どこからどう見ても凛々《りり》しい若獅子《わかじし》のような青年に成長した。

「この神殿の神官や女官はみな、貴族の子息と子女ばかりですもの。そりゃあ、薄汚れた孤児に仕えたいなんて思わなくて当然です」

「面倒な連中だよ。毎日王宮でそんなやつらの相手をしなきゃならん、おれの苦労が判るか？」

「お疲れさまでございます」

「その苦労をイルセと分かち合おうと思って、今日は舞踏会の誘いに来たんだ」

「謹《つつし》んでお断りいたします」

「なんだ、着ていくものなら心配いらないぞ。おれが贈ってやる」

「それもお断りいたします。テオさまが贈ってくださるドレスがクローゼットを占領していて、もう扉が閉まらない、と侍女に嘆かれているのです。これ以上は必要ありません」

何かというとイルセに物を与えようとするところは、九年前から変わっていないのだ。

「王子からの誘いを足蹴《あしげ》にするとは、不敬なやつだ」

「理不尽な要求には断固として抗えとおっしゃったのは、テオさまではありませんか」

「昔のイルセはなんでも素直に受け取っていたし、おれが来いと言えばどこにでもついてきたのに」

「何度か、大変な思いをいたしました」

神殿に来た当初、今にも倒れそうなくらいひ弱だったイルセを、テオドールはあちこちに引っ張り回した。判断力というものを持たなかったイルセは、言われるがまま息を切らせて足を動かしたり、木の上から落っこちてお尻を打ったり、水に入って全身をずぶ濡れにしたりしたものだ。

今考えると、わりと無茶苦茶なことをやらされていた。テオドールはあまり加減というものを知らない。

「イヤな命令をされたら怒ってもいいと言ったはずだぞ？　おれは今に至るまで、イルセの怒ったところを見たことがない」

「……大変ではありましたが、イヤだと思ったことは一度もないのです。苦労はしても、楽しかったのですよ」

本当に、いつも楽しかった。

テオドールはそれらを「体力づくり」と呼んでいたが、イルセにとってははじめての「遊び」だった。挑戦し、挫折し、考えながら一つ一つを乗り越えていったこと、怪我《けが》を心配されたこと、一緒に笑い合ったことは、どれもかけがえのない経験であり、貴重な思い出だ。

……けれどお互い、いつまでも子どものままではいられない。

「舞踏会には、他の女性をご同伴なさいませ」

カップをソーサーに戻しながらイルセが小さく言うと、テオドールは口を閉じた。

少しの間、室内に沈黙が落ちる。いつも口元に浮かべている「淑女の微笑《ほほえ》み」を保つのが、今はちょっとばかり苦痛だった。

「なんでも、ラウレンス殿下のご婚約が正式に調《ととの》ったとか」

イルセが王都に連れてこられた時、謁見の間に興味本位で聖女を見に来て、勝手に失望し勝手に立腹したラウレンス第一王子は、テオドールの異母兄である。

ややこしいことに、先に側妃がラウレンスを産み、その一年後に正妃がテオドールを産んだ。王位を継ぐのは、順番で言うならラウレンスで、血筋で言うならテオドールだ。側妃の実家は正妃よりも格下だが、正妃は十年前に亡《な》くなっている。

貴族たちのせめぎ合いと利権争いが激しくて、どちらが立太子するのか現時点ではまだ決まっていない。次の君主の座を巡り、王宮はもう何年も、テオドール派とラウレンス派に分かれ、揉《も》めに揉めていた。

しかし今回、権勢を振るう公爵家のご令嬢と婚約を結んだことで、王位争いはラウレンス側が一歩リードしたと、もっぱらの評判だ。

テオドールも、「早く高位貴族の中から婚約者を」と周囲からうるさく言われているだろう。

「……イルセは、兄上と個人的に話したことがあるか？」

ややあってテオドールから投げかけられた問いに、イルセは少し迷ってから、控えめに頷いた。

「お話といいますか……多少、お言葉をかけられたことが」

テオドールは亡くなった正妃似だそうだが、ラウレンスは国王によく似ている。顔が似ていると性質も似るものなのか、彼ははじめて会った時から平民出の聖女を馬鹿《ばか》にしきっていた。

彼からかけられた「お言葉」はすべてが暴言だ。汚い、目障りだ、失《う》せろ、と言われるのはまだマシなほうで、機嫌の悪い時には蹴られたり、花瓶を投げつけられたこともある。

だが、民に人気のある「聖女」をとことん利用したいという思惑はあるようで、国王もラウレンスも、様々な行事や儀式への出席と、国内にある多数の教会での奉仕活動を、有無を言わせずイルセに押しつけてくる。テオドールがあちこちに手を回してそれらの仕事を最小限に抑えてくれていなければ、倒れるまで働かされていたはずだ。

たぶん彼らにとって、イルセは人間ではなく、「聖女」という名の馬のようなものなのだろう。鞭《むち》を打って走らせるだけの家畜、そういう目でしか見ていない。

「あの人は国王と同じで、表面的なことにばかり目を向ける。玉座に執着するのは、おれに負けたくないという敵愾心《てきがいしん》と、人から見上げられたいという虚栄心によるものだ。大事なのは『王になった後』だというのに、そのことには考えが及ばないらしい」

そこがしっかりしていれば、喜んで王位を譲るんだが……と、テオドールが低い声で言った。

「今度の舞踏会も、婚約を周知して自分の有利を喧伝《けんでん》したいという思惑があるんだろう。おれに向かって勝ち誇りたいのさ。今はそんなことをしている場合ではないのに」

「……戦況は、どうなっているのでしょう」

吐き捨てるように呟いたテオドールに、イルセは声を抑えて訊ねた。

国境を挟んで隣国との戦いがはじまったのは、半年前のことだ。

仕掛けたのはこちらだが、最初から明確な勝利の展望があったわけではなかった。兵と資金を投入してもなかなか決着がつかず、現在では徐々に泥沼化しつつある。

舞踏会を開くくらい王都の貴族たちはのんびりと構えているが、今こうしている間にも、被害に遭い、犠牲になっている人々は確実に存在するのだ。

「良くもなければ、悪くもない。膠着《こうちゃく》状態のまま、小競り合いが続いている。さっさと和平に向けて動けばいいんだが、王にその気がないものだから、どうしようもない。国力はこちらのほうが上だからいつかは勝てるはず、という驕《おご》りと慢心があるんだろう」

テオドールがうんざりしたように小さな息を漏らす。

イルセは目を伏せ、昔よりもずっと濃くなった左手の甲の聖紋を見つめた。

「……申し訳ございません」

謝罪の言葉を、テオドールは「よせ」と腹立たしげに遮った。

「おまえに責任などあるものか。いくら聖女であろうと、人の欲まではどうにもならん」

イルセが神殿に来てから九年間、大きな災害もなく、穏やかな天候が続いたこの国は、以前よりもずっと豊かになった。

人々の生活は潤い、他国とのやり取りも活発になり、新しい文化が取り込まれ、王都は華やかに賑《にぎ》わっている。

伝承のとおり、聖女が遣わされたことで国が栄えたのだ。

民はイルセに感謝した。しかし、国王と重鎮は増長した。

――そして、さらなる利益を求めて隣国に戦争を吹っ掛けた。

「王宮の上層部は、今の繁栄は自分らの手柄によるものだと考えているらしい。まったく、頭のめでたいことだな。……こんな状態が続けば、いつか神はこの国を見放すだろう。国王たちは自業自得だが、巻き込まれる民が哀れだ」

沈鬱《ちんうつ》な表情で、テオドールがぼそりと言う。

イルセはその顔を見つめ、少し間を置いてから、改めて姿勢を正した。

「……では」

静かな声を出し、向かいに座る人物に頭を下げる。

「どうか、テオさまが民をお救いくださいまし。昔、わたしを救ってくださったように」

ラウレンスは戦争推進派の急先鋒《きゅうせんぽう》だ。彼が王になったら、戦いは終わるどころかますます激化する。速やかに戦争を終結させるには、彼の婚約者よりも力のある家を後ろ盾にし、王太子の座をもぎ取って権力を握るしかない。

「……おまえはそれでいいのか、イルセ」

テオドールの声が少し掠《かす》れているのは、気づかないことにした。

聖女という名があるだけで立場も権力もない、孤児上がりの小娘に何が言えようか。

「テオドール殿下の、お心のままに」

イルセはそう言ってソファから立ち上がり、マナー講師から教わったとおりの完璧な礼を取った。


だが、事態はまた、イルセがまったく望まない方向へと舵《かじ》を切った。

テオドールが新しい指揮官という名目で、戦場に向かうことになるなど、誰が予想しただろう。

高位貴族の中から婚約者を迎えることに頑として首を縦に振らなかった第二王子が、第一王子ラウレンスの策略により戦地へ行かされることになったという噂《うわさ》は、神殿内にまで伝わってきていた。

明日王都を発《た》つからとテオドールが挨拶《あいさつ》に来たのは、イルセがその衝撃的な一報を知らされてから、半月後のことだ。

彼は、かっちりとした軍服を身にまとっていた。

白で統一された礼拝堂の中で、その黒色だけが異質に浮いている。彼はもう覚悟を決めてしまったのだと、イルセはそれを見て悟った。

「そう悲愴《ひそう》な顔をするな、イルセ。どんな噂を耳にしたのかは想像がつくが」

蒼白《そうはく》になったまま動かないイルセに、向かい合って立つテオドールが快活に笑った。

「おおかた、王位争いに敗れたおれが死地に向かわされる、とでも聞いたんだろう。兄上の介入があったのは否定しないが、これはそもそも、おれが自分で志願したものなんだ。あちらとこちらの思惑が一致すると、驚くほどスルスルと事が運ぶなあと感心した」

「じ……自分で、志願した？」

イルセは大きく目を瞠《みは》った。この人は何を言っているのか――頭の中がくらくらする。

「正気を失ったわけじゃない、心配するな。おれが昔から自分の意志を曲げるのが大嫌いだということを、イルセはよく知っているだろう？　あれも欲しい、これも欲しいとなったら、自分で動いて手に入れるしかない、というだけのことだ」

肩を竦《すく》めてさばさばと言ってから、テオドールは正面からまっすぐにイルセを見つめた。

「おれは戦いを終わらせ、必ずここに帰ってくる。待っていてくれるか、イルセ」

「え――」

「おれの妻になってくれと言っている」

はっきりと告げられて、イルセの唇がわなないた。聖杖《せいじょう》を握る手がぶるぶると震えている。

「わ……わたしは、孤児で、平民で、それに」

「それに、歴代聖女の中で、誰よりも努力してきた娘だ。おまえがどれだけ一生懸命だったか、おれはずっと間近で見てきた」

はじめて会った九年前――と言って、テオドールは少し遠い目になった。

「母親が死に、父親は自分のことしか考えず、兄からは敵意ばかり向けられて、あの頃のおれはいつも何かに対して怒っていた。実を言えば、聖女が見つかったと聞いて会いに行ったのも、腹の中の苛《いら》立《だ》ちをぶつけるためだったんだ」

神に遣わされたというなら、もっと早く現れて多くの者を救うべきだったのに、今まで何を呑気《のんき》に過ごしていたのか。テオドールはそう怒鳴りつけてやろうとしたのだという。

ところが部屋の中にいたのは、ただ椅子に座っているだけの、ちっぽけで痩せ細った女の子だった。名前を聞いても、無言で見返してくるだけ。その空虚な表情が、たまらなく癪《しゃく》に障《さわ》った。まるで、カラッポな自分をそのまま鏡に映しているようで。

そこには光も、希望もない。

気づいたら周囲を叱責し、あれこれと小さな女の子の面倒を見て、これから生きていくのに必要なものを揃《そろ》えるため奔走していた。

「すべて、おれの身勝手によるものだ。なのにイルセは怒ることも責めることもせず、押しつけられるものを必死に咀嚼《そしゃく》し、身につけていった。受け身だけど前向きなその眩《まぶ》しい姿を見ていると、自分の中までが温かいもので満たされていくようで、楽しくて、幸福だった。今のおまえが美しいのは、外見が変わったからだけじゃなく、内側もまた輝いているからだ。——イルセはまさに聖女としての資質を備えている。そんなイルセが、おれはどうしても欲しいんだ」

「テオさま……」

口を開きかけたイルセを手で制して、テオドールは笑いかけた。

「まだ何も言わなくていい。おれは、おまえに相応《ふさわ》しい男になって戻ってくるつもりだ。返事はその時に聞かせてくれ」

そう言って、胸に手を当て片膝を床につく。

「今はただ、戦士を送る言葉を」

顔を伏せたテオドールを見下ろし、イルセはきつく唇を引き結んだ。

ぽろりと零《こぼ》れた涙を拭うことはせず、おもむろに聖杖を掲げ、彼の頭上に向ける。

「――聖女イルセの名において、第二王子テオドールに加護を与えます。どうぞ、ご武運を」

「ありがたくお受けする。……おれが不在の間、この国と民を頼む、イルセ」

翌日、テオドールは戦場へと旅立った。

＊＊＊

礼拝堂での別れから二年が経ち、イルセは十八歳になった。

テオドールはまだ帰ってこない。

隣国との戦争も未《いま》だ終結しない。講和に持ち込もうという動きがあると、必ずどこかで横槍《よこやり》が入って阻止されるからだ。噂では、第一王子ラウレンスが国王を煽《あお》り、勝利を手にするまでは戦いをやめるべきではないと主張しているらしい。ラウレンス派が幅を利《き》かせつつある王宮内ではあちこちで軋《あつ》轢《れき》が生じ、混迷が深まる一方だった。

戦地から何通も送られてきていた手紙は、近頃めっきり手元に届かなくなった。遠い国境で何が起きているのか、王都では正確な情報が掴めない。神殿内にいるイルセには、なおさらだ。

テオドールは今どこで何をしているだろう。怪我や病気はしていないだろうか。戦いばかりの日々に精神が摩耗していないだろうか。きちんと寝て、食べているだろうか。昔、あんなにもテオドールに面倒を見てもらったのに、何一つとして返せないのがもどかしい。

そしてイルセはイルセで、彼がいなくなってから多忙を極めていた。

テオドールという歯止めがなくなった現在、王宮の上層部から、要請と命令が矢のように降ってくるからだ。

息をつく間もないほど大量の仕事を回され、神殿にいる時は朝から晩まで祈りを強要された。もっと国を豊かにしろと命じる彼らは、雨が続くと責め、暑さ寒さが厳しいと文句を言う。天候を完全に操るなんて神の御業《みわざ》だというのに、「聖女の努力が足りないからだ」と決めつけてイルセを叱責した。

食事の時間も削って駆けずり回っているため、身体はまた昔のように細くなった。ベッドに横になったら、ほんのわずかな時間、泥のように眠るだけだ。

それでもイルセは抵抗も反論もせず、粛々《しゅくしゅく》と言われたことをこなし、毎日熱心に祈った。

——しかし、これだけは受け入れられないと思うことが、一つある。

「聖女さま、第一王子殿下がおいでになっています」

「また？」

呼びにきた侍女に、イルセはつい眉を寄せてしまった。顔に貼りつけていた微笑が、一瞬で剥がれ落ちる。

それほど、最近のラウレンスの訪問は、唐突かつ頻繁なのだ。昔はイルセの顔を見るだけで怒鳴りつけてきて、神殿にも近寄ろうとしなかったくせに。

はっきり言って迷惑極まりないが、多忙だからと追い返そうとすれば、権力を笠《かさ》に着て神官たちが脅《おど》しつけられる。王子の護衛の怒鳴り声に、神殿を訪れている人たちまでが怯《おび》えるので、いつも仕方なくイルセが祈りや作業を中断して応接室まで向かう羽目になった。

「……ラウレンス殿下、ごきげんよう」

室内のソファにふんぞり返って座っていたラウレンスは、無表情で挨拶するイルセを見て、にやりと相好《そうごう》を崩した。

「来たな、イルセ。まあ座れ」

「本日はどのようなご用件でしょう」

促されたのを無視して訊ねると、近くに立っていた護衛が険しい顔つきになった。ラウレンスは変わらず笑みを浮かべている。

彼はテオドールと違い、輝くような美しい金の髪の持ち主だ。本人もそれがなによりの自慢であるらしいが、だからといって、その瞳にある陰湿さは隠しきれるものではなかった。

「無論、おまえの顔を見にきたのだ」

「さようでございますか。ではお見せしましたので、もう退出してよろしいですか」

「おい、不敬だぞ！」

護衛ががなり立てたが、イルセは頭を下げなかった。国王とラウレンスは都合よく忘れているようだが、本来、聖女は王族相手でもへりくだる必要はないとされているのだ。

ラウレンスがソファから立ち上がり、カツンと靴音をさせて、こちらに近づいてくる。イルセは顔を上げたまま身動きせず、彼を見返した。

いきなり手が伸びてきて、二本の指で乱暴に顎を掴まれた。こちらを覗き込んでくるラウレンスに、イルセは少し眉を上げることで不快感を表明した。

「イルセ、おまえのその生意気な態度は平民どもに習ったのか、それともテオドールのやつに言われたのか。この俺に媚《こ》びる必要はないと」

「……田舎の孤児院育ちのため、愛嬌《あいきょう》も愛想《あいそ》も身についておりません。このように無作法で平民出の聖女など、どうぞお捨て置きくださいませ、以前のとおりに」

皮肉を込めて言い返せば、ラウレンスはますます笑みを深めた。顎を掴む指にぎりぎりと力が入り、まるで骨を砕こうとでもしているかのようだ。

イルセはなんとか痛みを顔に出さずに耐えた。

「捨て置くわけにはいかんのだ。王宮貴族の大部分は俺が掌握したが、地方にはテオドールを支持する貴族がまだ多くいる。おまけに、戦争の結果次第でどちらに転ぶか決めようと、様子見している連中もいるからな」

戦地に行ったテオドールが着実に功績を積み上げているのも、ラウレンスにとっては計算外だったのだろう。邪魔者を排除するつもりだった策略が、逆に今の自分の首を絞めつつあることに気づき、彼は焦っている。

「必要なのはさらに俺の後押しをする風だ。そのために、平民どもに慕われる聖女を手に入れるというのは、良い案だと思わんか？　世論が大きくなれば、父上も俺の立太子を決めるはず」

　イルセは、テオドールが王都を発つ前と同じことを思った。

　こいつは何を言っているのか。

「……おっしゃっている意味が判りませんが」

「おまえを妃《きさき》に迎えてやる、と言っているんだ。光栄に思え」

　本当に何を言っているのだ。

「殿下にはすでに、立派なお妃さまがいらっしゃるではありませんか」

「だからおまえは側妃ということになるな。それでも平民には破格の扱いだろう。なに、その際には、庶民が喜びそうなくだらない恋愛話の一つや二つ、大げさに作り上げて、市井《しせい》に広めてやる。妻は王妃になれさえすれば、俺が側妃を何人つくろうが気にしないと言っていることだし」

　ラウレンスが公爵家の令嬢と豪華な式を挙げたのはほんの一年ほど前だが、すでに二人の関係は冷えきっていると聞いた。いくら政略結婚でも、愛情と信頼を築こうという意志が互いにあれば、そんなことにはなっていないだろう。

　そういえば、ラウレンスは女性関係にだらしない、という噂もあるのだったか。

「幸い、今のおまえの見た目は気に入っている。昔は小汚い子どもで、視界に入るのも不愉快だったが、ここまで美しく成長するとは予想外だった。俺と同じ金色の髪も、珍しい紫の瞳も悪くない」

　あの人は国王と同じで、表面的なことにばかり目を向ける――イルセは、テオドールが口にしたラウレンス評を思い出した。

この王子は、人の外側しか見ていない。イルセが何を考えているか、これまでどう過ごしてきたか、その目がどこを向いているか、これっぽっちも興味がなく、理解しようという気もないのだ。

そんな男の側妃に？

「お断りいたします」

顎を掴まれたままきっぱりと返事をしたイルセに、眉を吊り上げた護衛が「きさま、王子殿下に向かって！」と喚《わめ》いた。

ラウレンスが笑い声を立てる。

その笑みを見ても、イルセは楽しくもなんともなかった。身の裡《うち》のカエルはピクリとも動かず、妖精は羽を閉じて墜落しそうだ。

「強情を張るのも大概にしろよ、イルセ。おまえはもう、俺のものになると決まっているんだ。テオドールが戻ってくるのを待っているのかもしれんが、無駄だぞ。隣国との戦いはまだ終わらせない。あいつはおまえを掌中の珠《たま》のごとく大事にしていたから、俺に奪われたと知って、どれほど悔しがるだろうな。その顔を見られないのだけは残念だ」

目を眇《すが》めて唇を歪《ゆが》めるラウレンスの表情は、醜悪なまでに愉悦で輝いていた。人はここまで悪意を剥《む》き出しにできるのかと思うと、ひどく寒々しい気持ちになる。

ラウレンスはぱっと指を外してイルセの顎を解放すると、にやにやしながら耳に口を寄せた。

「……あくまで側妃になるのを拒否するというなら、それもいいさ。だが、相応の対価は払ってもらうぞ。さしあたっては、そうだな、おまえが昔から一貫して取り組んでいる弱者救済か？　俺がその気になれば、孤児院などいくらでも潰せるのだからな」

囁《ささや》かれた内容に、さすがにイルセは顔色を変えた。

孤児院への支援は、イルセが「聖女の仕事」として、自ら進んで続けていたものだ。寄付の仕組みを整え、関係者の意識が変わるように働きかけ、院を出た後も本人が進路を選べるよう、必死に道筋をつけてきた。

それが途中で断たれたら、孤児たちにどれほどの困難が降りかかるだろう。慰問先で、笑いながら未来への希望を語る子どもたちの姿を見て、救われていたのはイルセのほうだったというのに。

「返事は一月待ってやる。よくよく考えることだ」

そう言って、こちらを睨む護衛を引き連れ、ラウレンスは応接室から出ていった。

扉がバタンと閉じられる。イルセは背中でその音を聞きながら、茫然《ぼうぜん》と立ち尽くした。

「……テオさま」

ぽつりと名を呼び、自分の左手の甲に視線を落とす。

聖紋は王都に来た時より、いやテオドールと別れた時よりも、さらに濃くなっていた。時々、そこがピリピリと痺《しび》れるように痛むことを知るのは、イルセ以外に誰もいない。

右手でそっと聖紋をさすって、小さく息をついた。

……罪深いのは、一体誰なのだろう。

一月後、イルセは侍女も護衛もつけず、聖杖だけを携えて単身王宮に出向いた。

長い時間待たされた後で、ようやく案内されたのは、王宮内の礼拝堂だった。

王族が毎朝の祈りを捧《ささ》げるための場所である。イルセも何回か来たことがあるが、国王とラウレンスが敬虔《けいけん》な信者であったところは一度も見たことがない。

……神の前で嘘《うそ》偽りを述べることが許されない聖女に、この場で誓い立てをさせようということか。

「よく来たな、イルセ。心は決まったか？」

礼拝堂ではすでにラウレンスが待っていた。背後には、いつもの護衛の他に、兵が二人いる。王宮の兵は胴鎧《どうよろい》と剣を装着し、顔の大部分を覆う兜《かぶと》を被《かぶ》っているため、非常に威圧感があった。

「女一人にものものしいことですね、殿下」

「なに気にするな、兵なぞ空気のようなものだ。おまえが素直でいれば、何もしない」

つまり少しでも反抗的な態度をとれば兵に拘束させる、という意味だ。イルセは震えているのを悟られまいと、両足を精一杯踏ん張った。

「では、返事を聞こうか」

「……もしもわたしが側妃になり、ラウレンス殿下が立太子されたら、ただちに戦争を終わらせ、テオドール殿下を王都に戻していただけるのでしょうか」

イルセのその問いに、ラウレンスは弾《はじ》けるように哄笑《こうしょう》した。

「ははっ、面白いことを言うやつだ！　無論、戦いは続けるとも、この国が勝つまでな！　いずれ隣国を併呑《へいどん》して、俺は大国の君主となるのだ！　テオドールだと？　ああ、やつは最前線に送り込んでやったからな、王都に戻るのは遺体になってからだろうさ！」

イルセの頭のてっぺんから、ざあっと血の気が引いていった。

最前線に送られた？　いつ？　もしかして、手紙が届かなくなったのは――

聖杖を握る手に、ぐっと力を込める。顔を伏せ、唇を強く噛《か》みしめるイルセを見て、ラウレンスが楽しくてたまらないというように舌なめずりをした。

「可哀想《かわいそう》になあ、イルセ。なに、やつの首くらいはここに帰れるように取り計らってやるから、安心しろ。丁寧《ていねい》に弔《とむら》ってやれば、あいつも兄の温情に感謝するに違いない」

ぽんと肩に手を置いて、猫撫《ねこな》で声《ごえ》を出す。

イルセは蒼白になった顔を上げ、ラウレンスと真っ向から目を合わせた。

「……ラウレンス殿下」

「なんだ？　言っておくが、おまえごときが騒ぎ立てたとて、誰も耳を貸さんぞ」

「あなたは、『聖女』というものを、どう理解していますか」

質問の内容が想定外だったためか、ラウレンスはぽかんとした。

「なにを突然……この期《ご》に及んで、自分の立場を振りかざすつもりか？　しかし生憎《あいにく》だな、神殿内ならともかく、この王宮では聖女に権威などない。おまえが多少空を晴れさせることができるとしても、国を統治しているのは王だ。聖女は身体に変わった模様があるだけの、単なる政治の駒に過ぎん。だからおまえも調子に乗らないほうが――」

「いいえ、違います」

イルセははっきりと否定した。

「聖女が遣わされた代の国王が名君と呼ばれているのは、その聡明《そうめい》さで真実を見抜き、聖紋を持った少女を大切に保護したからです。『正しく』あれと育てられた彼女たちは、そのように神に祈った、というだけのこと。でも今代の国王は、見つかった聖女が汚い孤児だからと、神殿に丸投げして見向きもしなかった。あのままであったら、今頃この国は荒れ果てて、作物も育たない不毛の地になっていたでしょう。……その最大の危機を救ったのがテオさまだったということを、愚かなあなたがたは気づきもしない」

ラウレンスの口元に浮かんでいた薄笑いが消えた。

剣呑《けんのん》な眼が、じろりとイルセをねめつける。

「真実……？　おまえはさっきから、何を言っている」

「――身体の紋は、それが『要注意人物』であることを知らせる徴なのです」

決して怒らせてはいけない人物。

民を愛し、国を愛し、それを守るために力を使うよう細心の注意を払って育てよ、という警告の徴なのだ。

「聖女だから力があるのではなく、持って生まれた力を真っ当に使った者が聖女と呼ばれる。わたしは神殿に入ってからずっと、『この地に恵みを』と祈り続けてきました。でもそれは、わたしが高潔だったからじゃない。テオさまが守ろうとしている国と民を、わたしも守ろうと思ったから、ただそれだけです」

だってイルセはそうすることでしか、感謝の気持ちの表し方が判らなかった。

死にものぐるいで頑張って、努力して、学んで、たくさんのものを身につけ、祈っていたのは、テオドールに褒《ほ》めてもらい、笑いかけられたかったからだ。

「本気で念じれば、天に働きかけることができる——その存在の危険性について、真面目《まじめ》に考えたことは一度もなかったのですか？　災害を減らし、天候を安定させることができたなら、逆のことだってできるのではないかと、ちらとでも疑問が過《よ》ぎったことはありませんでしたか？」

テオドールはそれを、早いうちから理解していた。

理解した上で、無闇《むやみ》に怖れることも、過剰に持ち上げることもなく、ただイルセという娘として接してくれた。

「それはまあなんとも、『おめでたい頭』ですこと」

皮肉げな言葉の意味をようやく理解したのか、ラウレンスが顔を引《ひ》き攣《つ》らせる。

イルセがこれみよがしに向けている左手の甲の聖紋に、かっと見開いた目を釘《くぎ》づけにした。

「……っ、馬鹿な！　すべて、きさまの妄言だ！　おまえのような孤児上がりの卑《いや》しい娘に、何ができるものか！」

「殿下、ご存知ですか。わたしは今まで、一度も怒ったことがないのですよ。国王陛下や重鎮たちに聖女の名をいいように使われ、殿下に暴言や暴力をぶつけられても、いつも黙っていました。けれどそれは、あなた方がわたしを軽んじることを許容していたという意味ではありません。……怒ってしまったら、自分でも何が起きるか判らなくて、怖かったためです」

聖女には間違いなく力がある——それも、使い道を誤れば、災厄《さいやく》になりかねない力が。

そのことを自覚した時から、イルセはできるだけ感情を抑えるようにしていた。微笑みを浮かべてやり過ごし、怒りは形になる前に潰す。この二年は特にそうだ。恨み憎しみに心が染まらないよう、歯を食いしばって毎日を過ごしてきた。

テオドールに、「おれが不在の間、この国と民を頼む」と言われたから。

だが、もう限界だ。

イルセは、理不尽な要求には断固として抗う。

「ではラウレンス殿下、ここで少し、その錆《さ》びついた想像力を働かせて考えてみましょう」

出来の悪い生徒に語りかけるように言って、イルセは小首を傾げ、薄く微笑んだ。

「——もしも聖女が、本気で誰かを呪う言葉を出したらどうなるのかな？　と」

ラウレンスは「ひっ」と小さく叫んで一歩後ずさった。

慌てふためいて後ろに控えていた護衛を振り返り、命令を出すため口を開ける。

「こっ、この女を殺せ！　こいつは恐ろしい力を持った魔女だ！　すぐに処刑を——」

その瞬間、イルセは高々と聖杖を持ち上げ、先端を勢いよく床に叩きつけた。

ガアアアン！　と甲高い音が礼拝堂内に反響する。それと同時にすうっと息を吸い込み、喉が張り裂けんばかりの大声を轟《とどろ》かせた。

「禿げろ、もげろ!!」

血相を変えた護衛が腰の剣を抜く。イルセはその場に立ったまま、逃げることも避けることもせず静かに目を閉じた。こうなることは覚悟のうえだ。

自分には、もう聖女の資格はない。

——テオさま、お帰りを待つことができず、申し訳ございません。

が、いつまで待っても刃が振り下ろされる音がしない。代わりに聞こえたのは、「ぎゃっ！」という誰かの悲鳴だった。

瞼《まぶた》を上げてみると、すぐ前の光景は先刻のものとは一変していた。

自分を斬ろうとしていた護衛は、剣を持ったまま床に伸びている。その背中を堂々と踏んづけて、やれやれというように首を振っているのは、今まで存在を感じさせずひっそり立っていた兵だった。

そしてラウレンスはというと——

「な、なんのつもりだ⁉」

もう一人の兵に後ろから拘束されて、もがきながら怒鳴っていた。

顔が真っ青なのは、その首元にぴたりと短剣が突きつけられているからだ。兵が持つ短剣の刃先は揺れもせず、激怒する王子に対してまったく動揺を見せなかった。

「なんのつもりも何も」

笑いを含んだ言葉が兵の口から発されて、イルセは全身を硬直させた。

兜で隠された顔は見えない。

でも、この声——

「首だけでは愛《いと》しい女を守ることもできないので、こうして身体ごと戻ってきたのですよ、兄上」

ラウレンスは驚愕《きょうがく》の表情で大きく口を開けた。

「きさまっ……！　テオド」

が、その名を言い終える前に、首元に剣の柄頭の重い一撃が振り下ろされた。かはっ、と小さな呻《うめ》き声を立て、ラウレンスが白目を剥いてくずおれる。

「そこの護衛もろとも、縛ってどこかに放り込んでおけ。目が覚めたら何かとうるさそうだからな、その前にあらかたのことを済ませてしまおう」

護衛を踏んづけている兵にきびきびした口調で指図しながら、頭に被っていた兜に手をかけ、ずるりと脱ぎ捨てる。

その下から現れたテオドールは、二年前に別れた時よりもずっと精悍《せいかん》な顔立ちになっていた。鋭い眼差しは凄《すご》みを帯び、鋼のような肉体は無駄なものをすべて削《そ》ぎ落としたように引き締まっている。切れ味の良いナイフのような空気感はもはや「若獅子」などではなく、立派な猛獣のそれだ。

彼の左目の上と、右頬には、くっきりと目立つ傷痕《きずあと》があった。

「はっ」

命じられた兵が短く返事をし、ぐったりしたラウレンスを肩に担ぎ上げた。空いた片手で護衛を大《おお》雑把《ざっぱ》に引きずり、さっさと礼拝堂の外へ運び出していく。その力強さと迅速さは、とても王宮の兵とは思えない。たぶん、テオドールの部下なのだろう。

他に誰もいなくなった礼拝堂で、テオドールはイルセに向き直った。

「……二年前と同じ状況だな、イルセ。おれはこのとおり、少しばかり変わってしまったが」

そう言ってから、我慢ならなくなったように噴き出した。

「勇ましい啖呵《たんか》に惚《ほ》れ直したぞ。それにしても、誰があんな下品な言葉を教えたんだ？」

彼は笑い続けているが、イルセはまだ動けない。

頭がぼんやりして、まったく思考が回らなかった。まるで夢の中にでもいるようだ。

ここにいるのは、本物のテオドールなのか？

「間違いなく本物だとも」

心を読んだかのように、テオドールが請け合った。

「ど、どうして……いつ、お戻りに……？」

やっとのことで喘《あえ》ぐような声が出る。戦地から帰っていたとしても、なぜこんなところにいるのだ。しかも兵の恰好をして。

「実は前々から戻る準備をしていたんだがな。兄上が聖女を側妃に迎えるという噂を小耳に挟んだものだから、すべてほっぽり出して、全速で駆け戻ってきた。五日かかる道のりを三日に短縮させたんで、さっきのやつにはえらく文句を言われたぞ」

「戦地のほうは……」

「最前線に送られたついでに、少数の手勢を引き連れ、敵側の責任者のところに乗り込んでいって話し合いをしたんだ。この状態に嫌気が差しているのは向こうも同じ。こちらの国王を玉座から引き剥がし、おれが尻拭いを引き受けることを条件に、戦いを終わらせる約束を取りつけてきた」

イルセは眩暈《めまい》がした。そんな無茶をして、捕虜にされでもしたらどうするつもりだったのだろう。

下手をしたら、あっさり殺されていた。

「……おれには聖女の加護があるから、きっと大丈夫だと信じていた」

柔らかく細められた目がこちらを覗き込み、伸びてきた指がするっとイルセの頬を撫でる。

いつの間にか、そこはびっしょりと濡れていた。

「わっ……わた、し」

しゃくり上げながら、涙声を絞り出した。

「わたし、この二年、い、いつも、テオさまの無事ばかり、お祈りしていました。戦いの行方《ゆくえ》より、この国の未来より、ただあなたが生きて戻れるようにと」

「うん」

「せ、聖女失格です。国と民を頼むと、テオさまに言われていたのに。こっ、個人的な願いのほうを、優先させてしまいました……」

国王やラウレンスのことを責められる立場ではない。イルセだって十分、欲深い。

民の安寧《あんねい》よりも、テオドールが自分のところに帰ってくることのほうを望んでしまった。

私利私欲で聖なる力を使おうとするなど、あってはならないことだ。

日に日に濃くなり、痛みまで感じるようになった聖紋は、イルセのその愚かさ浅ましさを責めているようだった。決してその罪から目を背けてはならぬ、と言われているのだと思った。

これは、神が聖女に罰として与えた傷痕だと。

「でっ、でも、わたしには、テオさまがいちばん大事なんだもの、仕方ないではありませんか

「……！」


イルセのすべては、テオドールから教わり、与えられたものばかりだ。

楽しさも、嬉しさも、幸福も。

生きる力も、生きる喜びも。

愛も。

この人こそが、イルセにとっての光と希望だった。

「――うん」

テオドールが小さく返事をして、両腕を伸ばした。

ぎゅっと強く抱きしめられる。イルセは泣き濡れた頬を、大きな胸板に押しつけた。

「戦場で、何度も危ない目に遭ったよ。死ぬかもしれないと思ったこともある。でもそのたびに、不思議な力がおれを守ってくれた。風が吹き、雨が降り、大地が揺れて、いつの間にか退路ができているんだ。ああ、イルセがおれのために祈ってくれているんだなと思った」

だからこそ、なんとしても帰ろうと思った――テオドールはそう言った。

「……おれも多くの罪を負った身だ。大勢の敵を殺したし、味方も失った。顔だけでなく、身体のあちこちに傷がついた。綺麗ごとは言わない。おれはこの先、実の父親を追い落とし、半分血を分けた兄を処罰して、この国の最も高い位置に行かなきゃならん。イルセ、これから進むのは茨の道だが、その傷とともに、おれの隣を歩いてくれないか」

イルセは顔を上げ、彼と目を合わせると、しっかり頷いた。

「――はい。たとえ、血だらけになろうとも」

神の前で聖女は嘘をつけない。

礼拝堂で誓いを立て、イルセはテオドールの口づけを受けた。


その後、テオドールは驚くほどの短期間で、王宮の勢力図を塗り替えた。そして隣国と講和を結ぶと、戦争責任を厳しく追及して国王とその側近たちを退陣させ、自らが玉座についた。

時に苛烈な政治手腕で恐れられることもあったが、彼の隣にはいつも、慈愛深き王妃イルセが寄り添っていたという。

テオドールは、はるか後の世まで、国に大きな栄華をもたらした賢君として崇められた。

異母兄であるラウレンスは王位継承権を剥奪された後、王宮からずっと離れた屋敷に幽閉されたが、極端な対人恐怖症となり、使用人の前にさえ滅多に姿を現さなかったらしい。

……なんでも、身体の上と下に、甚大な問題を抱えていたためだとか。

魔族と罵られた私ですがどうやら聖女だったようです

伊《い》賀《が》海《う》栗《に》
ill. 桜花《おうか》舞《まい》

収穫前の、まだ気温もそこまで高くない「今」だったのは不幸中の幸いかもしれません。あと二ヶ月もすれば刈り取った麦が山と積まれるであろう倉庫も今は空っぽで、しかし代わりに怪我人《けが》たちがずらりと並べて寝かされています。

「ちょっとすみません、失礼」

私の脇を通り抜けて、またひとり怪我人が運び込まれました。

我がダントン伯爵領とお隣のセルヴァン公爵領との間に広がる森で魔獣の氾濫《スタンピード》が発生したのは半月ほど前のこと。

公爵家の対応が早く、国から騎士団や魔術師団が派遣されるまで大きな被害がなかったのは幸いでした。それで領内の倉庫を救護所に、宿屋は対策本部に活用しているというわけです。

私は手の空いた治癒士に洗い終えた包帯がいくつも入った籠を差し出しました。

「こっちの包帯、浄化お願いできますか」

浄化魔法はそれだけで汚れをキレイさっぱり落とすものですが、魔力はできるだけ傷の治癒にまわしたい状況ですから。先に手洗いで大まかな汚れを落とし、魔力を節約しているのです。

「いつもお洗濯助かります。ご令嬢にこんなことをやらせてしまってすみません」

顔馴染《かおなじ》みの治癒士さんは疲れた表情を引っ込めて手早く浄化魔法をかけてくれました。一瞬浮かび上がる術式を見つめてみても、理解できるわけはなく。

「いえいえ。私は魔法もまともに使えないし、これくらいしかできることがないので」

私がそう言って籠を抱えなおしたとき、倉庫の入り口がにわかに騒がしくなりました。どうやら応援の部隊が到着したようです。治癒士が籠を受け取ってくれたので、感謝しつつ出入り口へ。私が近づくと部隊長と思われる人物が一歩前へ出ました。

「ようこそおいでくださいました。ダントン伯爵家長女エリーで――」

「エリー！　久しぶりだね、ダントン家の小さな聖女さん。お父君の葬儀以来だろうか」

「え……。あ！　まさかニュートなのっ？　聖女だなんて、もうやめてよ」

ニュート・フォン・セルヴァンはセルヴァン公爵家のご令息で、領地が隣同士だからか幼少の頃《ころ》によく遊んだのです。聖女というのは親バカだった父がそう呼んでいただけ。

ミルクティーのような優しい色合いのブロンドと夏空のような深い青の瞳《ひとみ》は昔とちっとも変わりません。だけど、ぐんと背が伸びて男らしくなったお顔はまるで彫像のよう。

その彫像が眉を僅《わず》かに下げ、手を伸ばして私の左頬《ほお》に触れました。

「この目、まだ治っていないのか。治癒士に相談は？」

おずおずと発せられた言葉に、私は思わず左目を手で覆って視線から逃げるように俯《うつむ》きます。手の下には柔らかな革でできた眼帯の感触。

「いいえ、きっとずっと治らないと思うの。でも大丈夫、片目でもなんの不自由もないし」

「お父君が生きておられたらすぐにでも治療させただろうに。俺《おれ》が手配しようか？」

伯爵であった父が亡《な》くなって八年。義母に疎《うと》まれている私は基礎魔法さえ学ばせてもらえないまま今日まで生きて来ました。最低限の淑女教育は父が存命のうちに受けていましたが、今や貴族令嬢とは名ばかりで使用人のような生活です。だから治療なんて夢のまた夢で。

もちろんニュートはそんなこと知らないはずですから、単純に心配してくれたのでしょう。

「ううん、大丈夫」

困ったように微笑《ほほえ》めば、彼もそれ以上の言及を諦《あきら》めたようでした。

「領境の管理の件もあるし、公爵である父の名で今まで何度も訪問の打診をしたんだけど夫人からはどれも断られてしまってね、心配していたんだ。まぁ……いつでも力になるから、俺のことも頼ってくれたら嬉《うれ》しい」

公爵家から連絡があったとは初耳です。社交嫌いの義母には荷が重かったのでしょうね、失礼なことをしてしまったわ。

なんと謝罪すべきかと口ごもった私の頭をニュートは優しく撫《な》でてくれました。昔よりずっと大きくなった温かな手に心臓が高鳴って、幼い恋心が不意に顔を出します。

そこへ若い女性がやって来ました。

義母譲りの波打つようなハニーブロンドとココア色の瞳を持つ美しい異母妹、マーレです。彼女は値踏みするようにニュートを眺めて言います。

「人がたくさん来たから誰かしらと思ったのだけど。この騎士さんはお姉さまの知り合い？」

そういえばセルヴァン公爵領へ出掛けるのはいつも私と父だけでしたし、父の葬儀でも義母とマーレはほとんど表に出て来ませんでした。まさか初対面だったなんて。

「あ。ふたりが会うのは初めてだったかしら。こちらはセルヴァン公爵家のご令息で――」

「まぁ。はじめまして、エリーの妹のマーレです。まさかこんなところでお会いできるなんて！」

マーレは私の言葉を遮り、跳ねるように小さな淑女の礼《カーテシー》をとりました。もちろんお世辞にも美しい礼とは言えませんが、これが淑女教育を嫌った彼女の精一杯なのです。

ニュートは一瞬だけ目を丸くしてから、美麗な所作で彼女の挨拶《あいさつ》を受け入れました。

「はじめまして、ダントン嬢。スタンピードの解決まで世話になるよ」

「ええ、もちろんですわ！　あっ、そうだ。お茶を用意させるのでよかったら――」

「いや、悪いけど先に部下を休ませたいんだ。それじゃあエリー、また後でね」

ニュートは右手を軽く上げてそう言うと部隊の皆さんを連れて倉庫を出て行きました。お茶の誘いをすげなく断られる形となったマーレは、残念そうにその背を見つめながら口を尖《とが》らせます。

「なんか素っ気なくない？」

「うーん。あのね、貴族間のマナーってすごく細かくて、今のマーレのご挨拶は」

「うるさいなぁ。そんな細かいこと、いまどき流行《はや》らないわよ」

この少しの時間でおかしたいくつもの間違いを、ニュートが咎《とが》めないでくれたことに感謝するべきであって全く細かいことじゃないのに！

けれどマーレはふわふわの髪をなびかせながら振り返り、満面の笑みで言いました。

「それより決めたの。アタシ、あの人と結婚するわ」

「へ？　結婚？」

マーレは大きな声を出した私の腕を強く引いて、倉庫の隅へと連れて行きます。

「セルヴァン公爵令息ってニュートって人でしょう？　若くてかっこいいのに独身って噂《うわさ》の！」

「噂は知らないけど確かに彼はニュートだわ」

「でしょ。アタシ、公爵夫人になりたいの！」

確かにマーレは社交を避ける割に権威主義的なところがあって、昔から玉《たま》の輿《こし》を夢見ていました。彼女の美貌《びぼう》なら夢とも言い切れないし、貴族の結婚は愛と無縁なことも多いものです。歴史ある我がダントン伯爵家なら家格も問題ありません。だけど、どうしてよりによってニュートなの。

「でも公爵家がお相手では持参金が――」

思わず口をついて出た否定的な言葉。

もちろん出鱈目《でたらめ》を言ったわけではありません。贅《ぜい》を好む義母とマーレに加えて、このスタンピードでの損害……。領地経営に日々頭を悩ませている身としては本音とも言えるけれど。

「お金がないのはアンタの怠慢でしょ。やっぱり資産管理なんてアンタにできっこな――あ。でもそのうちアンタを金持ちジジイに売るってママが言ってたし、それでどうにかなるか」

「えっ、私を？　売る？」

「当然。アンタみたいな魔物が結婚できるわけないんだし、少しくらいは家の役に立ってよ」

「魔物だなんてそんな言い方」

驚きのあまり開いた口が塞がりません。

マーレは意地悪く目を眇《すが》め、私の耳元に口を寄せました。

「赤目だって暴露されたくなかったら、ニュートさまのこと協力しなさいよね」

世に蔓延《はびこ》る魔物の多くは深紅の瞳を持っています。人々は赤目を忌避《きひ》していて、もし赤い目を持っ

た子どもが生まれれば三日のうちに殺せという言い伝えがあるほど。そして、私が眼帯で隠している
この左目は真っ赤な薔薇《ばら》のような色をしているのです。

何も言い返せず唇を噛《か》む私に、マーレは甘やかな笑みを浮かべて手を振りました。

「よろしくね、お姉さま」

楽しげに倉庫を出て行くマーレを見送っていると、通りかかった治癒士さんが足を止めました。

「仲良し美人姉妹ッスね」

「あ……美人は妹だけですけどね」

「いやいや、エリーお嬢様も儚《はかな》げ美人って感じで！　っていうかそろそろいい時間だし、こっちのことは任せてもう休んでください」

彼の指し示した窓を見れば外は確かに真っ暗で、私の疲れた顔が映っていました。

立ち去る治癒士さんに礼を言って手近な椅子《いす》に腰掛けます。いつもなら屋敷へ戻る時間ですが、今は義母やマーレの顔を見たくなくて。ちょっとだけ休憩してから戻ることにしたのです。

窓に映る銀の髪と若葉色の右目はどちらもお父様から譲り受けたもの。

「お父様、どうして私を置いて死んでしまったの」

問いかけてももちろん返事はありません。

父が亡くなったのは王都からの帰路のことでした。平民出身の義母が社交を嫌ったため、社交期《シーズン》に王都へ向かうのはいつも父ひとり。

その父から「もうすぐ帰る」とのメッセージとともにプレゼントが届いたのは、八年前の今頃だっ

たと思います。義母とマーレには色とりどりの宝飾品を、私には魔石の嵌《は》まった指輪型の魔道具を贈ってくれました。

魔道具に強い興味を示したマーレが私から指輪を奪って。だけど彼女が期待するような魔法効果は何もありませんでした。だから。

――なによこのガラクタ、なんにも起こらないじゃない！

彼女はそう言って、指輪の入っていた箱を私に思い切り投げつけたのでした。運悪くそれが左目に当たって出血。以来、私の左目の虹彩《こうさい》は薔薇のように赤くなってしまったのです。

目がすごく痛くて、せっかくのプレゼントを「ガラクタ」と吐き捨てられたことも悲しくて、泣きながらお父様の帰りを待っていたのに。やって来たのは父が亡くなったとの手紙を携《たずさ》えた王国からの使者でした。

「お父様……」

形見になってしまった指輪を撫でてため息をひとつ。お父様が愛したこの領地を守るために頑張って来たけれど、そろそろへこたれてしまいそう。

◇◇◇

考え事をするうちに夜が更《ふ》けていって、すっかり睡眠不足なまま朝を迎えてしまいました。

今朝は最も古参のメイドが掃除を代わってくれたので、すぐに倉庫へ向かうことにします。彼女は義母やマーレのいびりからさりげなく庇《かば》ってくれるし、仕事もきめ細やかで頼りになる人なのです。確か父が亡くなってすぐの頃に当家へ来たんだったかしら。

何はともあれ彼女の好意はありがたく受け取っておきましょう。夜間の警備中に怪我をした人がいるかもしれませんし、きっと今日も忙しくなるはずですからね。

案の定、ふたりほど患者の増えた倉庫は朝からバタバタしていました。大抵の怪我は騎士や魔術師に同行する治癒士が治すのですが、臓器の損傷が酷《ひど》かったり強力な毒に冒《おか》されていたりと治療に手間のかかる人はこちらへ送られます。つまり新患が運ばれたときが一番大変なのです。

「聖女様って知ってます？　これくらいの人数と怪我なら一瞬で治しちゃうんスよ。あー、僕ももっと魔力が多ければなぁ」

顔馴染みの治癒士さんは疲れた笑みを浮かべてそう呟《つぶや》きました。

「ふふ。聖女だなんてそんな百年にひとりの伝説的な治癒士と比べては駄目。森で戦う皆さんはあなたを信頼してこんなにも多くの怪我人を任せているんですから」

「ああ……。確かに。確かにそうなんですけども！」

「微力ながら私もお手伝いしますね」

森へ入る治癒士たちが深手を負った仲間をこちらへ戻すとき、きっと死なせてくれるなと願って私たちに託しているはず。私もできることはなんだってやらないと。

血に染まった包帯をほどいたり傷口を洗浄したりする私の手元をしばらく見つめていた治癒士さんが、思い出したように口を開きました。

「その指輪、お高いやつッスよね。魔力が蓄えられて、魔法も記憶できるとかいう凄《すご》いやつ」

「そうです。私、魔力が多すぎて魔力循環が上手にできないんです。でもこの魔道具のおかげで体調を崩すこともなくなって」

私には「魔力循環阻害症」とか「魔力過多症」とか難しい名前のついた持病があります。体内で魔力が停滞して身体機能に異常を起こす病気で、死ぬこともあるとか。

父から贈られたこの魔道具は体内の不必要な魔力を吸い出して蓄積し、さらに容量を超えた分は体外に放出してくれるので私にとっては命綱なのです。

「あー、過多症って魔力循環も難しいんですよね。確かに魔道具に頼るほうが早いかぁ」

「これで魔法が使えるようになればもっと良かったのだけど」

「確かその指輪、指定しなければ最後に使った魔法が勝手に記憶されるはずッスよ。治癒魔法でも記憶しましょっか？　あ、でも僕なんかじゃなくて上級の治癒士に頼むほうがいいか！」

出しゃばっちゃったなぁと照れ笑いを浮かべる治癒士さんと別れ、私はお洗濯のため籠を抱えて水場を目指します。

確かに治癒魔法が使えたらお金を稼げるかも？　とは言っても持参金が賄《まかな》えるわけではないし……。

なんて考えながらざぶざぶ洗濯していると、突然真横から低い声がしました。

「なんだか元気がないように見えるね」

「ニュ、ニュート！　やだ、気づかなかったわ」

覗《のぞ》き込むようにして青い瞳がこちらを窺《うかが》っていました。

まくっていた袖を慌てて戻して立ち上がります。私の腕にはひび割れのような痣《あざ》がいくつもあるので、人に見られるのは少し恥ずかしいのです。これも魔力過多症の影響だと本には書いてあったけれど、症例が少なくてそれ以上のことはわかりませんでした。

彼は私の焦りを知ってか知らずか、濡《ぬ》れた私の手を自身のハンカチで包むように拭います。手を握られているみたいでなんだか居心地が悪いわ。

「あっ、そ、そういえば、沼の探索はどんな状況？　あの、別に急《せ》かしているわけではないのだけど食材や資材の発注数の参考にしたくて」

「大丈夫、急かされてるなんて思わないよ。うーん、そうだなぁ。魔物はまだまだ多いけど、おかげでどちら側から来たかは見当がついた感じかな」

スタンピードというのは瘴気《しょうき》が溜《た》まって沼となることで起こります。瘴気は無から魔物を生み出すだけでなく、虫や動植物の体を作り替え魔物にしてしまうのです。沼を浄化しなければ魔物が溢《あふ》れ続けるため、解決の第一歩は沼の場所を特定すること、となります。

方角の見当がついたのなら、発見はそう遠くないかもしれませんね。

ニュートは拭き終えた私の手を握って眉根を寄せました。

「ところで。これは伯爵令嬢の仕事じゃないよ。手もこんなに冷たくして」

「ううん。疲れてはないの。それにお洗濯は気分転換にちょうどいいし」

「転換したくなる嫌な気分があるってことだね。聞かせて」

そう言って私の手を引き、近くのベンチに座らせました。彼が横に並んで腰掛けるとぴたりと触れた肩が温かいです。

嫌なことはたくさんあるけれど、目下の悩みと言えば。

「ん……、なんだろう。今は自分が売られるかもって不安のほうが大きくて――あっ。ごめんなさい、なんでもないの。忘れて」

思わず飛び出した失言に、私は口を手で覆って誤魔化《ごまか》しました。

八年ぶりに、しかも仕事の都合で会っただけの幼馴染みにこんなことを言われたら、ニュートが困ってしまいますからね。けれど優しいニュートは真剣に話を聞こうとしてくれたみたいで。

「売られる？　詳しく聞かせてくれるかい」

「いえ、マーレの持参金の話の流れで……」

「ああ、高額な支度金を払って良家の若い妻を娶《めと》る資産家がいるらしいね。最近多いとか」

「きっと聞き違いや冗談だと思うのだけど」

「でも君が悩む程度には信ぴょう性があるんだろう？　それなら俺が――」

「そんな！」

私は大きく首を横に振って彼の言葉を遮りました。公爵家が口を挟んでは大ごとになってしまいますし、話が大きくなれば伯爵家の名も傷がつきます。

ニュートは眉根を寄せ、握ったままだった私の手をさらに強く握り直しました。

「君は望んでないんだろう？　俺だってエリーが売られてしまっては困るよ」

「そうね。長女が婿《むこ》をとらないとなると、政治的にも混乱を呼ぶわよね」

「や、そういう意味じゃなくて」

「でも大丈夫。領地経営そのものは上手《うま》くいってるの。だからマーレの持参金さえ工面できればいいんだから」

普通なら私が婿をとって伯爵家を存続させるべきだし、現にそのような手続きをして家門を維持しています。いずれはこの忌《い》まわしい赤目を受け入れてくれる人と……と思っていたのですが。

貴族の法や慣習に疎い義母に、養子をとることで後継問題を解決できると入れ知恵した人でもいるのでしょう。親戚か、それとも商人か。豊かなこの領地を狙う人物は少なくないもの。

「じゃあ当家から何か支援を」

「ニュートったらどうしたの？　そこまでお世話になるわけにはいかないわ」

そう言うとニュートは掴《つか》んだままの手を引っ張って私を抱き寄せました。体勢が崩れてあっという間に彼の胸の中です。いや、え、ちょっと待っ……。

「八年も放っておいて今さらかもしれないけど、俺、エリーのためならなんでもするから」

「ふふっ。まだ私のこと子どもだと思ってるでしょ」

気性の荒い犬や大嫌いな虫からいつも守ってくれたニュート。面倒見の良さは変わっていないみたいです。そんなところも昔から大好きでした。でも私は伯爵家を守らないといけないし、ニュートは公爵家の嫡子。私の困惑をよそにみるみる大きくなる恋心は、胸の奥にしまっておかないと。

彼の胸をそっと手で押して身体を離すと、倉庫の陰からマーレがこちらを窺っているのが見えました。彼女の暗い眼差《まなざ》しに言い知れぬ不安を感じ、ニュートからおしりひとつ分離れたのでした。

作業を終えて帰路についたのは日が沈みかけた頃でしたが、私が屋敷の中へ入ることは許されませんでした。義母にキイチゴを採って来るようにと命じられたのです。

キイチゴはこの付近では森に自生するのみ。スタンピード中の夜の森へ入るなど自殺行為だと訴えても聞く耳を持ってはもらえません。

閉まる扉の向こうでマーレは「ニュートさまに色目を使うのが悪いわ」と笑っていました。

仕方なく入った森は想像以上に暗くて、ちょうどいい長さの手頃な棒で邪魔な枝をそっと除《よ》けながら、ランタンの僅かな明かりを頼りに進んで行きます。

「うぅ……自分の足音がこんなに響くなんて」

パキッと枝を割る音も、土を踏むジャリッという音もまるで耳元で鳴っているかのよう。

常日頃から日が沈んだ後に森へ入ることなどないのに、こんな非常時に夜の森を歩くことになるとは。私が魔物に殺されても構わないとでも思っているのかしら。……思ってるかも。

「ヒッ」

どこかから聞こえるフクロウの鳴き声や獣の唸《うな》り声に怯《おび》える私のすぐ傍《そば》で、ガサガサと音をたてて葉が揺れました。もうやだ怖い帰りたい、と泣きべそをかきながら身を縮め、しばらく息をひそめます。周囲に異変はない……大丈夫、気のせいだったみたい。

「あ……あれは！」

そっと顔を上げた先には大きくはないけれど木のない開けた場所がありました。両脇の大木に日光を遮られ、若い樹木が育たないのでしょう。その広場に差し込む微かな月明かりの中、赤く瑞々しい小さな果実がギザギザの葉っぱからいくつも顔を出しています。

よかった。たくさん実をつけているし、ここにあるだけで十分な量になりそう。と大きく一歩を踏み出したときでした。先ほどガサガサと音が聞こえたあたりから巨大な影が飛び出して来たのです。さらに広場を囲うように真っ赤な瞳がいくつも妖《あや》しく輝いていました。

「えっ、な――」

こんなの、逃げようがない！

驚きと恐怖で足が動きません。ぎゅっと目をつぶって祈ることしかできない私を、大きな身体がぶつかるようにして吹き飛ばします。仰向《あおむ》けに転がった私の真上では荒い息遣いが。頬や胸元には涎《よだれ》がポタポタ垂れているのを感じます。噛みちぎられるのは首元、それともお腹《なか》から？

「エリー……無事か」

「え……。えっ？」

苦しそうな吐息の合間に聞こえたのは低い男性の声でした。ハッとして目を開けると、そこには顔面蒼白《そうはく》のニュートがいて。端整なお顔の半分は血に染まり、ポタリと赤い雫《しずく》が頬に落ちました。

「ニュート、どうして」

「森に、入るのが見え――。ああ、悪い……可愛《かわい》い顔、を、汚しちまっ――」

言葉を最後まで発することはないまま、ニュートは私に覆い被《かぶ》さるように倒れ込みました。彼の背中に回した手が生温かい血でぬるりと滑り、傷の深さを思い知らされます。

この傷、この出血量。スタンピードが発生してからずっと怪我人の看護をしてきたのですから、わかります。ニュートはもう長くないんだって。

「いや……いやよ、ニュート。ねぇ、あなたまで私を置いていかないでよ」

彼の身体を揺すっても、ただずるりと私の身体から滑り落ちるだけです。スーッと細く息を吸う姿が、病で亡くなった母の最期《さいご》と重なりました。

「いやあああああっ！」

彼の身体を抱き締めて必死に「生きて、置いていかないで」と祈り続けます。

私が今まで耐えられたのはいつかまたニュートに会いたいと思っていたから。彼のいなくなった世界で生きる意味なんてないんです。だからお願い、ひとりにしないで！

次の瞬間、彼の身体が光に包まれました。何が起きたのかとびっくりして身構えたけれど、少しずつ小さくなる光の中でニュートは表情をやわらげ、穏やかな呼吸を繰り返し始めたのです。

「た、隊長！」

森の奥からニュートの部下と思われる騎士がひとり走り寄り、彼の身体を抱え上げます。どうやら私を見つめていた赤い目の魔物たちは他の騎士たちが退治してくれているようです。

「息……はあるか。どうやら傷もふさがってますね」

そんな騎士の言葉を咀嚼《そしゃく》する余裕もなく、私はニュートを屋敷へ運ぶようお願いしました。公爵令息を倉庫に寝かせられないから……というのは建前で、私が彼から離れたくなかったので。

「ご令嬢は魔法が使えないと聞いていましたがとんでもないですね。確認したところ傷はすっかり治っています。念のため治癒士も寄越《よこ》しますが恐らく大丈夫でしょう。二、三日休んだらまたしっかり働くようお伝えください。あと、部隊はわたしにまかせておけ、ともね」

ニュートの部隊の副隊長だという騎士さんはふたつ返事で彼を屋敷まで運び、それだけ言ってすぐに森へと戻って行きました。

一方マーレは、副隊長さんが出て行くなり私の腕を掴み上げて睨《にら》みました。

「魔法で治ったって言ってたわね、あの人。近くに治癒士がいたの？」

「え？　あ、言ってた……ような？　治癒士は見てないけど、わからないわ」

「そう。アタシね、実は今日お姉さまが治癒士と楽しそうに話してるのを聞いちゃったの」

なんの話かしらと首を傾《かし》げた私を、義母が背後から羽交い絞めにしました。そしてふたりがかりで私の指から魔道具の指輪を奪い取ってしまったのです。


ニュートの眠る客室へ入ることを禁じられたまま夜が明け、朝を迎えると私はいつものように倉庫へ向かいました。

ここ数日は怪我人が増えたこともあって手伝いに来る領民も多くなっています。中には子どもまでもが医療用品を運んだり食事の介助をしたりと忙しそうに働いてくれて。

そんな中を、ニュートが真《ま》っ直《す》ぐ足早に私の目の前までやって来ました。ああ、無事に目を覚ましたのねと安堵《あんど》の溜《た》め息《いき》をついて彼へ向き直ると、ニュートは私の肩を両手で優しく掴みます。

「おはよう、ニュート。もう動いて大丈夫なの？」

「ああ、なんともないよ。エリーは無事か？　昨夜から姿が見えないから何かあったんじゃないかと気になってた」

「ううん、ニュートのおかげで怪我ひとつないわ。ご迷惑をおかけしてごめんなさい。それに、助けてくれてありがとう」

「エリーが無事ならそれでいいんだ」

彼の静かな声も夏の青空みたいな瞳も大好きだから、こうして目の前で話したり笑ったりしてくれるのが何より嬉しい。だんだんと生気を失っていく姿はもう二度と見たくありません。

と、そこへマーレがやって来ました。

私の肩からニュートの手が離れ、私も慌てて二歩ほど下がります。彼と親しくしたら夜の森へお使いを頼まれてしまったのだもの、次はどうなることか。

「ニュートさま！　姉から離れてください、危険だわ」

「危険……？」

「ええ。アタシがせっかく治して差し上げたのに、また怪我をしてしまうではないですか」

訝《いぶか》しむ私とニュート。周囲の治癒士や領民だけでなく見舞いに来ていた騎士や魔術師たちも、なんの騒ぎだとこちらの様子を窺っています。

「一体なにを言っているんだ、君は。治したって――」

「では見ていてください」

マーレが胸の前で両手を祈るように組むと、彼女を中心に白い光が一瞬だけ強く輝きました。光が倉庫内を隅々まで照らしたかと思えば、なんと怪我人たちがむくりと起き上がったのです。もちろん全員ではないけれどそれでも驚きを禁じ得ません。どこかで「聖女ではないか」と呟く声も。

私は今まで自身の持病について調べるためあらゆる魔法学の本を読み漁《あさ》りました。けれどどこんなに範囲が広くて効果の高い治癒魔法を知りません。本には載っていなかったと思います。

「いま何が起きたの……？」

「ね、アタシがニュートさまのお怪我を治したんです！　だけど姉は……っ！」

マーレは困惑する私を無視してさらに一歩近づき、やにわに手を伸ばして私の眼帯を奪い取ってしまいました。突然明るくなった左目に視界が少しチラつきます。が、真正面に立つニュートが目を丸くしたのを見て、血の気が引いていきました。だって、赤目を見られてしまった。

「エリー？」

心配するような、けれどどこか不安そうな声のニュート。周囲を見渡せば倉庫の中にいる誰もが私を見つめています。不安と恐怖を湛《たた》えた瞳で。

「見ないで……」

こぼれ落ちた懇願はきっと誰の耳にも届かなかったでしょう。「赤目だ」と囁《ささや》く人々の声は次第に大きくなり、怪我人の見舞いに来ていた騎士や魔術師が一斉に武器へ手を伸ばします。

「違う、私は」

「今日までずっと大変だったの！　魔物とひとつ屋根の下だなんて、アタシ恐ろしくて！　きっとニュートさまを襲ったのもこの魔物なんだわ！」

マーレの叫びが私の言葉を掻《か》き消《け》しました。子どもが「魔物！」と私を指差して泣き出し、それを合図にしたかのように至る所で悲鳴があがります。

領民がキャーと叫び逃げ惑う中、騎士たちは剣を抜きつつ前へ出て、魔術師たちは短杖《ワンド》を構えました。治癒士たちもまた、怪我人を守るべくベッドの前に立ちふさがって私を睨むのです。

ああ、私は人間の敵になってしまった。

再び視線のぶつかったニュートは泣いているのか怒っているのかわからない苦しげな表情で。

「見ないで！」

堪《たま》らずそう叫び、彼に背を向けて駆け出します。もうここにはいられない、居場所はない。逃げ出す私の背後で騎士たちが床を蹴る気配がありました。きっと魔術師たちの杖《つえ》は光り輝く美しい術式を描いているのでしょう。

水場へと続く裏口はまだ遠く、きっとそこにたどり着くことはないのだと死を覚悟します。彼らは歴戦の猛者《もさ》で、対する私は何もできない人間モドキなんですから。

「やめっ！」

涙が溢れて裏口の扉が歪《ゆが》んで見えたとき、ニュートの鋭い声が倉庫に響き渡って静寂が溢れました。ただただ私の足音だけが鳴り続け、そして私は外へと転がり出たのです。

森の中をできるだけ明るい場所を選びながら進みます。

どれくらい歩いたかわからないけれど、太陽はまだ高いところにあるようです。もっともっと領都から離れ、さらに夜に備えて一晩を過ごせそうな場所を探さないと。

「でも少しだけ休憩……」

倒木に腰掛けて靴を脱いでみれば、つま先から血が滲《にじ》んでいました。

もし追っ手があれば、この足ではとても逃げられません。ああ、でも逃げると言ったってどこへ行けばいいのかしら。赤目のよそ者を迎えてくれる人なんているはずがないわ。

思い出すのは悲しそうなニュートの顔ばかり。彼にもう会えないのなら、いっそこのまま死んでしまいたい。そんなことを考えていると、私の意思とは無関係に涙がぽろぽろと溢れます。木漏れ日はぽかぽかと気持ちがいいのに、前向きになれる要素は何もなくて。

と、そこへジャリジャリと土を踏みしめるような音が響きました。追っ手でしょうか。私は逃げることもできないまま身体を硬くして息を呑《の》みます。

「ああ、よかった。ご無事でしたか」

「どうしてここに？　連れ戻すよう言われたの？」

木陰から姿を現したのは、古参のメイドでした。今朝も寝不足の私を心配して掃除を代わってくれたし、他のメイドたちより好意的で信頼していたのに。

けれどメイドは首をゆっくりと横に振り、私の横に腰掛けたのです。

「森へ走っていくお姿をお見かけしたので心配で思わず追いかけてしまいました」

「そんな。左目を見て、赤いでしょう？　私はニュートを襲った魔物で、マーレは怪我の治療をした聖女ってことになってるの。あなたも私と一緒にいたら何をされるかわからないわ」

「エリーお嬢様は魔物なんかじゃありません。それにマーレお嬢様に魔法は使えないはずでは」

確かにメイドの言う通りマーレは魔力もそう多くなく、魔法はまるっきり使えなかったはずです。にもかかわらず治癒魔法を披露できたのは恐らく魔道具のおかげなのでしょう。

つまりあの夜、無我夢中で気付かなかったけれど、私は意図しないままに治癒魔法を使ったのだと思います。図書室に置かれた魔法関連の本は全《すべ》て読みましたから、そんなことが可能だったのではないかなぁと。

マーレはそれにいち早く気付いて魔道具を奪い取ったのだと考えられます。あんなに派手に治癒魔法を使えば誰も疑わないでしょうね。とはいえ私の赤目を暴露したのは失敗です。身内から赤目を出した家門とあっては公爵家が結婚を認めるはずがありませんから。

「とにかく、私はもう行くわ。あなたも早く屋敷へ――」

頭痛を感じつつ立ち上がると不意に眩暈《めまい》を感じ、視界がぐらりと傾きました。慌ててしゃがんだことで転倒は免《まぬが》れたけれど、目はぐるぐるしたままです。

「お嬢様っ？」

「これ……っ、循環阻害……！」

幼い頃、魔道具と出会う前にしょっちゅう発症していた持病で間違いありません。ほどなく熱を出し、息が苦しくなって血を吐いたりします。その先は……きっと死ぬのでしょう。

久しぶりなせいか発症が早いし、それにすごく苦し……。

早く移動しないと。安全に夜を越せる場所を探して、葉っぱをたくさん集めて、それから――。

だんだんと意識が戻るうちに、私は自分がベッドに寝かされていることに気付きました。清潔なシーツとふかふかのキルトが気持ちよくて二度寝したいところだけど、そうはいきません。

ゆっくり身体を起こすと足元から女性の声がしました。

「お目覚めでございますか。ご体調は……？」

「あ、はい、大丈夫で――え？　あなたが助けてくれたの？」

お仕着せ姿のその女性は、例の古参のメイドでした。混乱する私に少しだけ微笑んで頭を下げ、

「お待ちください」と言って部屋を出ます。義母を呼びに行ったのでしょうか。

でも周りを見回してみても知らない部屋です。どこか懐《なつ》かしさを感じる品のいい部屋ですが、伯爵家の屋敷ではない。いつの間にか着せ替えてもらったこの夜着にも覚えはありませんし、そもそも魔力循環阻害の症状だってすっかり治っています。

一体なにが起きていて、ここがどこなのか。外の様子を見ればなにかわかるかしら、とベッドから下りて窓際へ寄ったところでノックの音が響きました。

「は、はい」

返事をするとすぐ扉が大きく開かれます。

「エリー、目を覚ましたと聞いて――や、待て。おいガウンを着せてやってくれ！」

ニュートでした。

顔を真っ赤にして逸《そ》らし、こちらに背を向けて壁にくっついてしまいました。彼の背後から慌てて

入って来たメイドが私にガウンを着せるまで数秒ほどでしょうか。予想外の展開に私は驚くのも忘れてただ瞬《まばた》きするしかありません。

メイドがニュートを呼び、彼はやっとこちらへ向き直ります。

「改めて。無事でよかった、エリー」

「えっとごめんなさい、まるで状況が呑み込めないのだけど」

「そうだよね。まぁとりあえず座って」

ニュートに勧められるままソファーに座ると、彼もまた私の対面に腰を下ろしました。

「さて、どこから話せばいいかな……」

泣きそうな顔で眉を下げたニュートは、メイドの用意したお菓子のお皿をスッと私のほうへ滑らせました。マカロンは子どもの頃からの私の好物です。覚えていてくれたのでしょうか。

「ここは公爵家の別荘？」

「そう。覚えてないかな、君のお父君が使っていた部屋だよ」

ニュートの言葉にずっと昔の記憶が鮮やかに思い出されました。はしたないと思いつつきょろきょろ周囲を確認すれば、見覚えのある調度品ばかりです。

「ああ、確かにそうね。あの本棚が可愛くて自分の部屋にも欲しいってワガママを言った覚えがあるわ。あっ、あの傷は私がつけたものだし、あっちの置物も」

「しばらく使ってなかったから花も飾ってないし、わかりづらかったかな」

「じゃあここは森のすぐ傍なのね」

私と父はいつもこの別荘で公爵家の人々と過ごしていたのです。森で狩りをしたり近くの川で釣りを楽しんだり。私とニュートはこの屋敷の周囲にある草原で転げまわっていたっけ。

頷《うなず》いたニュートが居ずまいを正します。

「あまり時間もないから要点だけ。君は実は聖女なんだ」

「……ん？」

「本来は王妃として迎えるべきなんだけど、王太子殿下は発覚当時にはもう婚約なさっていてね。それに何より僕がエリーとどうしても――」

「待って、聖女って、なに？」

要点だけとは言っても端折《はしょ》り過ぎだと思います。まるで理解が追い付かないわ。

ニュートは腕を伸ばして、説明を乞《こ》う私の手をとりました。ガウンの袖をめくりあげて露《あら》わになった腕には、嵐の夜の落雷のようないびつな金色の痣がいくつも走っています。恥ずかしくて隠そうとしても、彼はそれを許してくれませんでした。

「これは聖痕《せいこん》と言って魔力暴走の痕《あと》だ。これほどの色や量の聖痕は聖女でないと出ない」

「そんなの、本には書いてなかったわ」

「聖痕を人為的に作ろうとして命を落とす者が続出したそうだよ。以来、秘匿《ひとく》されているとか」

肘から手首に向けて幾筋《いくすじ》も走る痣を指でなぞり、私が聖女であるという主張をどうにか理解しようと咀嚼します。けれど時間がないのかニュートは私の理解を待たないまま話を続けました。

「それで話を戻すけど、俺と君は幼い頃に婚約が内定していたんだ」

「……なんですって？」

ニュートが言うには、魔力過多症は死亡例も多いうえに聖女となると政争にも巻き込まれやすい。そのため公にするのは魔力循環を覚えてからということで合意していた……。けれど、お父様が亡くなったことで全《すべ》ての予定が狂ってしまったのだとか。

「本来なら王家が介入するところなんだが、少々問題が発生してね。でもその話はあとだ。公爵家の魔術師をつけるから、まずは魔力循環を覚えようか」

そこまで言うと彼は「仕事に戻る」と言って屋敷を出て行きました。昨夜からずっと私が目覚めるのを待っていてくれたそうですので、ありがたいやら申し訳ないやら……。

ニュートが私のために用意してくれたドレスはシンプルながら質のいいものだし、メイドに着替えを手伝ってもらうのも久しぶりで、なんだか少しだけ気恥ずかしかったです。

そして着替えを終えるとすぐに私の先生となる魔術師さんがいらっしゃいました。

「こんにちは、ご令嬢。昨日ぶりッスね！」

「え……。えっ？　えっ？　だって、治癒士さんですよね？」

なんと顔馴染みの治癒士さんでした。

「いえいえ、僕は腕のいい魔術師さんです。腕がいいので治癒魔法もちょっとだけ使えます」

「なんで治癒士のふりを？」

「ボディガードッスよ、ご令嬢のね。スタンピードで聖女を死なせるわけにいかないッスから。団長ってばご令嬢のことになるとほんと人使い荒いもんなぁ」

「そうだったの」

「でもスタンピードが来て一番動き回ってたのは団長ッスけどね。『大手を振って伯爵領に乗り込める』とか言って、なに不幸を喜んでんだか」

そう言って治癒士さん……いえ、魔術師さんは悪戯《いたずら》っぽい笑みで片目をつぶって見せました。

◇　◇　◇

私がこの別荘へ来てから十日ほどが経過。日中は毎日休みなく魔法の練習をしたおかげか、今では魔力循環はもちろんのこと、基礎魔法なら問題なく使えるようになりました。

以前から何冊もの本を熟読していたため、というのもあるのですが、やはり魔術師さんの教え方が良かったのでしょう。

魔術師さんと言えば、あるときご自分の腕を見せてくれたことがありました。彼の両腕には二本ずつ雷のような形の黒っぽい痣が走っていましたが、私のとは色も量も違います。これが聖女と凄腕の魔術師の違いなのだそうです。

一方ニュートは夜になるとこの別荘に来てくれるようになり、会えなかった八年間を埋めるみたいにいろんな話をしました。苦手だった食べ物の話や領地経営で困ったこと、それにお父様がいなくなってちょっとだけ寂《さび》しかったことを。

彼はそのひとつひとつを「うんうん」と静かに聞いてくれて、そして最後に必ず「ひとりにしてごめんね」って寂しそうに笑うのでした。

そんな彼もこの三日ほどは別荘へ戻っていません。突然姿を消したというわけではなく、瘴気沼の探索が大詰めを迎えているのだとか。探索時間を延ばして解決を急いでいるようです。

「もうすぐ、何もかもが解決しますからね」

伯爵家からついて来てくれたメイドが、飲み終えたティーカップなどを片付けながらそう言いました。実は彼女は私を守るために公爵家が送り込んだ護衛なのだそうです。

確かに彼女は父が亡くなった直後から伯爵家で働くようになったけれど、まさかすぐ傍《そば》に私の味方がいただなんて思いもよらなかった。

「何もかも……」

「ええ。坊ちゃまも早く終わらせようと頑張っていらっしゃいますよ。お嬢様のことになるとそれはもう前のめりになるんですから」

坊ちゃまというのはニュートのことです。メイドはこの八年間に送った報告書がまるで観察日記を書かされている気分だったと苦笑いして部屋を出て行きました。

ひとりになると途端に夜が寂しく感じられます。バルコニーに出て空を見上げれば紺色とオレンジ色が絶妙なグラデーションを作っていました。

「これからどうなるのかしら……」

つぶやいた言葉は風に乗って消えていきます。

何もかも解決するとは言うけれど、解決したあとの自分の姿が思い描けません。

ここへ来てからは魔法を学ぶのに精一杯で、明日のことなど考えられませんでした。聖女だとか、ニュートと婚約していただとか、意味は理解できてもどこか他人事に感じられて。

だってそうでしょう？　ずっと左目を隠して目立たないように、義母の機嫌を損ねないように生きて来たんですから。

それにやっぱり不安なのです。領地を追い出された魔物の私に、公爵夫人になる資格なんてないと思うので。今の私は貴族令嬢でもないし、本当に聖女なのかもよくわからないし。

「〝小灯〟」

左の人差し指をくるっと回せば、指先に小さな光が点《とも》ります。

そんな私でも魔法が使えるようになったことだけは本当。だから――。

「いざとなれば治癒士として生きていこうかしら。いろんな土地を放浪したり」

「放浪はちょっと困るな、俺が寂しい」

ひとり言に返事がありました。私が振り返るより前に声の主は背後に立ち、私を閉じ込めるように手すりに両手を置きます。そして低く心地のいい声が再び私の耳元で囁きかけました。

「そんな『いざ』はこないよ。君は聖女で俺の婚約者なんだから」

「だっ……て、私、赤目だし」

集中を乱されたせいでしょうか、いつの間にか指先の光は消えていました。

ニュートは背後から私の顔を覗き込み、薔薇のように赤い左目を見つめます。恥ずかしさと不安とで思わず目をつぶると、左の瞼《まぶた》に温かくて柔らかい感触が。

「ひゃっ」

「治癒士になるなら、この目くらい治せないとね？」

その言葉にハッとしてニュートを見上げました。

「おっしゃる通り……！」

「でしょ。おいで」

手を引かれながら室内に戻り、鏡の前へ。

鏡越しにニュートが励ますように頷き、私は左目に左の掌《てのひら》を、さらにその上から右の掌を重ねました。真っ直ぐに前を見れば若葉色の右目が私を睨みつけています。そう。私の目はどちらも緑色でした。お父様と同じ色、お父様が愛してくれた色。

次第に掌から真っ白な光が漏れ、左目に熱を感じました。けれど治している、という手応えはほんの一瞬だけだったのです。失敗したかしら、と不安に苛《さいな》まれながら両手をおろせば……。

「綺麗《きれい》だ、エリー」

ニュートが満足げに微笑んでいます。鏡に映る私の左目は自慢の若葉色で、まるでお父様が私を見ているみたいでした。

「ニュート、私、人間に戻れた……」

「違うよ。君はずっと人間だった。俺の最愛、俺の聖女だ」

「さ、最愛っ？」

振り返った私の額にニュートがキス。

「そう、最愛。やっとこうして触れられるようになったんだ。もう放浪するとか言わないで」

「せ、聖女として必要としてもらえるなら」

真っ直ぐな彼の視線がなんだか恥ずかしくて、思わず俯いてしまいます。でもニュートはそんな私の羞恥心《しゅうち》なんてお構いなしでぎゅっと私の身体を抱き締めました。

「エリー自身はどう？　今までずっとひとりにしてしまったけど、俺の傍にいてくれる？」

「……いていいの？　いいならいたい！」

「ん、いい返事」

身体を離したニュートが優しく私の頬を撫で、私は自分が泣いていることを知りました。

二度と会えないと思っていた人が目の前にいて、しかも私が傍にいることを望んでくれる。ほんの十日前には想像もしなかったことだわ。


翌朝、私とニュートは一緒に別荘を出ました。公爵家の騎士や魔術師も一緒です。

というのも、瘴気沼が見つかったそうなのです。昨夜ニュートがこちらへ戻って来たのはそれを報《しら》せるためであり、同時に私に聖女としての働きを期待してのことでした。

「無理はしなくていいからね。不安なら見てるだけでも」

ニュートの乗る馬に私も乗せてもらっているのですが、私の緊張をほぐそうとしてか頭の上からそんな声が聞こえてきます。

「でも絶対、『自分でやったほうが早い！』って思うと思いますけどねー」

軽口をたたくのは魔術師さん。瘴気沼の浄化はとても大変なんだそうです。沼の規模にもよりますが、過去には数十人の治癒士が三日三晩かけて浄化したこともあるのだとか。

「やってみる前から自分のほうが早いとわかるわけがない。おまえが早く帰りたいだけだろ」

「違いない。だって浄化って僕らの苦労はあんま顧《かえり》みられないし、やる気がなー」

「苦労？」

私が声をあげると魔術師さんは「ほらー」とおどけた仕草で肩を落とします。ニュートも少しだけ笑ってから、私の注意を自分に向けるように後ろから顔を近づけました。

「瘴気沼の作用は知ってる？」

「魔物を生み出したり、あと生き物を魔物に変質させたりするのでしょう？」

「そうだね。で、その『生み出す』っていうのが脅威なんだ」

「つまり、こういうことッスよ」

私たちの隣を行く魔術師さんが虚空《こくう》から短杖を取り出し、くるっと回しました。

魔力循環阻害症の私は、魔力の流れを理解するということを最も重点的に教わっています。そのときの癖のままに彼の魔力の軌跡を追ったところ、前方と後方でドンと爆《は》ぜる音がして黒く焦げ付いた鳥型の魔物が地に落ちました。

「……あっ！　挟み撃ちってことね？」

「さすが僕の一番弟子ッスね」

森にはまだまだ魔物が潜んでおり、警戒を怠《おこた》ってはいけません。さらに瘴気沼から新たに魔物が現れるとなれば、浄化中の治癒士を守り続けるのにもかなり気を遣うことでしょう。

「あんまり怖がらせないでやってくれよ」

ニュートがそう言って私をぎゅっと腕に閉じ込め、魔術師さんが肩をすくめてみせました。

そうこうするうち目的地付近へ到達。馬を降りて魔術師さんに個別に結界を張ってもらいます。

「これは……？」

「瘴気に染まらないようにするんだよ。ただ時間経過で効果が弱くなるのが難点だね」

「だから怪我人の治癒と結界に専念する治癒士も必要でー、人手不足が加速するんスよねー」

ぷりぷり文句を言う魔術師さんをなだめてさらに奥へ進むと、だんだんと人の気配がしてきました。

「もう始まってるね。急ごうか」

「でもなんか騒がしくないスか」

確かに、魔物と戦っているというよりは誰かが騒いでいるような雰囲気。

急ぎ足で木々の間を抜けると目の前に黒々とした沼が広がっていました。沼を囲む治癒士たちは浄化に専念しているものの、沼から少し離れた場所では騎士たちが揉《も》めているようです。

「こんなときに何をしている！」

ニュートが少しの怒気を含ませて彼らに声を掛けます。すると騎士の輪の中から若い女性がひょっこりと顔を出しました。

「ニュートさま！　アタシね、治癒魔法が使えるからってここに連れて来られてしまったの。魔力ももうないし帰りたいって言ってるのに許してもらえなくてぇ」

マーレでした。帰りたいと言われてもひとりで帰すわけにはいかないし、かといって護衛をつけるほど人手に余裕もないし、少し考えればわかるでしょうに。

騎士の制止を振り切って駆け寄るマーレは私の存在に気付いて足をぴたりと止めました。

「なん……で？　なんでアンタがニュートさまと一緒にいるのよ。バケモノのくせに」

マーレは怒りと憎しみに濡れた目で私を睨みつけ、こちらへ向かって走り出します。

「その者をエリーに近づけさせるな！」

ニュートがそう言って私を背に隠したとき、突然マーレがおぞましい紫に包まれました。

「マーレ、止まって！」

「きゃぁ！　なにっ？　痛い、熱い、なんなのこれぇっ！」

マーレが悲鳴をあげ、騎士たちが足を止めます。彼女に瘴気がまとわりついているのは明らかで、恐らく結界の効果が切れたまま沼に近づき過ぎたのでしょう。

「あの子に結界を！」

「無理っスよ、もう間に合わない！」

魔術師さんの返答を聞くや否《いな》や、私は衝動的に瘴気沼へ対峙《たいじ》しました。両手を沼に向け、全身の魔力を掌に集中させます。結界が間に合わないのなら発生源をどうにかするしかないからです。

「〝浄化〟」

一気に魔力を放出すると辺り一帯が白に包まれました。眩《まぶ》しくて何も見えなくなるほどの白。

「エリー、無事か？」

チカチカと視界の悪い中、ニュートが私を守るように抱きしめてくれます。

「うーわ。僕らの仕事もう終わったッスよ、これ」

徐々に光が収まって最初に声をあげたのは魔術師さんでした。瞬きを繰り返して目を慣らし、少しずつ物が見えるようになった私の眼前に広がっていたのは表面を魔石で覆われた大きな穴でした。

「これは……すごいね。一瞬で浄化してしまうとはさすが聖女といったところか」

「えっと、これを私が？」

ニュートは肯定の代わりにこめかみにキスを落とし、状況確認のため大穴のほうへと歩を進めます。

魔術師さんも目を輝かせて穴の中へ下りて行きました。

私はちゃんと浄化できたことに安堵して胸をなで下ろしながらマーレを振り返ります。

「マーレ、もう大丈……っ！　きゃあ！」

「痛い、痛いのよっ！　全部アンタのせいなんだから……っ！」

なんと彼女はそう叫びながら掴みかかって来たのです。

「チッ……！　エリーを連れて向こうへ！」

ニュートが私からマーレを引きはがして放り投げ、彼女に剣を向けました。数名の騎士が私と彼女の間に立ち、魔術師さんが短杖を手に私を後方へと引っ張ります。

襲い掛かって来たマーレはまるで魔物のようだった。だって美しかった肌は紫色に爛れ、両の瞳は薔薇のように真っ赤になっていたのですから。

◇　◇　◇

瘴気沼の浄化から二月が経過し、私を取り巻く環境は大きく変わりました。まず私自身は聖女として王城に迎えられ、魔法のお勉強の他に淑女教育も再開しています。

マーレも王城の敷地のどこかにはいるのですが、まだ会うことはできないと聞いています。というのも、体組織の多くが魔物に転じていながら意識は人間のまま、という極めて珍しい状態なのだそうです。

今は王国の治癒士および魔術師たちが協力して治療にあたってくれています。私も治癒の協力を申し出たのですが、マーレ本人がそれを断ったとか。

「彼女は『お姉さまに会わせる顔がないわ』と言っていたよ」

と、ニュートは苦笑しつつ教えてくれました。そんな殊勝な態度はマーレらしくないけれど、彼女の我儘《わがまま》が招いた事故ですから多少は反省したのかもしれません。

それから最も衝撃的だったのは義母が殺人の罪で捕らわれ、死刑が決まったことでしょうか。

実はお父様の死は事故ではなく義母の計画による他殺だったのです。義母には当初から嫌疑がかかっていたものの、聖女の卵である私が捜査の妨げになっていたそう。

なんでも政治の世界には聖女がいないほうが都合のいい陣営が存在するため、聖女の存在を隠し通す必要があったのだと言います。少なくとも、私自身が自衛できるようになるまでは。だからむやみに保護もできず、かといって伯爵家を潰すわけにもいかずと、随分頭を悩ませたものだと国王陛下から伺いました。

控えめなノックの音がして、ニュートが入って来ました。私の姿を見るなり目を細めます。

「すごく綺麗だ。……今日は聖女のお披露目も兼ねるから長くなるけど、疲れたらすぐ言って」

「ええ、ありがとう。でもこれから本当の人生が始まるんだと思えば頑張れるわ」

今日は義母の許可が下りず諦めていた社交界へのデビューが叶《かな》う日なのです。髪をダチョウの羽根で飾り、白いドレスを着て。エスコートはもちろん、ニュートが務めてくれます。

「ずっとひとりにしてごめん」

「もう、それは言わない約束」

「そうだったね、ごめん」

「お義母様《かあさま》に断られたとはいえ何度も会おうとしてくれたって前に言ってたでしょ？　事情がある中でも私のために人を送ってくれて、全然ひとりなんかじゃなかったわ」

当主が死んで社交から遠ざかった伯爵家に対し、付き合いを断られてもなおアプローチを続けては目立ってしまいます。反聖女派の目に留まらないように、公爵家も強権を振りかざすことはできなかったのだと悔しそうに言ってくれたっけ。

「そう言ってもらえたら救われるよ。さぁ、そろそろ行こうか」

彼の手を取り、会場へ。私の傍に控えていたメイドが深く頭を下げて見送ってくれました。

公爵家が父の死後に私を守るため遣わしてくれた護衛のメイドは、今もなお私を傍で守ってくれています。こんなふうにずっと大切にしてくれていたのだと知れて、本当に嬉しかった。私はひとりじゃなかったんですから。

城の侍従によって私の名前が呼ばれ、大きな扉が開いて会場へと入ります。金色の豪奢《ごうしゃ》なホールに煌《きら》びやかな衣装をまとった貴族たちが揃《そろ》い、悲喜こもごもの視線が私に集まりました。

「あれが聖女様か……確かに神々《こうごう》しさを感じる」

「綺麗だけれど、思ったより幼い雰囲気《ふんいき》の方なのね」

百年にひとりと言われる聖女を前に思い思いの感想を呟く人々。私も同じ気分です、こんなに田舎臭い聖女でいいのかしらって。

「セルヴァン公爵令息が……わたくしお慕いしてましたのに！」

「婚約だなんて噂に過ぎないのでしょう？　まだ間に合うのでは？」

ニュートはやっぱり人気者でした。私のことではないけれど誇らしい気持ち。

国王陛下、王妃殿下の御前へ進み出て恙《つつが》なくご挨拶を終え、私も晴れて一人前です。それから聖女としてのコメントを求められ、会場の中心へと一歩進み出たときでした。

「妹さん、瘴気の研究材料にされてるって噂は本当かしら」

「そりゃそうだろう、本当に治療する気があるなら一番に聖女の力を頼ると思うがね」

そんな声が聞こえて来てハッとしました。マーレが私の関与を断ったという事実は知られていないようです。でも確かにマーレをどうにか説得して、私がお手伝いしたほうがいいのではないでしょうか。治療に尽力してくれる治癒士さんたちもお忙しいでしょうし……。

不安になって見上げたニュートは、今まで見た中でもとびきり優しい笑顔を浮かべて私の耳元へ口を寄せました。

「事情を知らない人間の言葉に惑わされないで。マーレ嬢の気持ちを尊重しよう」

「そう……そうよね。マーレもしっかり考えて出した答えだものね」

私の言葉に彼は満足そうに頷き、私の手をとって跪《ひざまず》きます。聖女の言葉を聞こうとこちらに注目していた全ての人が騒然となりました。

ニュートはそれに構わず、私の指先に触れるかどうかのキスをします。

「改めて言うよ。どうか俺と結婚してください。俺の最愛、俺の聖女、俺のエリー」

会場中が驚愕《きょうがく》と歓喜の声に包まれます。

「ええ、もちろんだわ！　私の騎士様！」

この喜びが、この歓声が、どうか天国のお父様にも届いていますように。

小さな聖女の幸せ下克上

藤《ふじ》森《もり》フクロウ
ill. すがはら竜《りゅう》

「婚約破棄だ！」

不躾《ぶしつけ》に指をさし、エルキネス帝国皇太子カッシウスは声高に宣言する。

荘厳な神殿に不釣り合いな騒々しさである。

カッシウスは言ってやったぞと言わんばかりに薄紅色の瞳《ひとみ》を眇《すが》めながら、灰青色の髪をかき上げて婚約者だった少女を見下す。

対峙《たいじ》するのは小柄な少女だった。年の頃《ころ》、十代前半から半ば。白い法衣《ほうえ》をまとった可愛《かわい》らしい少女である。灰褐色の髪をたっぷりとしたおさげにして、明るい灰色の瞳を見開いている。ただでさえ大きい瞳がまんまるになっていた。

口に運ばれるクッキーをもぐもぐしながら、食べながら喋《しゃべ》るのはマナー違反であると飲み込む。すかさずイチゴジャムたっぷりのスコーンが口元に運ばれて咄嗟《とっさ》に口に入れてしまった。

なんておいしいのだろう。

カッシウスは嫌いだが、彼の共に運ばれてくる王宮料理人の焼き菓子は絶品である。焼き菓子だけでなく、ジャムやクロテッドクリームも手作りだ。

その後も彼女には紅茶が運ばれ、マドレーヌが運ばれ、また紅茶がとエンドレスである。

「……おい」

ずっともぐもぐしている少女ことクララ・エヴァンスに、カッシウスは顔が引きつっていく。ずっと指さしていた手が所在なさげにプルプルしている。

「殿下、聖女様はまだお食事中です。あと、人を指さすのは失礼なのでその手を下げてください」

間髪入れずに、ずっとクララにせっせと給仕していた護衛騎士が言い放つ。

近寄りがたい美貌《びぼう》で氷を思わせる薄い青色の瞳と、青みを帯びた長い黒髪。精悍《せいかん》でありながら、むさ苦しさはまったくない。

老若《ろうにゃく》のレディたちがため息をつきそうな色男だが、それを台無しにするその膝に載った存在。

そう、彼はずっと膝にクララを載せていた。

大きな椅子《いす》をわざわざ陣取り、せっせとクララの世話を焼いている。

「いや、だっておかしいだろう⁉　このチビ聖女がいくらチンクシャでも、なんでそんなに世話を焼いている⁉」

ちなみに茶菓子の大半はクララ側に寄せられ、出入りの使用人たちもせっせと新しい菓子や手土産《てみやげ》を運んでいる。

一応カッシウスの前には茶が一杯のみ。最初に出されたので、ちょっと冷めかけている。

「私は皇帝陛下から指名された専属騎士ですよ。次期皇太子妃であり皇后である聖女クララに何事も起きぬよう、くれぐれと厳命されていますゆえ」

平然とソロン・ドラートはのたまう。

ソロンは二十歳にして皇帝からの覚えもめでたく、腕を買われてクララの護衛に就いている。

ドラート公爵家は代々王族に仕える騎士を輩出する。幾度として臣籍降下《しんせきこうか》が行われた忠臣の名家だ。

カッシウスは彼の一つ年上だが、座学も剣術も一度として勝てたことがない。

（次期皇帝は俺《おれ》だぞ⁉　ソロンの奴《やつ》、いっつもクララを甘やかして俺をコケにしやがって！）

苦々しくソロンを睨《にら》むが、彼はクララの世話に夢中だ。

クララの口端に付いたジャムを丁寧《ていねい》に拭いている。世話されるクララも慣れたものだ。

社交界で女性を泣かせたのは数知れずなモテ男のソロンにとって、この小さい聖女の世話は趣味のようなものである。

「だいたい聖女だとか言われているが、クララの力は役に立たないではないか！　奇跡の聖女とかいう割にはしょぼい能力！　もっと有能な者が皇太子妃となるべきだ！」

カッシウスがこのたるんだ空気を巻き返そうと、大声で演説するが二人とも冷めた目で見ていた。

彼が残念な皇太子なのは知っている。

周辺国に戦争を吹っかけられ、戦線鼓舞や後始末の和平のために皇帝が各地を飛び回っていることをいいことに、皇妃エイリンと共に好き放題しているのだ。

彼の母エイリンは、ドラート公爵家に並ぶ大貴族エルナン公爵家出身。

皇后クラリスが逝去《せいきょ》した後、空席となったその座を狙い続けている。残念なことに、彼女の一粒種が極めて出来が悪いのでなかなかうまくいかない。

カッシウスが皇太子であるが、実力ではなく消去法。それ以外に皇子や皇女がいないからだ。

皇后クラリスが産んだ第一皇子、第二皇子は相次いで不幸な事故に見舞われ、末姫の皇女クラウディアは死産だったのだ。クラリスは肥立ちと子供たちを次々と失ったショックで亡《な》くなった。

兄皇子か妹姫が生きていたなら、彼にお鉢は回ってこなかっただろう。

（ねえ、ソロン。婚約破棄って陛下や宰相さんたち知っているのかな？）

（まさか。クララ様との婚約自体、陛下が自ら神殿に頼み込んで結ばれた代物です）

テーブルの下でハンドサインで確認し合う。顔は前を向いているので、カッシウスは気づかない。

了解、とクララはソロンの手を握る。小さくて柔らかい手に、ソロンは頬《ほお》が緩む。

「紹介しようじゃないか！　俺の新しい婚約者、ベリンダだ！」

そういえば、まだいたんだった。

カッシウスはカッシウスで自分の世界に入りまくっていて、二人の目配《めくば》せに気づいていない。

満を持してと言わんばかりに登場したのは、赤毛の妖艶《ようえん》な美女だった。長い髪の毛先をたっぷりと巻いて、メリハリのある豊満な体を見せつけるようにキャットウォークで部屋に入ってくる。

髪型も化粧も派手目なのだが、それらに比べると飾り気の少ない白のドレスだった。白い衣装という点ではクララと一緒だが、彼女は裾や襟などにびっしりと金糸の刺繍《ししゅう》が入っている。

金の刺繍に合わせてか、イヤリング、ネックレス、腕輪も金だ。

白を上塗りするようなギラッギラの金装飾。成金神官を思い出させる雰囲気《ふんいき》だ。

「ご機嫌よう、チンクシャ。私はベリンダ・ファウード。誉《ほま》れ高きファウード公爵令嬢にして、カッシウス様の新しい婚約者よ！」

赤い髪を見せつけるように靡《なび》かせてふんぞり返っているが、クララはカッシウスが嫌いだったので「へー、ふーん」としか思わない。

むしろ、背中で静かに怒り狂うソロンのほうが危険だ。

「殿下、なんですかコレ」

ソロンも同格の爵位である公爵家出身だが、それを差し引いても雑な問いである。

彼の精一杯抑えた怒り。それでも滲《にじ》む刺々《とげとげ》しさだが、それにまったく気付かないお花畑が二人いた。

「余りの荘厳さに言葉も出ないか？　ベリンダは癒やしの力を持つ聖女だ！　今まで何人も癒やしてきた実績がある！　クララのぱっとしないよく分からん『祝福』とかいう奇跡などとはわけが違うのだ！」

鼻高々と言わんばかりにカッシウスが言うが、冷ややかな視線を送るソロン。

そのよく分からないという奇跡に一番世話になっているのがカッシウスだったりする。

クララの能力は『祝福』。どんな危機的状況も回避することができる。有り得ないくらいの幸運が起き、絶体絶命だろうが無傷で済む。

近くにいる人にも幸運を与えるので、基本運が良くなるという割と規格外な能力だ。

だがカッシウスのような都合の良い頭の持ち主だと、自前の能力や運と混同しやすい。

「勉強から逃げて堀に落ちたり、乗馬中馬に八つ当たりして落馬しかけたり、貧困街で王族を名乗ってゴロツキに刺されたのにまだ言いますか馬鹿《ばか》王子。その度に祝福に助けられているくせに」

ソロンがバッサリと切り捨てると、真っ赤になってカッシウスは反論する。

「だーかーらー！　それのどこが奇跡だと言うのだ！　あの程度で俺が死ぬはずがないだろう！」

体力も根性も運動神経もないカッシウスなら死ぬ。

クララの奇跡で生き延びているくせに、よく言うものである。

カッシウスがあまりにへなちょこで勝手に死ぬ可能性が高いので、エルナン公爵家がクララを縛り付けているという噂《うわさ》もあるくらいだ。

人望がなさ過ぎて、補うために庶民や貴族にも人気のあるクララにあやかって派閥票を得ている。

このカッシウス、皇太子なのにカリスマ皆無である。

「カッシウス様、今度からどんな小さな傷も私が治して差し上げるから大丈夫ですよ」

「そうだな。ハハハ！　と、いうことでクララは用済みだ。二度とその不快な顔を見せるなよ！」

しなだれかかってきたベリンダに、一気にだらしなく鼻の下を伸ばすカッシウス。

デレデレという音が聞こえてきそうなほど、脂下《やにさ》がっている。

その顔があまりにも下品で、ばっちいものを見てはいけませんとばかりに、ソロンはクララに目隠しした。

「おい、クララ！　返事はどうした！」

「はあ、神殿と王家の間で問題ないなら別にいいですけど」

悲しいかなあまり賢くないクララより、残念なおつむのカッシウスは満足げに頷《うなず》いた。

クララですらこれは政略結婚だと分かっているのに、カッシウスは独断で覆《くつがえ》そうとしている。

「オホホホ！　ざまあないですわね、平民にはしみったれた神殿の隅がお似合いですわ！」

高笑いしながらベリンダが見下してくるが、クララはカッシウスなんて心底どうでもよかった。

いちゃいちゃとくっつきながら、カッシウスとベリンダは去っていく。嵐のようだ。

それを見送り、クララはジャム入りサンドクッキーを口に入れる。

「……このクッキーとも、今日でお別れかぁ……」

クララにとって、カッシウスはお菓子のおまけだ。

しょんぼりしたクララに、ソロンは眉を下げる。

「確かに殿下が今後お菓子とやってくることはないでしょう。ですが、解決する方法はあります」

「あるの？」

「王宮に行けば食べられます。今後、バカッシウス殿下のために何度も祝福をやり直す必要がないので、時間もできるでしょう」

祝福は実は大変なのだ。聖力チャージの時間も馬鹿にならないのに、カッシウスは月に一度、下手《へた》したら毎週のように祝福を壊してくるのだ。

普通ならそんなにパカパカ壊れないのだが、カッシウスは紙筋力の濡《ぬ》れたチリ紙のような体力しかない。そのうえ、しょっちゅう自分を過信して危険なことをする。周りにとがめられても改善しようとしないので、些細《ささい》なことで祝福が壊れるのだ。

あの性格なので、周囲から恨まれている。

あれを玉座に座らせるのは、と差し向けられた凶手たち。暗殺されかけたのは一度や二度ではない。

「用事ないよ？」

「帝都は平和ですが、国境沿いでは争いが絶えません。クララ様の祝福を望む者はたくさんいます」

クララの祝福ほど心強いお守りはない。そうでなくとも王宮の人々もクララを歓迎するだろう。

近づく者の中にはカッシウスが死ねばクララを娶《めと》れると踏んでいる貴族もいる。

それくらいに、カッシウスの価値は低い。逆にクララの価値は高い。

「でもなー、ベリンダさんだっけ？　新しい聖女なら予言があると思うんだけど……おばあちゃんからそんなこと聞いてないいな」

クララが首を傾《かし》げて、納得いかなそうに呟《つぶや》く。

予言の聖女クルル・エヴァンス。クララの名付け親であり、祖母のような存在だ。

御年《おんとし》八十五歳であるがかくしゃくとした老婦人だ。今も現役聖女で、神殿や国で認知されている聖女はすべて彼女により発見されている。

当然、彼女に頭の上がらない重鎮たちは神殿の内外にいる。その偉大な聖女をおばあちゃん呼びを許され、強火に溺愛された孫ポジションにいるのがクララである。

「新しい聖女など、まったく耳にしていませんね」

ソロンはベリンダが偽《にせ》聖女だと思っているので予言がないのは当然のことだと思っている。

「そもそも殿下、聖女がどうやって見つかるとか、決まるとか知っているのかな？」

「あの馬鹿皇子、自国の法律さえ微妙なんですから神託のことも知らないでしょう」

あとから勉強をし始めたクララよりも出来が悪い。凡人以下のおつむに教師たちが頭を抱えている。

予言の聖女の存在すら知らないかもしれないのだ。

クララはベリンダが本当に聖女かもしれないと疑って悩んでいる。ソロンはこれ以上煩《わずら》わせたくないと、話題を変えた。

「陛下に相談したほうがいいですね。陛下もクララ様に会いたがっているでしょうし」

「ああ、あのおじさん」

そのおじさんは、近隣諸国では無敗の皇帝と恐れられている存在だ。

どんな戦況もひっくり返す、常勝不敗の才覚を持っている。その力で、各国からの侵略を撥《は》ね退《の》けているが、帝都を留守にしがちになっている。

そのせいで、皇太子カッシウスは立派なあんぽんたんに育ち、皇妃エイリンが好き勝手している。

皇帝カイルが傍《そば》にいる時は目を光らせているので、比較的おとなしい。なにかと不出来な息子を叱りつけているが、唯一の後継者だと、母のエイリンとエルナン公爵家が庇《かば》い続けている。

（しかし、それもいつまで続けていられることか）

皇后クラリスと彼女が産んだ王子たちが相次いで不審死をした後、もう敵はいないと思っているのかかなりたるんでいる皇妃一派。

カイルは裏で皇族分家から、優秀な若者を探している。

ずっと見守り続けていたがカッシウスは玉座の器ではないと判断したのだろう。

戦ばかりの皇帝ではないのだ。

「とりあえず、クララ様は気にしないで大丈夫ですよ」

にこりと微笑《ほほえ》むソロンに、クララも「そっかー」とにこにこ笑い返す。

ソロンがそう言うのなら、大丈夫だ。

クララは自分の騎士を大好きだったし、とても信頼していた。

そして、彼は何事もなかったようにクララの口元にフォークに刺したコンポートを運ぶ。

いつだって隣にいるソロン。カッシウスはどうでもいいけれど、彼には傍にいてほしい。


平和な聖女と騎士の主従とは違い、思った反応のえられなかったカッシウスは不機嫌だった。

どすどすと足音を立てて、王宮の廊下を歩く。ちょうどそこへ多くの文官を引き連れたロキアム・タクト宰相が通った。

ひょろりと背が高く、茶髪を一つに束ねて背中に流している。宰相の割には他の文官に紛《まぎ》れそうな質素な装い。糸目の柔和《にゅうわ》に見えるが、その性格は曲者《くせもの》以外の何ものでもない。

彼は皇帝と幼馴染《おさななじみ》で信頼も厚い。不在にしがちな皇帝とこまめに連絡を取り代弁しながら、政《まつりごと》を取り仕切っている。

ちなみに、カッシウスは色々な政策を打ち出そうとしては、彼に撃沈されている。

クララ発案のチャリティーオークションや、孤児院慰問は通すくせにカッシウスには厳しかった。

「ロキアム、丁度よいところに！　少し話が――」

「忙しいので失礼いたします殿下。また勉強と剣術の授業をさぼったそうで、教師たちから苦情が挙がっております。罰として素振り千回と帝王学基礎の教本の書き取りを宿題として預かっております。それが終わったらお聞きしますので、ではまた」

一瞥《いちべつ》もくれず、さっさと歩いていく。

ちなみに彼はクララが来た時はわざわざ膝をついて目を合わせたり、その小さな手にそっとキャラメルや飴玉《あめだま》を握らせたりしていた。

彼の優しさの裏には、自国の恥部である馬鹿殿下を押し付けてしまった負い目もあったりする。

「待て待て待て！　今日は大事な報告があるんだ！」

「はあ、然様《さよう》ですか」

すたすたとペースを乱さず歩いていくロキアムに、駆け足で必死に食らいつくカッシウス。その後ろを、バインバインと巨乳を揺らしながらベリンダが追いかけていた。

「……殿下、その頭の悪そ……おつむに花が湧いてそうな女性は誰ですか？」

「おお！　気づいたか！　彼女はベリンダ・ファウード公爵令嬢！　私の新しい婚約者だ！」

ベリンダのことは知っているが、わざと知らないふりをして嫌味まで付け足したことにまったく気付かないカッシウス。そして同じくらい能天気な顔で紹介されてへらへら馬鹿面《づら》を晒《さら》しているベリンダ。

ロキアムの優秀な頭脳は一瞬で彼女の経歴をはじき出し、現在の評判や価値も計算する。

彼の頭の中の天秤《てんびん》に愛嬌《あいきょう》のあるクララの笑顔と、ドヤ顔のベリンダが載る。一瞬でクララに傾いた。

これが婚約者？

このパチモン臭い聖女を真似《まね》たような成金白ドレスが？

これがあの愛らしい奇跡の聖女クララの代わりになると言っているのか？

「は？　馬鹿ですか？　いえ、馬鹿に失礼でしたね。殿下はそれ以上の愚か者だと失念していました。

この偽聖女にクララ様の代わりが務まるとでも？」

ベリンダが数か月前から白いドレスを頻繁にまとうようになり、聖職者の真似事で炊《た》き出《だ》しや街角で演説をするようになったのは知っている。

あまつさえ聖女を名乗り、民や神殿から批判が飛んでいる。

(噂の癒やしの奇跡とやらも、実際は雇われヒーラーや薬師とサクラを集めて作られた功績。あからさまで杜撰《ずさん》な自作自演……)

この馬鹿皇太子の様子を見るに、彼はベリンダが本物の聖女だと思っているようだ。

ちなみに、聖女を騙《かた》るのは重罪だ。平民なら物理的に首が飛ぶし、貴族でもよくて修道院行き。本人は貴族籍を剥奪されるし、悪質であれば親類にも余波が及ぶ。

「だーかーらー！　偽物はあのチビだ！　ベリンダこそが本当の聖女だ！　あんな貧相な小娘が聖女なわけがないだろう！　見よ、このベリンダの神々《こうごう》しさを！」

渋い顔をしているロキアムに、業《ごう》を煮やしたカッシウスが居丈高《いたけだか》に詰め寄る。

神々しいと誉められたベリンダは「まあ、殿下ったら」と恥じらうふりをしてくねくねしている。

アクセサリーが眩《まぶ》しく存在がけたたましいの間違いじゃなかろうか。

カッシウスが余りに近いので、ロキアムは平手打ちした。

「痛い！　何をする、不敬罪だぞ！」

「失礼。父上であらせられるカイル陛下から、殿下が馬鹿をやったら物理的に排除していいと許可を得ているもので、つい」

シンプルに鬱陶《うっとう》しい。

ベリンダは神々しいと言うより、成金系ギラギラのゴールドカラーである。

引っ叩《ぱた》かれたカッシウスはギャーギャー喚《わめ》き、それに加勢するベリンダがいてユニゾンで喧《やかま》しい。

「衛兵、この馬鹿たちを勉強房へ叩《たた》き入れてこの国の法律を空っぽな頭に捻《ね》じ込《こ》んでください」

仮にもこの国の皇太子だし、隣にいる馬鹿女も皇太子妃になるつもりで騒いでいるのだ。必要な勉強を叩きこむのは当然のことだ。

勉強房は元は普通の勉強部屋だったがカッシウスが何度も脱走するので色々とオプションがついて、監獄のような堅牢《けんろう》さになっている。ゆえに部屋ではなく、独房のようだから勉強房と呼ばれている。

やばいと焦り始めたカッシウスは廊下をすたすた歩いている貴族に目を付けた。

「おい！　待て！　あ！　そこの大臣！　メーベ伯爵！　俺の話を――」

「はぁ……なんだ。カッシウス殿下だけですか。今日はクララ様がいらっしゃると思ったのに……」

ちらっと見て、落胆の溜《た》め息《いき》と共に小さくともしっかり本音をぶちまけてくる。

その手には最近令嬢の間で人気の菓子店の、新作キャラメルがあった。可愛いラッピングも話題になっており、カッシウスも覚えていたのだ。

「えっ！　クララ様は来ていないかい？　はぁ……社交界にはあまり顔を出さないお方だし、神殿に行っても面会は難しいからなぁ。今日こそはって思っていたんだが……」

別の貴族も肩を落とす。その腕には小ぶりのバスケットがあり、中には焼き菓子が詰まっている。

「まあ残念ねぇ～！　今日はおすすめのショコラを持ってきたんだけど」

口々に惜しむ貴族たちが、いつの間にかわらわらと集まってきていた。

彼らのお目当てはカッシウスがたまに連れてくるクララだった。

皆の口からはクララが、聖女様が、といない少女の姿を残念がる言葉ばかり。

兵に引きずられながら、案内というより連行という表現が適当なカッシウスになど目もくれない。

「……殿下。本当にクララ様と婚約破棄するのであれば、お教えいたします」

何時《いつ》の間《ま》にかカッシウスの隣に、ロキアムが来ていた。

「殿下には人気がありません！」

ずばーんとオブラートなんぞすべてかなぐり捨てぶち破る勢いで断言するロキアム。

「殿下を本当に応援しているのは母君のエイリン皇妃と、その実家であるエルナン公爵家だけ！　ぶっちゃけそれでも焼け石に水！　皇妃もエルナン公爵家も性格が傲慢《ごうまん》でバチクソ評判が悪いです！」

どどーんと追い打ちをかけるロキアム。

「じゃあ何故《なぜ》そんなカッシウス殿下が皇太子かって？　そりゃあアンタしか直系がいませんから！　でも政治や歴史の勉強をさぼる、鍛錬しなくて剣術もできない、人柄はミジンコ以下！　カリスマなんてマイナス！　担《かつ》ぐにも頭悪すぎて自爆すると目に見えていて、強欲貴族すらナイ扱い！」

余裕でオーバーキルであるが、勝手に婚約破棄をしてきた馬鹿には良い薬だ。

そもそもクララは、皇帝カイルの大のお気に入り。

どんな偶然か亡き皇后クラリスに似ており、神殿に散々駄々をこねてすったもんだして婚約をもぎ取ったのだ。

傲慢なダメ皇太子と違い、朗《ほが》らかで愛嬌のある性格は貴賤《きせん》問わず慕われている。

「き、貴様……！　俺を何だと思っていやがる！　皇太子だぞ！　母上に言ってやるからな！」

「しかも何かとママンが～やらママンに言ってやるぅ～と喚く超マザコン……顔が良くてもこれじゃあ女性が逃げていきますよ」

そう何を隠そうカッシウスはマザコン野郎だ。

しかも母親思いタイプではなく、腰ぎんちゃく坊やタイプの気持ち悪いタイプのマザコンだ。

ロキアムからの罵倒の嵐に顔を青くさせてＫＯ状態のカッシウスは、力なく連れていかれる。

それに必死に声を掛けながら、同じく連れていかれるベリンダ。

腐っても王族と公爵令嬢だ。

牢屋にはぶち込まれない——まだ。

(きっとソロン卿《きょう》から連絡が来ているはず。引導を渡すのは陛下かソロン卿の役目……このあたりで打ち止めにしておきましょう)

やろうと思えばメンタルを粉砕する千本ノックならぬ千本嫌味くらいできる。

だが今はその時ではない。


婚約破棄宣言から数日後。

カッシウスは何度も新しい婚約者を周囲に見せて回っていた。謹慎を言い渡されても部屋から抜け出し、社交行脚《あんぎゃ》である。それこそ呼ばれていないお茶会やサロンにまで顔を出して、主役を追い出す勢いで宣伝していた。

だが、皆の反応はいまいちだ。

愛想笑《あいそわら》いにもならない苦笑はいいほうで、酷《ひど》い時には露骨に失笑や批判をされる。

思い通りにならない周囲の反応に、だんだんカッシウスに焦りが見え始める。ベリンダも同様だ。

貴族が無理なら平民たちから賛同を得ればいい。

二人はそう考え、城下町に出て炊き出しをして人を集め、新たな婚約のことを広めまくっていた。

残念ながらただ飯をたかりに来る人はいても、彼らを認める人なんていなかった。

その頃、城ではやっと戦線が落ち着いたため皇帝カイルが帰国していた。

華々しい戦果を収めても凱旋《がいせん》を行わなかったのは、これは急な予定だったからである。

ソロンからの報告で、真っ先にカッシウスの愚行を知ったカイルは頭を抱えていた。

まずは神殿やクララにカッシウスの無礼についての謝罪文を送った。

カイルがいない時にカッシウスが暴挙に出るのはよくあることだった。今までは皇妃の顔を立てて、何とか事を荒立てないように済ませていたが、いい加減限界である。カイルも今回はさすがに看過できない。厳罰に処すると伝え、神殿もそれならばと受け入れた。

神殿とも折り合いがついたところで、カイルが真っ先に行ったのはクララの懐柔《かいじゅう》であった。

「我が愚息が迷惑をかけた、聖女クララよ。あれは奴の一存であるし、我がエルキネス皇族は聖女を軽んじるつもりも、神殿と敵対するつもりもないのだ。今後とも、友好な関係を築いていきたい。そなたを無下にするつもりなど毛頭ないのだ」

頭を下げる皇帝より、クララをひきつけてやまないのはテーブルに燦然《さんぜん》と並ぶ料理とスイーツたちである。

すっかり心を奪われている様子に、ソロンは静かに嘆息する。

「クララ様、お返事をして差し上げてください。陛下が顔を上げられませんよ」

「いいよ！」

雑である。

だが、今回一番の被害者がＯＫを出したので、大きな課題はクリアである。

「おお、そうか。ありがたい。クララよ、ソロンから聞いたが宮廷の菓子が好きだそうだな？　心ばかりの謝罪であるが、ご馳走《ちそう》も用意したから好きなだけ食べてくれ」

目を輝かせたクララは、興奮で真っ赤に染まった顔でこくこくと頷く。

椅子に座るとまだ湯気の立っているスープに分厚いステーキ、彩《いろど》り豊かなレタスやベビーリーフやトマトとチーズの入ったサラダ、エビとキノコがたっぷりのグラタン、ベシャメルソースたっぷりのクロックムッシュ、新鮮な果物に、バターの香る焼き菓子——と、好物がたくさん並んでいた。

「ソロン、ソロン！　ねえ、いっぱいある！　美味《おい》しそう！　いいの？　ご飯の時間じゃないけど、食べていいの⁉」

「今日だけですよ」

「やったー！　わーい！」

すぐにでも食べたかったけれど、いったん止まったクララ。ソロンに了承を得てから、カトラリーに手を伸ばす。

もともと美味しいものに目のないクララ。まずは一番前に置かれたスープから。そうっとスプーンですくい、口に運ぶ。コーンポタージュだ。コーンの甘味に、濃厚なミルクの香り。とろりとした舌触りは滑らかで、バターのこくがたまらない。

クララは頬を押さえながら、至福の笑みを浮かべた。

当然ながら、これらは毒味済みである。

「ん～～～っ！」

お行儀が悪いと分かっていても、手足がじたばたしてしまう。

神殿のご飯も素朴で美味しいけれど、王宮は贅沢《ぜいたく》なお味がする。

クララの喜びに呼応してか、彼女の周囲にきらきらと輝く粒子が飛び散っている。聖なる力の無駄遣いだが、無意識に出てしまっているので仕方がない。

「クララ様、どうぞこちらのパンを」

ソロンが笑顔で差し出すと、躊躇《ためら》いなくかぶりつくクララ。

またもや顔をくしゃくしゃにして、全身で美味しいと表現している。淑女らしからぬ仕草だが、皇帝のカイルをはじめ給仕の使用人や護衛たちも微笑ましく見ていた。

「気に入ったメニューがあったなら、土産に持たせよう。神殿の皆とも食べると良い」

「ありがとうございます！」

カイルの提案に、ぱぁっとさらに笑顔を咲かせるクララ。

ソロンはそんな彼女に切り取ったステーキを与えながら、真顔である。

「さて、うちの馬鹿が勝手にやった婚約破棄だが、代わりの縁談で手を打ってもらえないだろうか」

「えー、ソロンはどう思う？」

「妥当かと思います」

クララが視線を向けた瞬間、その真顔が笑顔に変わる。一瞬の早業だ。

「じゃあいいよ」

ソロンへの信用がプライスレスすぎる。

カイルはちょっと複雑そうな顔だが、自分の膝にクララを載せてせっせとお世話をする彼の姿に別の意味で微妙な気持ちになる。

名門貴族であるドラート公爵家に生まれ、その端麗な容姿と剣の才覚で注目を集めていた。かつては王宮騎士であったが、あまりにも秋波《しゅうは》が絶えずに職務に支障をきたすと、嫌気が差して神殿への職務を望むようになった。

再び顔を見た時、激変したソロンがいた。その絶対零度の対応が崩れない氷の騎士と呼ばれた男が、小さな少女をベッタベタに甘やかしていたのだ。

どんな美女からのお誘いも、顔を顰《しか》めて躱《かわ》していたとは思えない極上の笑みと共に。

鍛え上げられた巨躯《きょく》のソロン。そんな彼の膝にちょこんと座る小柄なクララ。そこが自分の定位置と言わんばかりでまったく疑問を覚えていない。

「あ、でもソロンと一緒にいてぐちぐち言わない人がいいです。カッシウス殿下はソロンに意地悪してたんです」

すごんで見せるクララだが、その背後にもっとやばいのがいるのであまり効果はない。

(あの阿呆《あほ》、喧嘩《けんか》を売っていたのか？　そんなもん三倍どころか三百万倍返しされただろうに……)

カイルは自分の息子の残念過ぎる出来と、ソロンの優秀さを理解していた。

どんな切り口でも、カイルがコテンパンに言い負かされるか歯牙《しが》にもかけられずに終わるのが想像できる。

クララ専属の護衛になり笑顔が増えたからといって、あの尖《とが》った性格が変わっているはずがない。クララにしか優しさを発揮しない、クララ強火かつ同担拒否。ロリコンならぬクラコンが爆誕しただけである。

なぜクラコンかと言えば、幼女趣味と勘違いした貴族が幼い娘や童顔や幼児体型の令嬢をソロンに仕向けたがどれも惨敗だったからである。幼子にはそれほど手酷い真似はしなかったものの、年齢がそれなりの令嬢に対しては厳しい対処をしたのだ。

「ソロンは私と一緒だもんね！」

「そうですね」

何も知らないクララの声が、なんと明るいことか。

間髪入れずに返事をするソロンの声が、なんと恐ろしいことか。

「ソロンは有能だとは分っているが、なんかこう……うん。とりあえず聖女クララよ、皇帝のお膝も空いているぞ？」

「ソロンのお膝の高さがちょうどいいので、このままでいいです！」

「そうか……」

カイルのお誘いに、はきはきと理由付きで返答するクララ。

迷いも後ろめたさもゼロでちょっとがっかりしているカイルを、ソロンが鼻で嗤《わら》う。

「あ、今ソロンが笑った！　皇帝のこと笑った！」

「ソロンはいつも笑顔ですよ？」

「それはない」

なんせ氷なんて呼ばれた男だ。もともと誰かにこんなに構うほど世話好きではないはずだ。

即座に否定されたクララは頬をプーッと膨らませており、そのふくれっ面もまた可愛くてカイルがデレデレと眺めている。それを冷ややかな目で見ているソロン。

皇帝に対する敬意ある視線ではなく、不審者を見る目つきである。

「こほん、それで話は戻すが婚約のことだが、その候補者にソロンが上がっていてだな……」

カッシウスが勝手にぶち壊したが、王家やカイルとしては神殿とはそれなりに仲良くやる気だ。そもそもクララを気に入っており、他所《よそ》に譲る気は毛頭ない。

だからといって、再びカッシウスとクララの縁談をやり直すには無理がある。

王家側の失態だから、クララが納得する形で——となると、自然と一番クララとの仲が良く、信用と信頼に足るという点でソロンの名前が真っ先に挙がった。

クララはミルクレープを口に運びながら、首を傾げた。

「ソロンの実家はドラート公爵家ですよね？　確か先代夫人がエルキネス王家から降嫁《こうか》はしていたと思いますが」

ソロンはかなり王家に近い分家筋の子息なのだ。

ちょうど婚約者もおらず、見合いの話も蹴り続ける状況にドラート公爵夫妻も頭を抱えていた。

年齢もカッシウスと大して変わらないし、何よりクララへの愛情は疑うことはない。

（……アレが事実である以上、カッシウスだけは絶対に夫にはできん。ドラート公爵家はエルナン公爵家と同格であるし、人望も厚い）

神殿で大切にされているクララを娶るとなると、並大抵の男では却下される。クララを支えるパートナーは責任重大だ。

カイルが戦場で、ソロンから至急と受け取った連絡を思い出す。

彼が内密に調査していた、皇后や皇子たちの連続不審死。

カイルがずっと怪しいと疑いつつも、証拠を見つけることはできなかった事件。

エルナン公爵家の圧力で、早々に捜査は打ち切りにされて病死と断定された。その後、何度もやり直そうとしたのも流された。

カイルの手から零《こぼ》れ落ちてしまった大切な者たちの姿が脳裏に浮かぶ。今更謝罪しても、後悔しても何も戻ってこない。だが、偶然にも最後の一つだけ希望が残っていた。

すべてが繋《つな》がっている以上、クララの縁談をなくすことはできない。

そう、それが――なんか怖そうな義息子ができることになっても。

（……いや、クララが皇家に来てくれるならいいんだけど、なんかこう、ソロン相手だと全然手加減してくれない気がするから）

カイルがソロンをちらりと見るとフルーツサンドとティーカップを持って、クララの頬っぺたの動きに合わせて口元に手を近づけている。

「私はソロンといれて嬉《うれ》しいけど、ソロンはいいの？」

「ええ、王宮なら神殿よりもたくさん食べさせられますし」

基準、そこ？

カイルがもにょもにょした顔で、嬉しそうなソロンとよく分かっていないクララを見ている。

今までの様子からして、ソロンがクララを餌付けするのが楽しみだということはよく分かった。

だが、そのために皇太子を蹴落として皇位に就こうという決心はしないだろう。

「クララ様はまだまだ小さくあらせられますから、もっと栄養価の高いものを積極的にお召し上がりになっていただきたい。婚約者の皇太子から軽んじられ、幼い聖女ということで侮《あなど》られている現状にも納得いっていませんでした。ただでさえお忙しいクララ様に、あのバカッシウス殿下が何度も手間を掛けさせるのは本当に腹立たしかった。あの馬鹿はすぐに祝福を壊しまくっても危機感を持たない馬鹿の中の馬鹿でしたから」

クララの頭を撫《な》でながらカッシウスを馬鹿と連呼しまくるソロン。

自分の息子の愚行をほじくり返され、カイルが申し訳なさに萎《しぼ》んだ顔で黙り込む。

カイルはカイルで帝国を戦場にしないため、走り回っていたのでサボっていたわけではない。

最愛のクラリスや、その子供たちとの思い出が多い帝都は絶対に蹂躙《じゅうりん》させない。

皇帝は母国を、家族を、思い出を守るために立ち上がった。

軍を鼓舞して率先して戦場を切り開く皇帝を非難する者など、誰もいなかった。本来なら宮殿に籠っていてもおかしくない立場だ。皇帝が自ら戦場に立つことにより、エルキネス帝国軍の統率力は周囲を圧倒していた。

今は萎《しお》れたおっさんになっているが、彼は皇帝にして帝国の英雄だ。

お膝はダメだったが、これくらいならば、と手にしたのはクッキー。そうっとクララに近づけて、そろそろ口元に到達する。

クララはきょとんとしたものの、自分に向けられていると分かったのか素直に口を開く。

次の瞬間、もぎ取るようにしてカイルの手からクッキーをかっさらったソロン。雑に自分の口に突っ込んで咀嚼《そしゃく》し、同時にクララの口に別のクッキーを入れる。

「ソロン、貴様！」

「毒味です」

「もう済んでる奴だし！　本当にみみっちい！　狭量すぎる！」

カイルが抗議の声を上げるとソロンのすぐ下から「いじめてる……？」というクララの猜疑心《さいぎしん》溢《あふ》れる視線を感じて諦《あきら》めた。

「なんだよー……折角交流を深めようとしたのに……」

「私は許しません」

本当に嫌な婿《むこ》（予定）である。

ああ言えばこう言う。カッシウスよりはるかに頭が回り、着実に刺さるレスポンスを返してくる。

ぐぬぬとカイルが唸《うな》っている時、廊下から音が聞こえた。

誰かを制止する騎士の声と、叱責するのはおそらくロキアムの声だ。

近づいてくるのが誰か分かって、クララの表情が変わった。急にクッキーが苦くなったような顔になっている。

「父上！　私が謹慎だというのに、この偽聖女を王宮に入れるなど何を考えているのですか！」

ドアを蹴破る勢いで入室してきたのは、予想通りカッシウスだった。

身勝手な婚約破棄と、新たな婚約の宣言をしたので懲罰用の塔で謹慎させていたのだ。

それなのに、反省する意思も見せずに出てきた。

当然、カイルは許可していない。そんな勝手をしそうなのは、二人しか思い当たらなかった。

「貴様の此度《こたび》の狼藉《ろうぜき》、皇帝として看過できぬ。勝手な行動をとったうえ、聖女の偽装幇助《ほうじょ》は王族でも重罪だから当然だろう。誰の差し金で塔から出てきた。お前の謹慎を解いた覚えはないが？」

鋭いカイルの眼光は、先ほどの残念な中年と同一人物とは思えない。

勢いよく入室したカイルは、その眼光に一気に委縮した。それでも声を張り上げて答えるのは矜持《きょうじ》ではなく無謀だからだろう。

「母上が出してくれたのです！」

「そうか、それほどに私を愚弄しているのか。ならばエイリンも同じ場所に入れてやろう」

吐き捨てるようなセリフに、カッシウスはたじろいだ。

手厳しいにもほどがあり、まったくカッシウスに温情を見せない。

「父上、何を言っているのですか！　私はこの国唯一の皇子！　皇太子ですよ！　それなのに――」

「くどい」

慌てて言い募るカッシウスを遮り、カイルは愚かな息子を睨む。

いつかは目が覚めて、自覚のある言動ができるようになるのではないかと希望を抱いていたが、それは空《むな》しい期待だった。

カッシウスはその立場に胡坐《あぐら》をかいて研鑽《けんさん》を怠《おこた》った。向上心も見せず、甘い話ばかりに耳を傾けて腐心している。

ちらりとソロンと、その膝にいるクララを見る。

クララの明るい灰色の瞳には、無関心な光しかない。

婚約してそれなりの年月を経ても僅《わず》かな情もなく、関心すら持たない仲だったと想像できる。

それも、今になってみれば良かったのかもしれない。

ソロンがちらりとカイルを見る。もう話してもいいだろうと問う視線に頷きを返す。

「これはカイル殿下。ご機嫌よう」

立ち上がったソロンの恭《うやうや》しい一礼と挨拶《あいさつ》。

一見すれば友好的だが、ソロンの瞳は冷え切っている。

その見事な立ち振る舞いが、皇帝の前に挨拶なしに乱入してきたカッシウスの無礼さを引き立てる。

「これのどこがいいんだ！　それよりその偽物を早く王宮から追い出せ！　品位が落ちるだろう！」

ソロンには太刀打ちできないと思ったのか、標的をクララに変えようとするカッシウス。

そのセリフに、ソロンだけでなくカイルも空気を張り詰めさせた。カッシウスを追ってきて、ようやく追いついてきたロキアムも剣呑《けんのん》に目を細める。

クララだけが目をきょろきょろと周囲を見ている。だが、その手はしっかりマカロンを握っていた。

(ど、どうしちゃったのソロン〜!?　いつもはそんなに敵意むき出しじゃないのに……ん？　そうでもないかな？)

根性が腐れ落ちていてもカッシウスは皇太子。ソロンは公爵家だから、正面からぶつかり合うのは避けたほうがいいはずだ。

以前からクララに嫌味三昧をぶつけるカッシウスに苦言を呈していた。自ら防波堤なることにより、クララを守っていた。

ソロンはカッシウスより立場が劣る。だから上手《うま》く揚げ足を取りあしらい、カッシウスから退散していくように仕向けていた。

「はあ……。学習しないですね。王宮に聖女クララを招いたのは陛下ですよ」

クララを招いたのはこの国で最もやんごとなき立場だ。

そんでもってカッシウスの暴挙に切れ散らかしている一人である。

「何故ですか父上!? ベリンダに謹慎を言い渡し、ファウード公爵も登城禁止を命じているのに!」

「誰があんなパチモンを皇太子妃と認めると思っているんだ。自称聖女は聖女ではない。神殿では新たな聖女など予言されておらん」

クララも彼女から『高みより零れ落ちし、神々の慈悲』と予言され、貧困街から拾い上げられた一人である。クララにとっては祖母であり、母であり、恩師である。

かつては廃屋の隅で寝起きし、いつもお腹《なか》を空《す》かせていた名もなき少女だった。

聖女としての立場、役目、そして名前をくれたクルル。

基本は優しくて朗らかな老婆なのだが、カイルやソロンと時折バチバチやりあっている。

ちなみに、彼女が予言をする時は発光するうえトランス状態なので偽造不可能。本人も何を言ったか覚えていないため、従者や護衛の聖騎士たちがその言葉を一言一句記録する。

「念のため聖女クルルの予言をすべて調べ直しましたが、ベリンダの誕生前後にそのような予言はありませんでした。一番近い最新はクララ様のみで、それより前となると三十年は遡《さかのぼ》ることになります」

ソロンがさらりと言うと「あんなの全部探したんだ」とクララが目を真ん丸にする。

貴重な予言なので、閲覧許可がなかなか下りない。いくらソロンが護衛騎士の中でも特に地位が高く信用ある聖騎士であっても難しかったはずだ。

「クララ様を罵倒した嘘女《うそ》の化けの皮を剥がしたいと要望したら、クルル様が枢機卿《すうききょう》らに直訴しました。即座に許可が出ました」

「お前ら普段仲が悪いくせにクララのことになるとなんで結託するんだよ！」

カッシウスが抗議する。普段はあまり仲が良くなかったはずだ。

「「クララ（様）のためだから」」

ソロンとカイルが声を揃《そろ》えるが、当のクララは首を傾げている。

現在、神殿は高齢の聖女が多い。十代の聖女はクララ一人だ。みんなの孫として溺愛されている。

「お前はさっさと塔へ戻れ。呼んでもいないし、入室許可も出していない」

カイルがやる気がなさそうに手を振ると、それを合図に兵士が左右からカッシウスを取り押さえる。

「放せ！　俺はこの国の皇太子！　カッシウス・エルナン・エルキネスだぞ！」

地団太を踏みながら訴える姿は、あまりにも愚かしくて滑稽だ。

クララはちょっと可哀想《かわいそう》になってきたが、ソロンもカイルも冷ややかに見るだけだ。

「そろそろただのカッシウスではないでしょうか？　陛下、例の決裁は下りているのでしょう」

「そうだな。ロキアム？」

二人は何か知っているようで、ロキアムに視線をやると彼もまた頷く。

一人置いてけぼりのクララだが、真面目《まじめ》な顔をしつつもスコーンをサクサクするのをやめられない。

「ええ、終わっております。元皇妃エイリンやエルナン公爵らと共に北の極寒地に送致する手はずになっております。その途中で逃げ出したようで」

「分かっていて逃がしたな？」

「この馬鹿、いくら説明しても納得しないようですので」

肩をすくめるロキアムは、クララが見たことのない冷然とした態度でカッシウスを見下ろしている。

「ええい、何をごちゃごちゃと！　ロキアム！　父上も何とか言ってください」

そうだそうだ、と言いたいクララ。クララもソロンたちがいつもと違うのでわけが分からない。

でも、こういう時はお口にチャックとソロンに言われているので黙っている。

「説明通りだ。お前を王籍から抜いて、犯罪者と共に流刑地に輸送する。喜べ、ファウード公爵親子にも近いうちに会えるぞ」

「北の流刑地……！　あの氷海の監獄ですか!?　王籍から抜くとは……冗談ですよね!?　父上の、皇帝陛下の子供は俺一人ですよ!?」

そうなのだ。こんな馬鹿が偉そうにしている理由はそれである。

どんなマダオだろうが、皇帝の嫡子という立場は強い。

「それなら問題ない。我が末娘クラウディア・フィア・エルキネスが見つかった。唯一の嫡子とはいっても、暗愚《あんぐ》が過ぎるならば分家筋から養子を迎えることも考えたが……幸い、直系の皇女がいるのだから婿を取ればよい」

そう言ったカイルは嬉しそうだ。逆に、この世の終わりのような表情を浮かべるカッシウス。

「そ、そんな、クラウディアは死産だと！　母上はそう言っていました！」

異母妹の生存を否定するカッシウスに、ソロンは一層瞳を凍らせてねめつける。

ソロンにとって不愉快極まりない一言だったのだ。

「ええ、そうです。死産とされていたクラウディア様です。貴方《あなた》の母、エイリンに死産にさせられたクラウディア様ですよ。お可哀想に、生後間もなく入れ替えられた皇女殿下は貧民街に捨てられてしまったのです。陛下の寵愛《ちょうあい》を一身に受けられた皇后クラリス様に嫉妬《しっと》し、彼女の子供たちを殺しても飽き足らなかったエイリンは嬰児《えいじ》さえ手に掛けた。権力で誑《たら》し込《こ》んだ主治医に指示し、産後間もないクラリス様に毒を盛らせた。幸い、クラウディア様は本当に運よく生き残り、数年後に神殿に拾われて健やかにお育ちになられております——だから、お前は用なしなんだよ、カッシウス」

流れるような饒舌《じょうぜつ》の中、最後の声だけはえらくどすが利《き》いていた。

ソロンが怒涛《どとう》の暴露と共にカッシウスに容赦なく殺気を飛ばしている。

絶好調のソロンの後ろ姿を眺めながら、ゼリーを食べるクララ。

皇妃エイリン——否《いな》、すでに元皇妃である。カッシウスの母親で、義母予定だったので何度か会ったことがあるけれど物凄《ものすご》く性格のきついおばさんだった。

クララを嫌っており、やたらカッシウスの婚約者になれたことを光栄に思って全身全霊で尽くせと説教をしてきた。排泄物《はいせつぶつ》属性てんこ盛りなＴｈｅイビリ姑《しゅうと》の鑑《かがみ》。三百六十度すべてトメトメしい性格。

なんでも、クララの顔が亡き皇后クラリスに似ているらしく最初から疎《うと》まれていた。

（たぶん、陛下が私に優しいのも気に入らなかったんだろうなー）

皇妃は性格悪い人だったけれど、カイルの前では優しく振る舞っていた。

ちらりとカイルを見ると、頭を撫でられた。

エイリンとは逆に、カイルは初対面からクララを溺愛していた。

クララが王宮を訪れる用事があると、美味しい料理やお菓子を用意して歓待してくれた。

(ん？　皇女様がいるってことは……私とソロンの婚約いる？)

なんかちょっとおかしいことに気づいたクララが、はっとしながら洋ナシのソルベを小さくつつく。

冷菓はちょっとずつ食べないと、後で頭がキーンとするのだ。

ソロンとの婚約白紙——なんだかもやっとする。カッシウスの時は気にしなかったのに。

カッシウスは自分が皇太子ではなく、皇后や皇子皇女の殺人・殺人未遂・誘拐という重罪コンボを決めた罪人の息子だと突き付けられて呆然《ぼうぜん》としていた。

「そ、そんな神殿の下女が皇女として振る舞えると思っているのか!?　お前や父上が認めたとしても、貴族たちは認めるのか!?」

それは負け惜しみであったが、悲劇の転落人生とはいえ貧困層育ちの皇女に貴族たちがすぐ従うかは疑問があった。

「問題ない。そのお方は、お前よりずっと人気だから。むしろ神殿から引き取れる最高の理由ができたと喜ぶんじゃないか？」

カッシウスの会心の攻撃をソロンが笑顔で叩き落とした。すでに打つ手なしと分かったカッシウスが、項垂《うなだ》れる。

クララは首を傾げる。神殿に自分と同じ年代の子はいただろうか。貴族に人気があるくらいだから、聖女かそれに準ずるくらいの高位神官のはずである。

神殿内の顔ぶれで、比較的若く管理職についている女性たちを思い浮かべる。どれもこれもクララどころか、ソロンより一回り二回り年上だ。

「ソロン、クラウディア殿下って私の知っている人？」

「知っていますよ。何なら、毎日顔を見ていると思います」

「え？」

本気で分からない。誰だろう。

毎日顔を合わせているなら、帝都の神殿にいるのだろう。それも、ごく身近に。

クララがティーカップを見ると、眉根を寄せた自分が映っていた。

ソロンがあんなに素敵な笑顔で語る人なのだから、きっとすごく良い子なのだろう。そう思ったら澄んだ赤褐色の紅茶が、やけに苦そうに見える。

ソロンが皇女に好感を持っていると思ったら、急に悲しくなってきた。ソロンがクララと婚約するのは、皇女のためなのだろうか。思わず飛躍した勘繰りをしてしまう。

思わず俯《うつむ》いていると、ティーカップを持つ手を別の大きな武骨な手が包んだ。

「今も見ているでしょう？　クララ様……いえ、クラウディア皇女殿下」

その言葉に、その意味にクララは少し間を置いた後で硬直する。

何を言っているのだ、ソロンは。

クララは運が良かった拾われっ子の孤児だ。

そう――捨てられた皇女クラウディアは予言により、貧民街で見つけられクララとなった。エイリンの策略で赤子のまま貧民街に捨てられた無力な存在。

すぐに死ぬだろうと望まれて、もし生き残ってもまともに生活することすら苦労する最底辺になっただろう。

だが神に愛された皇女は密《ひそ》やかに生き続けていた。エイリンもエルナン公爵も死亡したと考えていたが、聖女クララとして生き延びた。

別人として生きていたから、悪意ある者から気づかれずに過ごせていたのだ。

カッシウスは絶望する。つまりクララとは異母兄妹。もとより結婚はできなかった――最後の秘策としてクララを丸め込み、側室でもいいから関係をキープして利用することもできやしない。

カッシウスは今や母やその実家のやった罪状で王宮から追い払われる立場。

「で、でもソロン！　クラウディア殿下は十七歳だからもっと年上で――」

「クルル様の予言……『高みより零れ落ちし神々の慈悲』。ずっと不可解な部分があったのです。『神々の慈悲』は祝福を持った聖女の生誕を示していた。では、『高みより零れ落ちし』は？　天からの授かり物ということも考えましたが、高みは高貴を意味し、零れ落ちしは零落した……いえ、させられたことを意味していたのです」

クララは十五歳だ。でも、それよりも小さく見える。よくて十二か十三ほど。下手したら、十歳くらいに見間違われることもあった。

年齢が合わないと言うクララを遮り、ソロンは続ける。

「発見されたクララ様は、非常にやせ細っておいでででした。幼い頃から貧困にあえぎ、栄養失調手前。年相応と言い難《がた》いほど小柄で、その影響は今もある。クララ様がすぐにお腹を空かせるのは、体が取り戻そうとしているからです。幼い頃の栄養の欠如《けつじょ》から成長が遅れていた貴女《あなた》の体が、相応に追いつこうとしているのです」

今でこそ健康そうに見えるクララだが、かつては枯れ木のような姿だった。

エルキネス帝国が豊かでも、どうしても治安が悪く低所得者の集まる吹き溜《ふだ》まりはある。

そこでも力の弱い子供や老人、傷病人は割を食うことが多い。

「クララ様の姿はクラリス様の面差しを強く残しています。それこそ、陛下が甘やかしまくりロリコン疑惑が出るくらい。成長すればするほど赤の他人と言うには不自然なほど似てきました。だから私はクララ様の出自を改めて調査したのです」

ソロンの双眸《そうぼう》は静かにクララだけを映している。

その真摯《しんし》な眼差《まなざ》しに呑まれるように、クララは黙って聞いていた。

「調査は難航すると思ったのですが、幸運にも赤子のクララ様を拾った人たちを見つけることができました。彼らがクララ様を捨てた男の顔を覚えていました。エルナン公爵家から輿入《こしい》れと共についてきた従僕――当時は皇妃エイリンの下男でした。そこから辿《たど》り、共犯者であったクラリス様の主治医やメイドたち、エイリンやエルナン公爵家の関与が浮上、そして命令を残した書面を押さえることに成功しました」

淡々と説明しているが、その苦労は並大抵のものではない。

これが事実なら、今までエイリンやエルナン公爵は皇帝であるカイルの目すら欺《あざむ》いていていたはず。気づかれていても、その尻尾を出さずにいた。

ソロンがクララと出会ってから捜査したなら、十年以上前のことを洗ったのだ。

下手すればソロンを抹殺して、闇《やみ》に葬《ほうむ》られてもおかしくない事件の真相。

「クララ様、貴女にはご家族……お父上がご存命です。貴女は奪われていた本来手にすべきものを得るだけです」

その言葉に、ハッと振り返るとカイルが優しい笑顔で見ていた。

その目がいつもより潤んでいるのは気のせいではない。

神殿の人たちは優しかった。家族のように温かかった。でも他の子たちが当たり前のように持っていて、自分にはないものが羨ましかった。眩しくて仕方がなかった。

「これはソロンが突き止めてくれた、正真正銘の事実だ。クララ……いや、クラウディアよ。急な話で驚いただろう？　少しずつでいい。私のことも家族と認めてはくれないか？」

カイルが優しく問いかけると、クララはまだ信じられないようにまごついてしまう。

そういえば、カイルの瞳の色はクララに似ている。

顔立ちは全然違うけれど、目だけは。それだけで親しみを感じた。

「家族……じゃあ、パパ？」

「がふっっっ！！！」

百戦錬磨の皇帝が後ろに吹っ飛んで、壁にめり込んだ。

亡き妻にそっくりの娘からの、突然のパパ呼びはあまりに刺激が強すぎた。

床に伏すカイル。そんな彼にロキアムが駆け寄り「急性尊死です！　このままではやんごとな死です！　早く医者を！」と必死に叫んでいる。

満身創痍《そうい》で倒れているのに、カイルはこの上なく幸せそうである。

「え、えと？　ダメだったの？」

「完全に走馬灯……いえ、妄想が蔓延《はびこ》っていますね。現実に引き戻しましょう。こういう時は――皇女殿下は私が責任もって幸せにします。天国から見守っていてくださいね、パパ」

その言葉に、死んだかと思われたカイルは飛び起きた。

「やめろぉおおお！　私の麗《うるわ》しきパパ呼びの記憶を汚《けが》すなぁああ！　嫌だああ！　クラウディアはまだ嫁に出さんぞおお！」

皇帝の雄叫《おたけ》びは部屋中どころか、王宮中に響き渡った。

ソロンがこっそり「やっぱりぴんぴんしてたか」と残念そうに呟く。

「え〜、ソロンと一緒がいいな」

「うぐっ！　ク、クラウディアが言うなら、仕方が……仕方がな……ううう！」

葛藤するカイルの視界には、可愛い娘とにやにや笑う婿予定がいる。

血涙を流しそうな勢いで悩むカイルを見るのはこれくらいにしておくことにしたソロン。

「では、異論はなさそうなので改めまして」

何を改めるのだろうか。

クララは猫のようにくりくりした目をソロンに向けている。

ふっと笑ったソロンは、クララの前に膝をつく。小さなクララの手を取ると、口づけを落とした。

「これからどんな敵が来ようとも、貴女を守る盾であり剣でありましょう。私の聖女、どうか結婚してくれませんか？」

「よろこんで！」

クララは恋を知らないけれど、きっとすぐ知ることになる。

愛はとっくに知っている。たくさんもらって、両手いっぱい溢れている。

どんな未来も怖くない。隣にソロンという頼もしい騎士がずっと一緒にいてくれるなら、クララは幸せなのだから。


ほわほわと嬉しそうにはにかみ笑いをするクララに、内心ソロンは苦笑していた。

最初は愛玩に近い興味と感情だったのに、こんなにも執着するなんて。

愛らしく可憐《かれん》なものが好きだった。でも、ソロンはそれらに好かれない。寄ってくるのは、ソロンが好きなものに擬態した別物ばかり。

ソロンの美貌、家柄、名声――上辺に近づいてくる女性しかいない。

騎士に任命された当初、ソロンはクララも腹に同じ欲望を飼っていると思っていた。

しかし、クララが飼っていたのはすぐにきゅーきゅー鳴る腹の虫だった。魔が差した、ちょっとした好奇心で与えた一匙《さじ》。気づけば餌付けが習慣化していた。

疑いなく食べるクララ。その信頼と信用に優越感を覚えたのはいつからだろう。

ソロンの執着は、クララと同じ愛らしい恋心ではない。

クララはその差し出される食べ物に、何か入っているかもしれないなどと疑いもしない。

「クララ様」

「なに？」

「早く大きくなってくださいね」

今はまだ野に咲く花のような小さな恋心が、ソロンに並ぶ大きな果実を実らせればいい。

甘い匂いを放ち、赤黒くどろどろに蕩《とろ》けそうなほど熟《う》れる日はいつだろうか。

「……待っていますから、ずっと」

甘美な微笑を浮かべたソロンに、頷いてクララは天真爛漫《らんまん》な笑顔を返す。

彼女がこの言葉の真意に気づく時が、きっとその時だ。

落ちこぼれ聖女なので左遷させられましたが、上司が変わったら、口下手な大聖女になりました。

藤《ふじ》谷《たに》要《かなめ》
ill. 風《ふう》ことら

リリアンが戻った故郷で出会った上司は、片腕を失《な》くした騎士だった。

「よろしく」

そう言って人好きのする笑みと共に手を差し出した彼は、十八歳のリリアンよりも一回りくらい年上に見えた。がっしりと鍛え上げられた身体は、まだ若いのに歴戦の戦士のよう。短い髪は触れたら柔らかそうで、干した藁《わら》のような素朴な色をしている。顔の左半分にあるひどい火傷《やけど》のような傷痕《きずあと》はとても痛々しいけど、こちらを見つめる褐色の目は穏やかで優しい。

(でも、彼の友好的な態度はずっとは続かない。きっと私の駄目さ加減に呆《あき》れられてしまうから)

リリアンは聖女をクビ同然で左遷された身だから。


「聖女リリアン・ボーヘン。そなたに任せる仕事はここにはない」

リリアンは琥珀《こはく》色の瞳《ひとみ》をわずかに細めた。泣きそうな顔は子犬のような愛嬌《あいきょう》があって可愛《かわい》らしかったが、やつれ具合がひどく、顔色はとても悪かった。ハーフアップにしていた栗毛《くりげ》には以前のような艶《つや》はなく、桃色の果実のようだった唇はすっかり荒れている。

(ああ、ついに来たのね。騎士団長から執務室に呼ばれたとき、予感はしていたの)

リリアンは涙をこらえるためにグッと唇を噛《か》み締める。最近はほとんど仕事を任されず、職場に全然居場所がなかった。

「なんだ、不満なのか?」

「……いえ」

王族特有の紫の瞳で睨《にら》みつけられる。王弟の彼に異論なんて全くない。聖女として無能だと、よく分かっていた。だから、机から見上げられるハーマン騎士団長の視線が冷たくても仕方がなかった。

「こちらとしてはできる限り丁寧《ていねい》に指導したのだが、そなたのように成果を出せなかった聖女は初めてだ。その原因をきちんと分かっているのか？」

「いえ、あのっ」

「聖女としての資質に慢心し、仕事すらまともにしなかったと聞いている」

「その」

「ポーションは指示通りに作れず、瘴気《しょうき》に汚染された土地の浄化も私の指示に文句をつけ、挙げ句に仕事は手抜きのようなレベル。個人的にはクビと言いたいところだが、そなたは一応聖女の資質があるからな。そなたの故郷に騎士団の分所があるから、そこに異動してもらう。地元なら親の目もある。今度こそ真面目《まじめ》に頑張りたまえ」

「……はい」

返事をするだけで精一杯で、落ちこぼれだと理解していることすら、上手《うま》く伝えられない。でも、迷惑をかけていると分かっていても辞めなかったのは、給金がとても良かったからだ。

実家は地方の貧乏男爵家。一年以上前から続く原因不明の天候不良により洪水が発生しただけではなく、農作物は大凶作。元々ギリギリ運営の資産をかなり削る羽目になり、家計は火の車だった。

リリアンには弟が二人いる。この子たちを王都の学校に通わせるには、どうしてもお金が必要だったが、貴族の娘がお金を多く稼ぐ手段は体面もあって非常に限られていた。上流貴族の屋敷で奉公を望んでも、競争率が激しく採用はとても厳しい。伝手《つて》もなく、リリアンの口下手《くちべた》が災いして面接で何度も落ち、もう駄目だと思ったとき、聖女であることが判明した。

聖女は癒やしの力を持ち、魔物の血から生じる瘴気を浄化できる特別な人だ。女性だけに現れる。聖女として国に採用された者は、初めに騎士団付きになって仕事を覚える。そこで評価された人は、王宮付きの聖女となり、給金も桁違いと聞いていた。

(死の淵《ふち》から復活させるような伝説の大聖女は、当時の王太子と結婚までしたらしいけど)

三百年ほど前の、ポーションすらなかった時代、彼女の献身的な活躍は今でも言い伝えられていた。

そこまで高望みはしていないが、騎士団に配属になったあと、少しでも実家を助けたくてやる気に満ちていた。でも、リリアンは他の聖女と同じように働けなかった。

「おい、返事以外に何か言えないのか？」

相手のイライラした口調に思わず肩が震えた。

「その怯《おび》えた態度は止《や》めたまえ。私がいじめているみたいではないか。普通に会話をしたいだけだが、そう被害者ぶられてもな」

「すみません」

申し訳なくて顔も上げられない。彼は美しい銀髪だけでも人目を惹《ひ》き、若くて未婚なうえに美形なので令嬢たちの憧《あこが》れの的だが、恐くて直視することもできなかった。

「……もういい。元気でな」

騎士団長はため息をつくと、追い払うように手を振り、出ていくように指示する。

リリアンたちが属するリレルフィール王国にて、騎士団長は魔物の特定固有種である火竜を討伐した。その際に竜刻をその身に得た英雄の彼の判断は絶対だ。地に落ちたリリアンの評価は今後上がることはない。こうして不名誉な帰郷をすることになった。


ジメジメとした天気がずっと続いている。故郷の薄暗い空は、リリアンの境遇そのもの。それでも屋敷に帰った彼女を家族は温かく迎えてくれた。よほどひどい顔をしていたのか、母には涙ぐまれて抱きしめられた。

「私、落ちこぼれだったの。ごめんなさい」

そう口にした途端、これまで我慢していた感情が溢《あふ》れ出たように涙が止まらなかった。

「こんなに痩《や》せて可哀想《かわいそう》に。いいのよ。あなたがいてくれるだけで、私たちは幸せなんだから」

「ゆっくり休みなさい。無理をさせてすまなかった」

父は遠慮がちにリリアンの頭を昔のように撫《な》でてくれる。

故郷に赴任する聖女の給金は、家業のついでみたいな兼務扱いで、微々たるものだ。収入が減って家族に申し訳なかったが、この地に帰って来られて良かったと心の底から思った。

一方でリリアンの帰還と同じ頃《ころ》。

「聖女の人事異動だって……？　うわー、評価最低だし、勤務態度は不真面目？　名前がボーヘンって、ここの領主の娘なのか」

人事異動の連絡を受けた新上司が王都の騎士団での彼女の評価を見て、顔色を変えていた。


死んだようによく寝た翌日、リリアンは聖女の制服に着替えて騎士団の分所に向かった。他の民家と変わりのない建物が目的地だ。扉の横にある看板には、『リレルフィール王国騎士団ボーヘン分所』と刻まれている。

「ボンカルおじさーん」

扉を開けた先にいたのは、知り合いではなく、全然知らない若い男の人だ。しかも上半身裸だった。気づいたら、口から悲鳴が出ていた。

「待って！　違う！　俺《おれ》はここの騎士だから！　誰もいないから着替えていただけだから！」

すごい早口で必死に弁解をする彼は、慌てて服を着ていた。片手だけで。左腕の肘から下が無いが、慣れた様子ですぐに袖を通していた。何事もなかったように身支度を整えたあと、誤魔化《ごまか》すようにぎこちない笑みを浮かべる。火傷の痕のない右側の目が優しそうに細まった。

「あなたとは初めましてだよね？　俺は一年近く前からここに駐在している騎士なんだ。名前はシオン・リヒュエル」

「あっ、はい」

初対面の人とは特に話しづらくて、片言しか出ない。警戒してジロジロと様子を窺《うかが》ってしまう。

「ボンカルさんは引退して辞めた前任者だよね？　彼に用があったの？」

駐在の騎士が代わっていたとは全く知らなかった。

「いえっ、あのっ、その、私は聖女なんです」

そう答えると、シオンは破顔した。人好きのする笑みを向けられる。

「ああ、その服は聖女の制服だったね！　今度聖女が来るって通達が届いていたから話は聞いているよ。あなたがそうなんだね」

その彼の返事で一安心だった。一から説明するのは、大変だったから。

(彼が私の格好を見て、すぐに気づかなかったのも仕方がないわね。見習い用の制服だもの)

聖女の制服には種類がある。リリアンの茶色の制服は、本来見習い期間の一年しか使用しない。研修を終えた正式な聖女は緑色の制服だからだ。

「あのっ、よ、よろしくお願いします。リリアン・ボーヘンです」

「うん、よろしく。こんなに可愛らしい方だとは知らなくてびっくりだよ」

そう言って彼は友好的に右手を差し出してくれた。リリアンが挨拶《あいさつ》を間抜けにも噛んだにもかかわらず、可愛いとフォローまで添えてくれて。なるべく仲良くしたいのは、リリアンも同じだ。慌てて彼の握手に応じた。お互いに微笑《ほほえ》み合い、しばらく間ができる。

「あなたに何をしてもらおうかな？　特に急ぎの仕事がなくてね」

「えっ、でも……」

リリアンたちがいる部屋は職務室っぽい机があり、台所も丸見えだが、荒れ放題だ。片付けなら、リリアンでもできそうなので、手伝いを申し出ようと思ったときだ。シオンはハッと何かに気づいた顔をする。

「部屋が汚いのは、俺がただ単に片付けが苦手なだけだから！　忙しさとは全然関係ないからね？」

本当に聖女向きの仕事がないらしい。

「それにしても顔色がずいぶん悪いよね。色々と疲れが残っているんじゃないかな？」

確かに王都での生活は大変だった。でも、ここで頷《うなず》けば、暗に元職場を悪く言うのと同義だ。自分が落ちこぼれで大変だっただけなのに。反応に困っていたら、彼は色々と察してくれたようだ。

「だからね、上長として命ずるよ。一週間休息休暇だ。休み明けにまた会おうね」

(気遣ってくれるなんて、なんて良い人だろう)

王都生活でかなり痩せて不調だったので、彼の命令を素直に受け入れた。

「はい、ありがとうございます！　では、そのっ、失礼します」

淑女らしく礼をしてリリアンは職場をあとにした。

ちなみに、家族は新しい騎士のことをリリアンに言い忘れたらしく、帰ったら謝られた。

一週間、上司の配慮のおかげでリリアンは大分休むことができた。とはいえ、久しぶりの出勤なので、やっぱり緊張する。

到着した騎士団分所には、上司のシオンだけではなく、誰もいなかった。肩透かしな気分だが、相変わらず室内は汚い。書類はリリアンが見てもいいのか分からないので、職場の共用部分にあたる台所だけでも片付けを始めた。彼は片手が不自由だから、洗うのも一苦労だろう。あらかじめ用意していたエプロンを着けて家事を始める。一通り終わったあとに上司は戻って来た。

「騎士様、あのっ、おかえりなさいませ」

今日の彼は騎士の制服を身につけている。どうやら仕事で出歩いていたようだ。足元が土でひどく汚れている。

「あれ？　来ていたの？　というか、そんな女中みたいなこと、しなくていいよ！　あなたは領主の娘でしょう？」

(領主の子供は全員、家事をしないと思っているのかしら？)

彼の認識を改める必要があるようだ。

「弟たちは、その、アレの皮をむきます」

「アレの皮？」

「はい。あっ！　アレとは、おいものことです」

説明不足に気づいて、慌てて補足する。

「そうなんだ……。あなたの家では、みんな家の手伝いをするってこと？」

「はい」

雇える使用人が少なくなったので、料理までは手がまわらないからだ。みんなで協力し合っていた。

我が家は貧乏だが、そこまでは二度目に会った人には言えない。

「なので、少しでもお役に立てればと思って……」

聖女としては役立たずだから。ここでも低評価なら、最悪クビになるかもしれない。それだけは避けたくて必死だった。リリアンがシオンの様子を窺うと、彼は少し驚いたように固まっていた。王都から送られてきた評価と全く違った態度に彼が戸惑っているとは夢にも思わず、リリアンは不思議に思って首を傾げる。すると、彼は慌てて笑みを浮かべた。

「ありがとう、助かるよ。ところで、火にかかっている鍋は何かな?」

「スープです。あのっ、一緒にお昼にいかがですか?」

リリアンは聖女になったときに支給された収納バッグからパンやおかずを取り出して、手早くテーブルに並べる。このバッグは見かけ以上に物が入るだけではなく、物の重さも感じない。すごく便利なので、今日みたいに荷物が多いときにさに活用している。魔物から取れた素材には、不思議な力が宿っており、このバッグのように日用品にも使用されている。

「ありがとう。家の中がピカピカになっているし、なにからなにまで……」

「いえいえ」

恐縮しているけど、ありがたそうな様子を見れば、ひとまず好印象のようだ。食事も口にあったようで、喜んでもらえた。

「あのっ、お茶をどうぞ」

「うわー、温かい飲み物なんて久しぶりだよ。本当にありがとう」

お湯すら沸かしていなかったらしい。この部屋の荒れ具合から、彼は一人でこの地に赴任したようだ。

「騎士様の故郷は、どこなんですか？」

「あぁ、俺の故郷は王都近くの村だよ。でも、子供の頃に孤児になったから、人の多い王都に行ったんだ」

「まぁ、それで騎士に？　すごいですね」

ほとんどの騎士は、貴族の嫡子以外の男子がなっている。実力があれば平民でもなれるが、貴族の推薦やよほどの実績がなければ難しい。リリアンが率直に称賛すると、彼は意外そうな顔をする。

「貴族に賄賂《わいろ》を贈ったとか、媚《こ》びへつらったとか、思わないの？」

お金さえあれば、そういう手段で騎士になることも可能だった。

「そんなこと思いません！　だって……」

「だって、なんだい？」

リリアンが口籠り、次の言葉がすぐに出なくても、シオンは当たり前のように待ってくれた。それがとても嬉《うれ》しかった。以前の職場では、愚図《ぐず》のように扱われる原因になっていたから。

「……あのっ、気に障《さわ》ったら申し訳ないのですが、あなたは強い人ですから」

(落ちこぼれの自分が他人を、しかも上司を評価するなんて、身の程知らずと思われたらどうしよう？)

でも、どう言えば、角が立たずに伝えられるのかリリアンには分からず、そのまま思ったことを口にした。

「どうして、そう思ったの？」

「どうしてって……、見てそう感じたからです」

そう答えて嫌なことを思い出した。前の職場でも同じことを言って嗤《わら》われたからだ。いい加減なことを言うなと。具体的にどう違うのか、上手く言葉で説明できなくて、結局理解されなかった。

リリアンは感覚で強さを測っていた。

「すみません、変なことを言って。あのっ、今のは忘れてください」

「いいえ、興味深い話だから、もっと聞いてもいいかな？　あなたが会った中で一番強いと感じた人は誰かな？」

これも前の職場で同僚に同じことを尋ねられた。そして、正直に答えて気まずい思いをした。

「……言ったら、気に障るかもしれません」

「そんなことで怒らないよ」

「なら、言いますが、……あなたです」

「俺？　騎士団長ではなく？」

「……はい。桁違いです」

王都にいた当時は、騎士団長ではなく副団長の名前を挙げた。あのとき騎士団で彼が一番強く感じたからだが、竜を討伐して竜刻を得た英雄を馬鹿《ばか》にするなんてとんでもないと怒られる羽目となった。

竜のように多大な魔力を持つ魔物の心臓をまだ生きている状態で破壊したとき、魔物の大量の魔力を浴びることによって、魔物のような力を得ることがある。その証《あかし》が竜刻で、騎士団長の腕にあると言われている。

竜は、一体現れただけで街が壊滅的になるほどの脅威だ。ただの兵士が百人いても太刀打ちできない。だから、この発言は、シオンに対してただのご機嫌取りに思われる恐れがあった。

(でも、こんなに強そうなのはおかしいわ。すごく圧倒される感じ。やっぱり私がおかしいのかしら)

「そっか。あなたにはそう見えたんだ」

シオンの顔が少し強張《こわば》った気がした。

「すみません、やっぱり気に障りましたよね」

「いや、あなたが聞いていた話とは全然違うから」

「え?」

「あと、俺はそこまで畏《かしこ》まられるのは苦手だから、騎士様ではなくシオンって呼んでほしい」

「いいんですか? では、ぜひシオンさんと呼ばせてください」

「うん、じゃあ俺もリリアンさんと呼ぶね」

「はい」

落ちこぼれだから、嫌われる前提で考えていた。でも、こうして彼と少し打ち解けられて嬉しかった。思わず顔がにやけてしまう。それから彼は色々と話してくれた。

「実は俺も火竜討伐の一員だったんだよ。これでも魔剣の使い手でね」

「まぁ、魔剣士だったんですね」

魔物から得られる魔石は、装飾に利用しやすく、魔物のように魔法を使うことも可能だ。魔石が装飾された剣を魔剣と呼び、聖女と同じように資質がないと扱えない。魔剣士と呼ばれる騎士は、魔物討伐に必ずと言っていいほど呼び出される。魔法が使える彼らがいないと話にならないからだ。

(だから、シオンさんも命令で討伐に参加せざるを得なかったのね)

「うん。でも、竜との戦いのあと、ボロボロになってしばらく意識もなく寝込んでいたんだ。やっと動けたのは二ヶ月後で、その間に王弟の騎士団長が国の英雄になっていた。俺はわずかばかりの報奨金を得られたのはいいけど、この腕では今までの仕事は難しいだろ？　辛《かろ》うじてクビにはならなかったけど、魔物の少ない場所に異動になったんだ」

「……そうだったんですね」

「だからさ、俺はもう片腕を失くして使い物にならないと思っていたから、リリアンさんに認めてもらえて嬉しかった」

そう言う彼は、照れくさそうに満面の笑みを浮かべていた。

「リリアンさんも俺が認めるよ。あなたが落ちこぼれではなく、立派な聖女だって」

「……え？」

シオンの理屈が全然理解できなかった。

(なぜ、そんなふうに思ったのかしら？　あっ、そういえば彼は私が落ちこぼれだと知っていたのね)

「他人の話を鵜呑《うの》みにしていたら、危うく俺は間違った対応をするところだった」

シオンは苦笑いするが、リリアンにはその理由が分からず首を傾げる。でも、残念ながら彼から説明はなかった。

「そろそろ帰りなよ。なんか今日は家事だけしてもらって申し訳なかったね」

「いえ、お役に立てて良かったです。これからも任せてください」

リリアンは気分よく帰り支度を始める。

「それ、もしかして、ポーション？」

「そうですけど……」

バッグの中を整理しているときにシオンに声をかけられた。彼の視線の先にあるのは、透明で小さな瓶だ。青色の液体が入っている。これは領民たちにあげようと休暇中に作ったもので、出勤で外出したついでに渡そうと思ってバッグの中に沢山入れてあった。

「ポーションは作れないと報告に書かれていたけど」

「はい、正規品は作れません」

リリアンの説明にシオンは合点する。

「あぁ、もしかして、色が違うせい？」

「はい。だから、その、規格外なんです」

「でも、使えるんだよね？　ちょうど良かったよ。ポーション、ちょうど切らしていたから。さっそく使ってもいいかな？」

言葉に詰まるリリアンをシオンは特に気分を害しないで待ってくれた。

「えっ、でも、その」

「どうしたの？」

「……色々と違うんです」

リリアンはそう言いながら思い出す。王都にてポーションの作成で低評価に至った経緯を。

王都の騎士団に来た当初のことだ。リリアンはポーション作りをすぐに任された。今は亡《な》き遠縁の老婦が薬草に詳しく、親しくしているうちにポーションの作り方も教わったため、作成経験があると申告したからだ。ところが、出来上がった色が問題だった。

「こんな青色では規格外よ。ポーションの緑は、癒やしの色と昔から言われているのよ」

そう指導の担当だった筆頭聖女のエマに指摘されたのだ。違った色だと別の物と勘違いしてしまう恐れがあり、緊急時に混乱して使えないと、騎士団では絶対に認められなかった。味の違いも規格外にされた理由だった。でも、指示どおりに作ってもリリアンは同じ物を全く作成できなかった。

エマの報告が騎士団長まで届き、彼直々に能力テストをされる羽目になった。何度も作らされ、失敗するたびに「真剣にやれ」と騎士団長に舌打ちされる。やっと緑色で完成できたとき、リリアンは疲労困憊《こんぱい》でクタクタだったが、頑張った末の成功だったから、嬉しくて仕方なかった。

そして最後の効果テストを迎えた。折れた一輪の花にリリアンが作ったポーションを実際に垂らしてみたのだ。しかし、花びらの萎《しお》れが少しは良くなった程度では合格には至らなかった。

こうしてリリアンはポーション作成では使い物にならないと判断された。

でも、故郷にいたときは、みんな青い色を気にせずリリアンのポーションを喜んで使ってくれていた。だから、今回久しぶりに作ってみたが、王都から来た彼に使わせるのは大変躊躇《ためら》いがあった。正規品とあまりにも異なるリリアンのポーションに彼が戸惑うかもしれないからだ。

「色と味が違って規格外でも、効くなら大丈夫だよ。俺そんなに細かくないし」

シオンはリリアンの説明を聞いてもポーションを迷いなく手に取り、勢いよく飲み干した。

「本当だ、味が違うね。お茶みたいですごく飲みやすいよ！」

本物のポーションは、すごく苦味があるのが特徴だ。

「おお、本当に効いているよ。数日おきに調子が悪くなるんだけど、今スーッと痛みが引いたよ」

彼はそう言いながら、左腕の先端をさすっていた。

「いや、それどころか、なんかいつもと違う？　うわっ、熱い！」

シオンが叫んで左腕を慌てて押さえる。彼が持っていた小瓶が床に転げ落ちるが、それを気にしているどころではない。彼はすごく辛《つら》そうで、身体を前屈《まえかが》みにして、苦しそうに低く唸《うな》っていた。なんと彼の腕だけではなく、顔の傷痕からも白い湯気が発生している。異常事態だ。

「シオンさん、大丈夫ですか⁉　ごめんなさい、私のせいで！」

リリアンの胸が罪悪感で潰れそうになったとき、目の前で異変が起きた。

「うわぁぁぁあ！」

シオンが絶叫した直後、彼の左腕が伸びたのだ。左腕の切れた末端から、生えてくるように。気づいたら五本の指先まで見え、そこから湯気が立ち上る。彼の左腕は元のように戻っていたが、復活した部分の皮膚には他の人にはないような黒い模様が描かれている。明らかに異様だった。ふらりと彼の身体が傾き、バランスを崩して床に座り込んだ。

「あのっ、シオンさん、大丈夫ですか？」

我に返って、慌てて彼の様子を窺う。顔の傷痕がなくなっているのに気づいた。左側の顔が、右側と同じ健康な肌色だ。どうやら顔の傷痕も治ったようだ。

「失礼します」

彼の側《そば》にしゃがみ込み、老婦から習ったように右手の脈拍を調べる。速いが力強く正常だ。

「シオンさん、意識はありますか？　あのっ、左手の感覚もありますか？」

リリアンがそっと左手の指に触れると、逆に勢いよく彼に握られた。驚いた直後、すぐに放された。

「うん、ちゃんと動くし、感覚はあるから大丈夫」

シオンは確かめるように何度も手を開いたり閉じたりしている。

「あのっ、左手は元々こうだったんですか？」

「いや、違う。こんな痣《あざ》は初めて見たよ」

それを聞いてリリアンは自分のポーションがこんな事態を引き起こしたのだと思った。

「ごめんなさい。こんなことになるなんて！」

リリアンは彼に土下座していた。

「いや、あなたのせいじゃないと思うよ。それに多分だけど、この痣は火竜討伐のせいかもしれない」

「……そうなのですか？」

リリアンは顔を上げるが、まだ恐くて彼の顔は直視できなかった。

「うん。多分だけど。だから、リリアンさんが謝る必要はないよ。むしろ、腕を戻してくれたんだから、俺の恩人だよ。ありがとう」

穏やかで優しい声だった。床についていた両手を彼に持ち上げられて握られる。勇気を出して見た彼の顔には、不快さはなく、むしろ感謝に満ちている。

「……それなら良かったです」

リリアンもやっと安心して笑みを浮かべられた。傷のない彼の顔は、とても整っている。綺麗《きれい》に治って良かったと思った。シオンに促されてゆっくりと立ち上がる。

「それにしてもポーションって、すごい効果があるんですね。初めて知りました」

思えば、自作のポーションを重傷人に使うのは初めてだった。みんな疲労回復で使っていたからだ。

ところが、シオンに驚かれて、まじまじと顔を見つめられる。

「いや、普通のポーションで腕なんか生えないからね？　リリアンさんが普通じゃないんだからね？」

「え？」

今度はリリアンの顔が固まる番だった。

「多分だけど、これを上に報告したら、あなたは聖女、いや大聖女として認められると思うよ？　そうしたら王都に戻れるよ。どうしたい？」

「私が大聖女ですか？　そんなわけないです！」

思わず絶叫してしまった。

(だって、役立たずの落ちこぼれだって王都の騎士団にしっかりと認定されたのよ⁉)

「俺もびっくりだけど、欠損部位を治せるなんて、大聖女くらいの実力じゃないのかな？　他の聖女と同じ物が作れなくて当然だよね。あなた自身が規格外だったんだから」

「でも……」

「あなたが困惑する理由はよく分かるよ。でも、俺は正直心底怒っている。あなたの力に全然気づきもしなかったどころか、あなたを落ちこぼれだと苦しめた奴《やつ》らに対してね」

「シオンさん……」

実力を周囲に誤解されていた。その事実に彼がこんなにもリリアンのために真剣に憤《いきどお》ってくれたことがなによりも嬉しい。今さら前の職場に対して負の感情は全く湧かなかった。

「私は、王都に戻りたくないです」

前の上司とは違って、シオンは理解しようと何度も歩み寄ってくれた。上司として理想的なのは、目の前にいる彼だ。そう強く願って、リリアンは口を開いた。

「あのっ、私は、シオンさんが、いいです」

しっかりと熱意を込めて言葉にした。すると、シオンの目が見開いたと思ったら、みるみる頬《ほお》が赤く染まっていった。

「リリアンさんに、その、そう言ってもらえて嬉しいよ」

彼は口元を押さえ、とても恥ずかしそうにうつむく。

「は、はいっ」

リリアンもつられたのか顔が熱くなってくる。

(私、何か変なことを言ったかしら!?)

口下手なので、説明不足なうえに言葉の選択がいまいちなときがある。リリアンは真っ先にそれを心配していた。

「あなたのポーションの件は報告しないよ。その力はバレないほうがいいんだよね？」

その言葉を聞いて、リリアンは青ざめた。

(左腕が戻ったと知らせたら、彼は王都に復帰できるかもしれないのに、私のせいでダメになるの？)

「元々、あなたに出会わなければ戻らない腕だったんだ。俺のことは気にしないで、と言ってもあなたは気にするかな？」

リリアンは言葉の代わりに大きく頷いた。

「じゃあ、やり方を変えよう。要は結果的に、あなたが俺と働けたらいいんだよね？」

「え？　あっ、はい」

シオンはきちんとリリアンの話を理解してくれたようだ。

「やり方はかなり変わるし、遠回りな方法になるけど、あなたの希望に沿えるように根回しするよ」

彼が自信を持って約束してくれたので、リリアンは彼を信じて頷いた。

「ありがとうございます。でも、シオンさんに全部任せて、あのっ、大変申し訳ないんですけど……」

「いや、リリアンさんにも協力してもらうことになるから、気にしないでね。お互い頑張ろう」

「はい！」

そういうことならと、リリアンは気合を入れて返事をした。

後日、リリアンは分所にてシオンから恐ろしい報告を受けて驚いていた。

「ここで瘴気が見つかったんですか!?」

「実はそうなんだ。場所は、国境付近の山の麓《ふもと》だよ」

瘴気は魔物から流れた血を放置すると発生する。瘴気は魔物が凶暴化して人を襲う原因になるので、必ず浄化する必要がある。なので、それが見つかれば、魔物の存在を意味する。

「そんな、うちに魔物がいるだなんて……」

ボーヘン男爵領は、他国と隣接しているが、国境付近に険しい山脈があるため、侵略の心配がほとんどない地域だ。領民の脅威となる魔物も長年確認されていない。だから、魔物はいないと思われていた。

国境付近の安全のために騎士団の分所が領内に設置されているが、ボーヘン男爵領のような安全地帯は、派遣された騎士が一人だけで制度が形骸化している。だから分所の場所によっては、騎士の地方派遣は、使えないと上から判断されたがクビにもできない騎士用の閑職《かんしょく》だった。

「ずっと天候の災害が続いていておかしいと思っていたんだ。だから、何か異変が起きているのかと思い、調査をしていたんだ。この瘴気を見つけたのは最近だけどね」

以前、シオンの服が土で汚れていたのは、この調査のためだったようだ。

「でも、どうして魔物が突然現れたんですか？　もしかして、魔物が移動してきた……？」

リリアンの問いにシオンは頷く。

「うん、一番怪しいのは陸続きの隣国だよね。俺もそう考えて調べてみたんだ」

「まぁ、素晴らしいです！　それで、どうだったんですか？」

「隣国ハルベキヤの魔物特定固有種を調べたら、いくつかあったんだけど、ボーヘン男爵領との国境付近にいる魔物は、水竜だったね。それが移動してきたと、状況から推測しているよ」

そのシオンの説明に一瞬言葉を失う。竜は魔物の中でも、上位の脅威さだ。魔物に対抗できる手段が思いつかない。

「王都に応援を要請するしかないですよね……？」

もちろん無料というわけにはいかない。でも、苦しい財源からの捻出は非常に厳しい。

「大丈夫だよ。魔物協定により、国ごとで認定されている特定固有種の魔物については、その国が所有の権利を持つんだ。だから、魔物については、隣国に対処を要請すればいい」

「まぁ、そうだったんですね！」

（魔物の正体が水竜だったら、私たちで対応しなくてもいいのね）

「まず魔物の正体を調査する必要がある。それから隣国との交渉が必要となると、男爵家だけの話で済まないから、国同士のやりとりになる」

「魔物の調査のために国から人がやって来ますよね？」

そうなれば、シオンの左腕に気づかれて、理由を問われるだろう。

「そうだけど、俺としては騎士団に口を出されたくない。だから、俺たちで魔物を調査して、できれば討伐したい。そのあとに国に報告する」

「あのっ、私たちだけで狩るんですか!?」

「そうだよ。俺とリリアンさんで」

シオンは何の不安もない笑顔を浮かべている。聖女は魔物討伐の際、浄化の力で魔物の能力を弱体化させる。その役目を指示されたのだ。

「すみません。私には難しいです。討伐に参加したこともないし、浄化の評価だって……」

一番低いはずだ。

「そのことだけど、ポーションの件があるから、王都での評価を全く信じられないんだ。一体、どんなやり取りがあったの？」

「それは……」

リリアンは当時の出来事を思い出しながら説明する。筆頭聖女のエマから浄化の座学と基礎を学んだあと、実地での実技で問題が発生したのだ。

魔物を討伐したあと、瘴気で汚《けが》された土地の浄化作業のため、騎士団と共にリリアンも参加することになった。依頼のあった森の地面には、瘴気が黒い染みのように点在していた。そこで騎士団長から浄化の指示があり、他の聖女たちはすぐに従ったが、リリアンは違った。

「あのっ、すみません。なぜみんなでここから浄化しないんですか？　濃くないですか？」

リリアンの目には瘴気が最も濃い部分から広がっているように見えていた。だから、その部分から集中して浄化したほうが効率的だと感じていた。

「新入りのくせに私に口答えする気か？　さっさと仕事をしたまえ」

騎士団長の不快そうな顔を見たら、自分の発言が不適切だったと察するしかなかった。それ以上何も言えなくなり、リリアンは慌てて仕事を始めた。もちろん一番気になった瘴気の濃い部分からだ。やっとその箇所の浄化を終えたとき、周りの瘴気は他の聖女のおかげで全部消えていた。

「そなたが長い時間をかけて消した瘴気だが、他の者ならもっと早くこなせるぞ。真面目にやれ」

リリアンは騎士団長の説明で、他の聖女のほうが自分よりも遥《はる》かに優秀で、自分は人並みに仕事をこなせない落ちこぼれだと理解せざるをえなかった。

「それで評価が低かったんです」

「なるほど。誤解された原因が俺には分かったよ。たぶん他の人には瘴気の濃さまで分からなかったんだよ。だからリリアンさんの話が理解できなかったんだと思うよ。濃い瘴気だったから浄化に時間が掛かって当然だったのにね」

(見えているものが違ったの？　そんな可能性に全然気づかなかった)

「それに、瘴気の濃さが分かるリリアンさんなら、隠れている魔物を探し出せるかもしれない」

「魔物が隠れているんですか？」

「うん。だから今まで誰も魔物の存在に気づけなかったんだ。まずは探索からやってみようか」

「はい」

(探すくらいなら、私でもできるかもしれないわね)

方針がまとまったので、シオンは領主であるリリアンの父に話を通した。父はリリアンが大聖女ほどの実力を持っていたことに驚いていたが、王都で下された低すぎる評価に呆れていた。

「騎士団長は竜刻を持つ優秀な方だと聞いていたが、人を見る目はなかったようだな。そんな方に助けを求めるよりも、リリアンを認めてくれたリヒュエル卿《きょう》の指示どおりにしよう」

実のところ、騎士団に応援の要請をできるような財力の余裕はなく、もし作戦が上手くいって内輪で片付くなら大助かりな状況だった。


というわけで後日。周辺住民の避難などを済ませて、リリアンはシオンと瘴気が発見された現地に向かった。山の麓全体は枯れ果てた植物に覆われ、悪天候が続き土砂崩れが発生した箇所は地面が剥《む》き出《だ》した状態だ。しかも、その荒れて凹凸《おうとつ》ができた土地には、長雨の影響で水が大量に溜《た》まった池があちこちに発生している。その一帯に染みのように散らばった瘴気が沢山確認された。以前なら、山の麓に広がる自然は緑豊かで、様々な生き物の息吹に溢れていた。でも、今は色褪《いろあ》せて静まり返り、異様な不気味さを漂わせていた。

「本当に瘴気がありますね」

シオンの期待に応《こた》えるためにリリアンは感覚を研ぎ澄ます。

「あちらの方角に何か威圧感があります」

現在地より少し離れた箇所を指差す。見た限り、視界には泥水の池があるだけだ。でも、非常に違和感を覚えていた。鳥肌が立つくらいに。得体の知れない何かがいると、リリアンは遥かに恐ろしい存在を感じていた。

「それって俺よりも強く感じる？」

シオンの問いにリリアンは目を瞬《また》く。

「……はい」

(彼一人では勝てるかどうか、怪しいくらいに)

「じゃあ、威圧感があるところに浄化をかけられるかな？」

「試してみます」

魔物が隠れている恐れがあるので近づいたら危険だ。だから、遠隔武器のように遠くから浄化を放つ必要がある。瘴気の浄化で低評価だったので、研修の実技はそこまで進んでいなかった。知識で学んだだけだ。それを頼りに初めての挑戦を行う。シオンの期待に応えたいからだ。才能を認められて、純粋に嬉しかった。

リリアンは両手を向けて、標的に狙いを定める。

「えいっ！」

気合と共に浄化の力を搾り出すように放出する。

気の抜けた「ポスッ」という音と共に小さな白い煙のような玉が、リリアンの手から発せられた。頼りない低速度で、フラフラと目的地に向かっていく。まるで風で飛んでいくシャボン玉のようだ。

「あっ、あのっ、すみません！　やっぱり上手くいきませんでした」

実は本番までに練習はしていたが、広範囲の浄化をイメージしているのに、出てくるのは小さい塊だけで、上手くできなかった。

「いやいや、初めてなのに、浄化が飛んでいくなんてすごいよ！」

「あのっ、上手くいかなかったら、何度か挑戦させてください」

「もちろんだよ」

そんな会話の最中、先ほどからヘロヘロと力なく飛んでいた浄化の玉が、さらに弱々しくなり、何とか目的地に届き、力尽きたように水面に落ちていく。

白い玉が水の中に吸い込まれるように消えた。一瞬の静寂のあと、激しい音と共に池の奥が突然爆発した。強烈な風圧と飛散物を目視した瞬間、リリアンは気づいたら、咄嗟《とっさ》に誰かに庇《かば》われていた。

シオンだ。それから目の前にある盾に激しくぶつかる衝撃音が振動と共に嫌でも聞こえる。大量の水だ。水飛沫《みずしぶき》だ。

「魔物だ！　下がって！」

身が竦《すく》んだリリアンが見たのは、剣を鞘《さや》から抜き、竜に立ち向かうシオンの後ろ姿だ。領民の家一軒分くらいもある巨体を前にしても動じてない。魔物はやはり竜だ。蛇のように長い身体には、四本の脚があり、泥で汚れているせいか、イメージと違って色はくすみ、灰色のようだ。頭部にはツノが生え、長い吻《くちさき》には尖《とが》った牙が見える。威嚇なのか、竜から激しい咆哮《ほうこう》が発せられる。竜の周囲に水が幾つも渦を巻き、まさに魔法で攻撃を仕掛けようとしていた。

　恐ろしい魔物を目の当たりにして、リリアンは思わず息を呑《の》んだ。

『ボーヘン男爵領にて水竜が出現したので討伐。水竜は隣国ハルベキヤの魔物特定固有種につき、ボーヘン男爵は魔物の討伐報酬と領地の被害賠償請求のため、隣国との交渉希望。国王陛下の承認を求む』

　リレルフィール王国騎士団ボーヘン分所から報告書が届いた。内容を確認したハーマン騎士団長は、すぐには信じられなかった。あそこには魔物に対処できる人材がいないからだ。一人だけいる騎士は、過去には優秀な魔剣の使い手だったが、今は片腕しかないため、ろくに戦えない。

（彼は私の功績のためによく働いてくれた。片腕を私のために失ってまで。だから、罪滅ぼしと労《ねぎら》いの意味で分所に仕事を与えてやったのだ）

　ハーマンは王位継承権第二位だ。病弱な王子よりも優秀な後継者ならば、貴族たちの支持を受けてさらに王位に近づけると考えた。そのための箔《はく》付けとして火竜討伐に挑んで成功した。腕にある竜刻が、その証となっている。

（そういえば、あの分所には聖女もいたな。あまりにも使えなくて、つい最近王都から追い出すように異動させたばかりだった）

戦力にならない二人しか分所にいない。特定固有種の魔物を相手に領民たちが束になって挑んでも、敵の強烈な魔法で返り討ちにされるのがオチだ。

(別の魔物と勘違いしていないか？　私でさえ火竜と以前戦ったときは死にそうな目に遭ったというのに。まぁ、魔物がなんであれ、討伐まで済んでいるなら、私の出番はない。あとは陛下からの指示待ちだ)

ボーヘン男爵からの要請を受け、陛下が水竜の確認や交渉役の護衛が必要だと判断したら騎士団が動けばいいだけだ。その心の準備をしておけばいい。そう楽観的に考えていたので、陛下から命を受けて交渉役を任された外交担当のフィリプ卿から分所にいた人材について尋ねられたとき、正直に答えていた。

「その二人で水竜討伐と報告があったが、果たして本当なのか正直疑っている」

フィリプ卿はいかにも文官といった中年の男性で、力仕事とは無縁な細い身体つきをしている。こちらに尻尾を振りたいのか、締まりがないような愛想笑《あいそわら》いを向けてくる。

「確かに水竜は大物ですから、そう思われるのも当然です。もし虚偽の報告ならば、とんでもない。私は嘘《うそ》が大嫌いでしてな。恐れ多くも陛下を巻き込んだ勘違いならば、ボーヘン男爵には厳しい処罰が下されるでしょう」

「確かにな」

最悪、領主不適合者として領地の取り上げも考えられた。

(聖女リリアンはその男爵の娘だったな。娘だけではなく、父までも使えないのか。領民が不憫《ふびん》だ

な)

ハーマンはそう見下していたが、このフィリプ卿との会話で自分の首を絞めることになるとは夢にも思わなかった。

後日、水竜を討伐した功労者として、シオンだけではなくリリアンも王宮に呼ばれることになった。謁見《えっけん》の間で陛下を待っている状況だ。

リリアンはこの日のために慌ててドレスを用意して着飾ったので、外見だけは立派な令嬢となった。

(国王陛下に拝謁するなんて夢にも思わなかった！　本当に私も来てよかったのかしら？)

なにせ水竜を倒したのは、他ならぬシオン一人だからだ。彼は魔剣の力だけでなく、魔石もないのに魔物のように魔法を使い、超人的な身のこなしで竜を見事討ち取った。でも、その際にシオンの左腕にある痣が蠢《うごめ》き、彼の身体を蝕《むしば》んでいたように見えた。リリアンの浄化でシオンは落ち着きを取り戻せたが、彼は左腕の痣について、詳しくは教えてくれなかった。

「機会が来たら必ず説明するから」

そう約束してくれたから、リリアンは彼を信じることにした。彼は儀礼用の騎士団の制服姿で待機している。畏まった格好の影響か、普段よりも凛々《りり》しく見える。

陛下が数人引き連れてやってきた。その中に騎士団長であるハーマンもいて、彼はシオンの姿を驚いた顔をして食い入るように見つめていた。

シオンとリリアンは陛下に対して跪《ひざまず》き、名乗りと挨拶を行う。

「面《おもて》を上げよ。このたびは水竜討伐、見事であった。そのほうら二人だけの力で討ち取ったとは真《まこと》か？」

隣国ハルベキヤは一年前に自国にて水竜の討伐を試みた際に取り逃し、魔物が越境して移動した危険性をリレルフィール王国に伝えなかった。その結果、王国内のボーヘン男爵領にて甚大《じんだい》な損害を出したため、隣国ハルベキヤはボーヘン男爵領への賠償金と水竜討伐の報奨金を支払うことになった。

「はい、陛下。こちらの聖女リリアン嬢は隠れていた水竜の居場所を鋭い感覚で見当をつけ、浄化の力を使って魔物を出現させました。彼女がいなかったら、広い山の中で水竜を見つけ出すことができませんでした。また、戦いの際も、浄化の力で水竜を弱体化させ、戦況を有利にしてくれました」

「なんと、それは優秀な聖女だな」

（そんなことないです！　私の遠隔浄化はヘロヘロな速度でしか出ないから、結局数打てば当たる作戦で水竜の周辺に浄化を撒《ま》き散《ち》らしただけで、それがたまたま敵に当たっただけなんです！）

つまりかなり不格好な方法だった。

「それだけではありません。私は左腕を前回の火竜討伐にて失くしましたが、リリアン嬢が作ったポーションのおかげで元に戻ったのです」

驚きと賞賛の声が周囲から聞こえてくる。

「腕が元に戻ったのだと？　そんな奇跡のような力が、彼女にあるのか!?」

「はい。そのおかげで、左腕にあった竜刻に気づき、それを利用して水竜と戦いました」

「竜刻だと⁉　それは上位級の魔物を討ち取った際に稀《まれ》に得られる恩恵ではないか！　前回火竜を討伐したハーマンが得たと聞いていたが、一体どういうことなのだ？」

「実は、私もその火竜の討伐に参加していたのです。ですが、その戦いで腕を失いました」

「リヒュエル卿も討伐の功労者ならば、なぜ黙っていたのだ？」

疑惑の目を向けられたハーマンから血の気が引いている。

「申し訳ございません。なにしろ死に物狂いで戦っていたもので、気づけなかったようです。しかも、彼は腕にひどい傷を負っていたものですから」

リリアンは今の話を聞いて全《すべ》て悟った。シオンの顔を見つめて目が合えば、彼は察してくれたのか、何も言わずに頷いた。だから、リリアンは彼の意志を汲《く》み取《と》り、状況を見守ることにした。

「陛下、騎士団長の竜刻は偽物《にせもの》です」

シオンは迷いなく断言した。

「でたらめを言うな！　無礼だぞ！」

騎士団長がすぐさま反論したが、シオンは全く動じなかった。

「では竜刻を使ってみてください。竜刻があれば魔石と同じように魔法が使えました。竜刻から魔力を感知できなければ偽物となります」

リリアンがシオンから圧倒的な強さを感じた理由は、竜刻があったからだ。でも、それなら竜刻を持つ騎士団長からも同じように竜刻由来の強さを感じなければおかしかった。

「リヒュエル、なぜ貴様に指図されなくてはならない！　図に乗るな！」

「黙るのはハーマン、そなただ」

陛下には騎士団長も逆らえず、彼は渋々罵声を止める。

「フィリプ卿から聞いているぞ。この聖女は能力がないからボーヘン分所に異動させたと。大聖女並みの奇跡を起こす聖女を使えないと判断したそなたを信用できると思うのか」

陛下の説明で周囲から驚愕《きょうがく》の声が漏れる。非難の目が騎士団長に集中する。

「騙《だま》されたのです！　この聖女を指導していた筆頭聖女エマの嘘に！」

（そんなわけない！　彼は保身のために嘘をついているわ！）

それを証言できる人間は、この場ではリリアンだけだ。でも、こんな恐れ多い人たちの前で発言するのは怖かった。思わず隣にいたシオンを見上げ、すがるように彼の服を掴《つか》んでいた。彼はリリアンと目が合った瞬間、すぐに気持ちを理解してくれたのか、黙って頷いてくれた。

「恐れながら陛下。リリアン嬢が述べたいことがあるそうです。発言をお許しください」

「良い、許す」

口出しを許可されたので、リリアンは気合を込めて騎士団長を睨みつける。

ポーションでシオンの腕を治す前に、彼はリリアンを聖女として認めてくれた。だから、騎士団長の偽装を告発した彼のために何か役に立ちたいと強く願っていた。その切なる想《おも》いが、口下手なリリアンに勇気を与えてくれた。

「私は、その、騎士団長の前で、何度もポーションを作らされました！　それで、あのっ、ダメだと判断されたんです。筆頭聖女のエマ様に騙されたなんて違います」

「ならば、私の前でわざと手を抜いて低く己を見せたのだろう！」

そんなふうに言い返されるとは思わず、咄嗟に上手く反論できなかった。すると、リリアンの肩にシオンの手がポンと優しく置かれた。まるで安心させるように。

「天候の災害のせいで領地が大損害を受けている状況で、リリアン嬢がわざわざ自分を低く見せる必要はないでしょう」

シオンの発言に周囲にいた人たちは深く頷く。今回の水竜の損害賠償は公の話となっている。知らない者がいないわけがない。

「ハーマンよ。これ以上、見苦しい言い訳は控えよ。己の名誉のために竜刻の調査を許可するように」

陛下の命により、騎士団長は潔白を証明することになった。やはり案の定、騎士団長の竜刻は偽物だった。刺青《いれずみ》のようなもので描かれたものらしい。それをきっかけに竜刻偽装に関わっていた者たちが、手のひらを返したように騎士団長の罪を告発し出した。

なんと、騎士団長は竜刻を得たシオンの腕を証拠隠滅のために切り落としていたのだ。その非道な行いは、王都中を震撼《しんかん》させた。しかも、この事件だけではなく、他の任務でも実績を横取りされたと訴え出る者が複数いた。その結果、騎士団長は役職を罷免。リリアンの大聖女の資質を見逃しただけではなく、低評価を下して王都から左遷させたのは国の大損失だと、王宮の離れに無期限の幽閉処分となった。病弱の王子がリリアンの作ったポーションによってすっかり体調が良くなったことも、彼の不手際に輪をかけた。

その後、リリアンはというと、シオンが予見したとおり、大聖女となった。実家の男爵家は大聖女を輩出した功績として陞爵《しょうしゃく》し、現在は伯爵家となっている。

リリアンは王都に戻り、王宮付きではなく、再び騎士団所属となった。その騎士団は、大聖女左遷事件によって人員の入れ替わりがあり、役付きの顔ぶれがだいぶ変わっていた。

リリアンが騎士団長の執務室に入ると、新しい上司が腰を上げて出迎えてくれる。応接用のソファに二人で座った。

「シオンさん、調子はどうですか？」

「相変わらずだよ、制服に着られている」

向かい側に座るシオンは苦笑いを浮かべていた。騎士団長となった彼の下でリリアンは働いている。格式高い団長の制服を着たシオンの姿は新鮮に映る。リリアンも今までの茶色の制服とは違い、新たに大聖女用に作られた青色のワンピース型の制服を身につけていた。細かい煌《きら》びやかな刺繍《ししゅう》が入った、贅沢《ぜいたく》な一品だ。

「上司がシオンさんで、私は嬉しいですよ」

「俺もリリアンさんと働けて嬉しいけどね。でも、いきなり元平民の俺が団長はないと思うんだよね。役職に釣り合うように子爵位までもらっちゃったし。本来ならリリアンさんの護衛騎士くらいが妥当だと思わない？」

「ご、ごめんなさい。私がそのっ、シオンさんが上司じゃなきゃ嫌だって言ったから」

「リリアンさんが原因だったの!?」

王都に戻る話が出たとき、「上司がシオンさんでないと嫌です」と駄々をこねたところ、驚くことに希望が通ったのだ。

「そ、そうですけど、シオンさんは私の上司でいてくれるって約束してくれたから」

「約束？　リリアンさんが俺と働きたいっていうあれ？」

「そうです」

「あれって、同僚の意味だと思っていたよ？　大聖女の上司だなんて、それこそ騎士団長……はっ、そうか。そういうことだったんだね」

シオンの目からハイライトが消えていた。

「あのっ、ごめんなさい。私の言葉足らずのせいで。今から取り消してもらいます」

慌てて立ち上がったら、シオンにすかさず止められた。

「いや、リリアンさんの希望を誤解していた俺のせいだから、逆にごめんね。あなたの望みに適《かな》うように頑張るよ」

「ううう、すみません。シオンさんなら、大丈夫だと思ったから」

「え？」

なにせ、シオンは竜を二体も討伐し、そのうち水竜はリリアンの応援があったとはいえ、一対一の単独討伐だ。しかも水竜のときにも竜刻を得たらしく、右手にも痣が増えていた。リリアンの大聖女の資質を見抜き、しかも竜刻を持ち、ハーマンの悪事を暴《あば》いた英雄は、王国のイメージ回復に持ってこいだ。平民出身なのも、王族の不祥事に憤った国民たちには非常にウケがいい。彼を騎士団長に抜《ばっ》擢《てき》した陛下は、良い仕事をしたと思っている。

（でもシオンさんは、力不足だと思っているみたい）

リリアンは所々言葉を詰まらせながらも、シオンに一所懸命に説明した。

「今は慣れなくても、シオンさんなら、騎士団長に相応《ふさわ》しいです」

多分でも、きっとでもない。真理のような感覚で、迷いなく彼に告げた。

「身分は、そのっ、私だって貴族と言っても、低い地位でしたし」

彼は戦力だけではなく、知略にも優れている。

あとでシオン本人から水竜の件に王都の騎士団を関わらせたくなかった理由を教えてもらったのだ。元騎士団長ハーマンに手を出させたくなかったのは、火竜のときと同じように手柄を横取りされたくなかったからだと。シオンは自分が竜にとどめを刺したことを覚えていた。でも、そのあと意識を失い、再び目が覚めれば、彼の認識と異なる事実となっていた。気を失う前は左腕を切断するほどの傷は負っておらず、ハーマンが討伐の功労者になっていたこともおかしかった。彼の剣は火竜に全然歯が立たず、役立たずとなって後方で控えていただけだったから。だから初めから怪しんでいた。しかし、当時の意識がなく、何も証拠がなかったので、リリアンに言えずにいたのだ。

（もしかしたら、大聖女だと判明した私もハーマンの野望のために利用されていたかもしれないわ。彼は息を吐くように嘘を口にしていたから）

「シオンさんは私の恩人です」

あらかじめ敵の動きを先読みして、完璧なまでに防ぎ、さらにはハーマンに復讐《ふくしゅう》までしたのだから、シオンに能力がないわけがなかった。そう思って彼の才能を認めたら、彼は頬を赤らめて照れくさそうに笑い、リリアンをまっすぐに見つめる。

「リリアンさんにそう言ってもらえたら、心強いよ」

「はい。自信を持っていいですよ」

「そうだね。俺もそろそろ自分の力に自信を持たないとね」

前向きなのは良いことだ。

「でもね、リリアンさんも同じだよ？」

理解できず首を傾げると、彼は困ったように笑った。

「過小評価し過ぎってこと。水竜討伐のとき、俺だけで戦えたのはリリアンさんのおかげだからね？水竜の周囲に浄化をまいてくれたおかげで敵の動きを封じ、当たっただけで敵が麻痺《まひ》するくらいの威力だったよ。あれがなかったら、俺だけでは無理だったよ。もっと自信を持ってね？」

「そうだったんですか？」

「うん」

リリアンは彼に褒《ほ》められて嬉しかった。くすぐったい気分になり、自然と笑みが浮かぶ。お互いに顔を見合わせて微笑んだ。その和《なご》やかな空気がとても心地よかった。

それからいつもの浄化作業に入った。今日も二人きりなのは、彼の腕の浄化のためだ。竜刻があると魔物の魔力で体が蝕まれるから、定期的に浄化が必要だった。

「本当にあなたなしで暮らせないな」

作業が終わり、給仕されたお茶を飲んでいたら、向かいに座るシオンがとんでもないことを言い出したので、思わず口に含んでいたお茶を吹き出しそうだった。

「そっ、そんなことは！」

意味深な台詞《せりふ》にリリアンの顔が熱くなってくる。

（きっと彼は浄化のことを言っているのよね。誤解しちゃダメよ！）

カップをテーブルに置き、シオンを見つめる。騎士団長になった彼は、元々顔立ちも良いので、女性に大人気だ。多くの若い未婚の令嬢が、彼と知り合いになりたいと、躍起になっていることを知っている。それを目撃するたびに胸がなぜかモヤモヤしていたが。

すると、シオンが急に真面目な顔つきをして立ち上がると、リリアンに近づき目の前に迫り、しかも膝まで床についていた。流れるような動きで、なぜか彼によってリリアンの右手は大事そうに彼の両手で包み込まれた。

「さっきの言葉は浄化だけの話でもないし、そのままの意味だからね。俺にはリリアンさんが必要ってこと」

「はっ、はひっ」

言われた台詞の熱烈さにリリアンは顔だけではなく、身体も彼に握られている右手まで熱くなっていた。多分、湯気が出そうなくらい真っ赤だろう。

(そんな意味深なことを言ったら、誤解しちゃいますよ！)

リリアンは思わず自分の都合の良いように彼の言葉を受け取りそうだった。

「こっ、光栄です！」

(私が必要なのは部下としてって、ことですよね！)

すると、シオンは苦笑いを浮かべる。

「いや、そうじゃなくて、俺個人がリリアンさんを必要としているってこと。公私共に親しくなれたらって願っているけど、リリアンさんはどうかな？」

(ああ、お友達ってことね！)

勘違いが恥ずかしくて、もうこれ以上何も話せず、カクカクと首を縦に振っていた。

「だから、俺が騎士団長の役職に相応しい人間だと周囲に証明できるまで、どうか待っていてほしい」

そう言ってリリアンの顔を覗《のぞ》き込む彼の瞳は、とても真剣で強い意志が込められていた。

(きっと彼なら誰しもが認める立派な騎士団長になるわ)

そう思ったので、リリアンが深く頷けば、彼は花が咲いたように嬉しそうに笑う。愛《いと》おしそうに彼によって手の甲に口づけを落とされ、その柔らかい感触と熱に驚いた。再びリリアンを見上げる彼の目には、愛しさが込められている。

(あれ？　なんか雰囲気が違わない？)

そう疑問に思った直後、腰を上げたシオンに抱きしめられていた。直《じか》に感じる彼の身体は、やっぱり予想通り逞《たくま》しくて、胸が激しいほど高鳴った。彼の体温がどんどん伝わってきて、全身が茹《ゆ》でられたように熱くなる。緊張しすぎて頭の中が真っ白になったとき、シオンの身体も微《かす》かに震えているのに気づいた。動揺しているのは、リリアンだけではなかった。間近に感じる彼の乱れた呼吸も、直に伝わる激しい鼓動も、全部彼の気持ちを表していた。

「リリアンさん、あなたが好きだよ」

リリアンはその日、どうやって自分の部屋に戻ったのか覚えていない。

『ノベルアンソロジー◆溺愛編 溺愛ルートからは逃げられないようです』

カバーイラスト：椎名咲月

愛しいあなたを甘やかしたいから、もう離してあげられない。
絶対「幸せ」保証つきの溺愛アンソロジー♡
収録作品は、第１回アイリス異世界ファンタジー大賞・編集部特別賞受賞作＆
人気作家が書き下ろした、様々な愛の形が楽しめる珠玉の８編！

ノベルアンソロジー◆聖女編《せいじょへん》

捨《す》てられ聖女《せいじょ》ですが新《あたら》しい人生《じんせい》が楽《たの》しいのでお構《かま》いなく

2024年11月20日　初版発行

著者　アンソロジー

発行者　野内雅宏

発行所　株式会社一迅社
〒160-0022 東京都新宿区新宿3-1-13 京王新宿追分ビル5F
電話　03-5312-7432（編集）
電話　03-5312-6150（販売）
発売元：株式会社講談社（講談社・一迅社）

印刷所・製本　大日本印刷株式会社
ＤＴＰ　株式会社三協美術

装幀　世古口敦志／薄井大地（coil）

ISBN978-4-7580-9679-9

ファンレター・ご意見・ご感想は下記にお送りください。

おたよりの宛て先

〒160-0022 東京都新宿区新宿3-1-13 京王新宿追分ビル5F
株式会社一迅社　ノベル編集部　気付